SO WAS VON DA

Oskar Wrobel betreibt einen Musikclub in einem alten Krankenhaus am Ende der Reeperbahn. Seine Freunde sind seltsam, aber großartig. Die Mädchen mögen ihn. Sein Leben ist ein Fest. Doch jetzt sieht es aus, als ob es zu Ende wäre. Denn während in den Straßen von St. Pauli die Böller explodieren, laufen die Vorbereitungen für die große Abrissparty. Oskar hat Schulden und keine Ahnung, was aus ihm werden soll. Zum Glück bleibt ihm kaum Zeit, darüber nachzudenken, denn ein verzweifelter Ex-Zuhälter stürmt seine Wohnung, sein bester Freund zerbricht am Ruhm, die lebenslustige Nina malt alles schwarz an, im Club geht's drunter und drüber, und dann sind da noch der tote Elvis, die Innensenatorin und – Mathilda, Mathilda, Mathilda. Während der Held der Geschichte versucht, auf den Beinen zu bleiben, stellt er sich folgende Fragen: Was soll das? Warum? Und wie wird man ein guter Mensch?

Der Sog dieser Geschichte wird von Seite zu Seite stärker und schießt den Leser mit der Geschwindigkeit einer Silvesterrakete in den Himmel.

© York Christoph Riccius

Tino Hanekamp,
geb. 1979 in Wippra/Sachsen-Anhalt, arbeitete jahrelang als Journalist und landete vor ein paar Jahren in Hamburg, wo er mit einem Freund aus Versehen einen Musikclub namens »Weltbühne« gründete, der dann aber abgerissen wurde. Heute ist er Mitbegründer und Programmdirektor des »Uebel & Gefährlich«, des besten Musikclubs der, äh, Welt.

SO WAS VON DA

TINO HANEKAMP

ROMAN

KIEPENHEUER & WITSCH

Verlag Kiepenheuer & Witsch, FSC®-N001512

1. Auflage 2011

© 2011, Verlag Kiepenheuer & Witsch, Köln
Alle Rechte vorbehalten. Kein Teil des Werkes darf in irgendeiner
Form (durch Fotografie, Mikrofilm oder ein anderes Verfahren)
ohne schriftliche Genehmigung des Verlages reproduziert oder
unter Verwendung elektronischer Systeme verarbeitet,
vervielfältigt oder verbreitet werden.
Umschlaggestaltung: Rudolf Linn, Köln
Umschlagmotiv Rückseite: © GAP artwork – www.fotolia.com
Autorenfoto: © York Christoph Riccius
Herstellung Innenteil: Claudia Rauchfuß
Gesetzt aus der FF Celeste und der Helvetica Roman
Satz: Fotosatz Reinhard Amann, Aichstetten
Druck und Bindung: CPI – Clausen & Bosse, Leck
ISBN 978-3-462-04288-7

Für Johanna

»**Die jungen Männer sind ihren wechselhaften** Gefühlen schutzlos ausgeliefert. Sie sind leidenschaftlich und schnell erregt, und sie gehorchen ihren Impulsen: Sie werden von ihren Gefühlen beherrscht. Sie wetteifern um Ehre, besonders nach dem Sieg, und beides ersehnen sie mehr als Geld. Sie sind von einfachem Gemüt und vertrauensselig, weil sie die Kehrseite der Dinge nicht kennen. Ihre Hoffnungen sind so hochfliegend wie die eines Trunkenboldes, ihr Erinnerungsvermögen ist kurz. Sie sind mutig, bewegen sich aber auf herkömmlichen Bahnen und lassen sich daher leicht aus der Fassung bringen. Vom Leben noch nicht geläutert, ziehen sie äußeren Glanz dem Nützlichen vor: Ihre Irrtümer, aus dem Überschwang geboren, sind groß. Sie lieben das Lachen, und sie haben Mitleid mit einem Menschen, weil sie immer das Beste von ihm glauben. Anders als die Alten, glauben sie bereits alles zu wissen.« Aristoteles

»**Ach, Schnauze.**« Oskar Wrobel

Ich befürchte, ich bin wach. Blicke auf eine Bierflasche, in der zwei Kippen schwimmen und ein Käfer. Brutalkopfschmerz. Auf dem Heizungsrohr ein Pelz aus Staub. Extrembrechreiz. Draußen knallt's. Schließe die Augen. Es knallt noch mal. Was für ein beschissener Anfang. Vielleicht eine Schießerei. Irgendeine arme Sau, die angeschossen auf der Straße liegt und dringend meine Hilfe braucht. Zehntausend Meter über mir das Fensterbrett, mit letzter Kraft zerrt sich der Held zum Gipfel. Zugspitze. Aber enttäuschende Aussicht: Der Papierkorb vorm Brötchenladen des Rassisten qualmt, zwei Türkenjungen hüpfen drum herum, jetzt stürmt der Brötchenladenheini raus, er brüllt, er droht mit einem Baseballschläger. Die Jungs rennen lachend Richtung Reeperbahn. Wie spät wird es wohl sein? Egal. Aber schön, wie jetzt überm Dach des Nachbarhauses etwas Grünes explodiert und Funken auf die schleimigen Ziegel regnen wie Blütenblätter. Der Himmel ist wie immer grau, wie wahrscheinlich auch der gummiartige Rachenrotz, den ich jetzt gerne irgendwo hinspucken würde. Mache ich aber nicht. Heute wird geschluckt. Heute ist die letzte Nacht, heute noch, und dann ist's aus. Sinke zurück aufs Bett. Werde einfach liegen bleiben. Liegen bleiben und abwarten. Irgendwann wird irgendwer kommen und mich irgendwo hinbringen. Wenn sie mich dann verscharren, irgendwo hinter dem Komposthaufen bei den Armengräbern, und wenn sie dann noch einen alten Grabstein finden, vielleicht eine zerbrochene Gehwegplatte, dann mögen sie bitte Folgendes hineinmeißeln oder draufkritzeln:

Hier liegt Oskar Wrobel, 23.
Er hat's versucht.

Schreck, neben mir bewegt sich was! Ziehe vorsichtig die Decke weg. Ein Meer aus roten Locken, ein glatter Rücken, ein nackter Po. Vielleicht ist dieser Tag doch noch nicht verloren. Darf ich fragen, wer Sie sind? Ach, halten wir uns nicht mit Formalitäten auf. Ich schmiege mich an die schöne Unbekannte. Das tut gut. Ich denke an Mathilda. Das tut nicht gut. Muss sofort an was anderes denken. Zum Glück rauscht das Blut jetzt Richtung Unterleib. Die Dame dreht sich um. Blaue Augen, mohnroter Kussmund.
»He, Oskar, du Schweinchen.«
»Guten Morgen«, sage ich und versuche mich zu erinnern: Wer? Wie? Was?
»Was ist denn hier schon wieder los?«, sagt die Unbekannte und umfasst meinen Schwanz. In meinem Kopf Mathilda. Mein Schwanz erschlafft. Die Dame lächelt. Sie küsst mich. Ich rieche ihren sauren Atem. Schließe die Augen und streichle verzweifelt ihren Körper, aber es regt sich nichts. Weil sie nicht Mathilda ist. Weil ihr alle nicht Mathilda seid.
»Sag mal, wie heißt du eigentlich?«
Sie lacht. Sie schnurrt. Sie verschwindet unter der Bettdecke.
»Julia? Maria? Elena? Katrin? Anna?«
Sie taucht wieder auf. »Soll das ein Witz sein?«
»Sorry, ist mir noch nie passiert. Jana?«

Sie wirft die Decke weg und springt auf. Gleich tritt sie mir ins Gesicht. Nein, sie zerrt sich wütend die Hose hoch. Reißt sich den Pullover über den Kopf. Wenn ich doch nur wüsste ...
»Clara, du Arschloch.«
»Tut mir leid, Clara.«
»Fick dich!«
Die Wohnungstür knallt ins Schloss. In meinem Kopf explodiert ein Strauß Silvesterkracher. Auf keinen Fall wird das ein guter Tag. Mit ziemlicher Sicherheit wird das sogar der schlimmste Tag meines Lebens. Merkwürdigerweise bleibt die Welt vollkommen unbeeindruckt von meinem Elend. Weder läuten die Glocken, noch reißt die Wolkendecke auf. Es sind auch keine blond gelockten Engel in Sicht. Noch nicht mal Steve McQueen lehnt am Türrahmen und murmelt: »Steh auf, Trottel, Krieg ist schlimmer.«

Das Badezimmer ist eine ehemalige Besenkammer mit Duschkabinchen, Kloschüssel und einem Waschbecken, das so klein ist, dass man darin nicht mal einen Welpen ertränken könnte. Durch die Ritzen des Fensters dringt feuchtfiese Dezemberluft und ein blutiges Husten. Das ist Herr Müller aus dem dritten Stock. Wenn der nicht um sein Leben hustet, brüllt er Unverständliches in den Hinterhof. Heute wird gehustet. Alles hier ist dreckig. Ist mir noch nie aufgefallen, wie dreckig hier alles ist. Sogar der Bademantel. Würde man so in keine Kleidersammlung geben. Aber der Zustand meiner Wohnung ist das geringste meiner Probleme. Hocke mich aufs Klo und nehme Marc Aurels ›Selbstbetrachtungen‹ zur Hand. Man sollte immer erbauliche Lektüre neben dem Abort liegen haben, um bei der Verrichtung der erniedrigenden Ausscheidungsvorgänge einen Hauch von Glanz und Würde zu bewahren. Mal gucken, was der Herr Aurel heute so zu sagen hat:

›Erstens: Verlier nicht die Ruhe! Denn alles geschieht gemäß der Allnatur, und bald wirst du ein Nichts und nirgends sein, gerade wie Hadrian und Augustus. Und dann blick unverwandt auf die Sache, fass sie scharf ins Auge und bedenk dabei, dass du ein guter Mensch sein musst und was die Natur des Menschen von dir fordert. Und das tu, ohne rechts und links zu sehen, und rede, wie es dir am gerechtesten zu sein scheint, jedoch immer voll Güte und Zartgefühl und ohne Falsch.‹

Aha, na gut. Dann blicke ich also mal unverwandt auf die Sache und fasse sie scharf ins Auge: Heute ist die letzte Nacht unseres Clubs, die letzte Party, und dann ist Schluss. Geschäftsaufgabe wegen Hausabriss. Eigentlich kein Drama, man sollte ohnehin alle zwei Jahre ein neues Leben beginnen. Nur leider haben mein Partner Pablo und ich vergessen, genügend Geld zu verdienen, während wir der Welt den besten Club aller Zeiten schenkten. Unsere Außenstände belaufen sich auf etwa fünfzigtausend, die Verhältnisse sind ein wenig ungeordnet, werden aber durch zwei geteilt, macht also fünfundzwanzigtausend Euro Schulden für jeden von uns. Mehr Geld, als ich je auf einem Haufen gesehen habe. Und viel mehr, als ich jemals zurückzuzahlen in der Lage sein werde. Hinzu kommen meine Außenstände bei der Krankenkasse, dem Finanzamt, meinem Vermieter, der KFZ-Versicherung und etlichen Verwandten. Seit Monaten zieht sich die Schlinge zu. Neben dem Mülleimer stapeln sich grüne, gelbe, blaue und rote Briefe diverser Behörden. Mit dem Vollstreckungsbeamten bin ich per Du. Er heißt Jürgen Kawinsky, wohnt in Poppenbüttel, hasst seinen Job, muss aber Frau und Kinder ernähren und die Raten für das Reihenhaus abzahlen, was soll man machen. Mein Auto steht versteckt im hintersten Winkel eines halb zerfallenen Parkhauses, denn seit sechs Monaten sind die Steuern unbezahlt, die Versicherung hat gekündigt und die Zulassungsstelle den Wagen zur Fahndung ausgeschrieben. Sogar

mein Pferd wollen sie mir nehmen. Keine Ahnung, was ich ab morgen machen werde. Habe ich Angst? Nein. Panik? Schon eher. Um genau zu sein, stehe ich kurz vorm Nervenzusammenbruch. Außerdem denke ich immer wieder an Mathilda. Mein Leben liegt in Trümmern. Aber halt! Immer schön die Ruhe bewahren. Ich muss doch ein guter Mensch sein, tun, was die Natur von mir fordert, voll Güte und Zartgefühl.
Krieg ist schlimmer, Trottel.

Drücke fünf Aspirin in ein Glas. Wasser drauf und zusehen, wie sie vergehen. Ihr habt's gut, ihr könnt einfach so verschwinden. Auf der Digitalanzeige des alten Radios steht 13:16. Um zwei muss ich im ›Pupasch‹ sein, wo Rocky auf mich wartet, wenn er wartet, was man bei ihm nie wissen kann. Beschließe, mir unter der Dusche allen Schmutz aus Körper und Seele zu brennen und danach ein neues Leben zu beginnen. Aber das verdammte, verkackte, dämliche Dreckswasser ist natürlich wieder kaltkaltkalt! Warum stehen die auch alle so früh auf, am Samstag, Silvester? Da bleibt man doch liegen, wenn man kann, und lässt das warme Wasser denen, die es brauchen. Das gebietet doch der Anstand, die allgemeine Rücksichtnahme, dass man da mal drüber nachdenkt, über das warme Wasser und so. Aber nein, alle denken immer nur an sich, nur ich nicht, ich denke an sie.
Vor drei Jahren haben wir uns getrennt, vor zwei Jahren habe ich ihre Nummer gelöscht, in der Hoffnung, sie, Mathilda, endlich aus meinem Leben zu tilgen. Es funktioniert nicht, quasi Fluch: Es kann nur eine geben. Mathilda hat mir die Liebe versaut.
Keine Ahnung, wo sie jetzt ist. Wahrscheinlich lebt sie irgendwo in Spanien am Strand mit einem berühmten Surfer, so einem tiefenentspannten Typen, für den das Leben *kein* Rätsel ist und der hinterm Haus ein paar Hütten errichtet hat für streunende Hunde und Katzen. Ich hoffe, die putzigen Tierchen werden zu

blutrünstigen Bestien und zerfetzen seinen Pimmel, eine Monsterwelle reißt seinen Olympionikenkörper raus aufs Meer und spült Mathilda zurück zu mir, bis vor meine Haustür, wo ich sie dann sanft aus dem Rinnstein heben werde. Ich werde sie auf meine muffige Matratze legen, ihr das nasse Haar aus dem Gesicht streichen und ihr verzeihen. Hey wir machen alle mal Fehler.

Rubble mich mit dem Bademantel ab, während im Hinterhof Herrn Müllers Husten zu einem orkanartigen Getöse anschwillt. Wer braucht das Rauschen der Wellen, wenn er das Husten des Müllers hat? Er ist der letzte Bewohner des Hauses, der älter ist als dreißig. Seit Jahren wartet der Vermieter darauf, dass der Alte endlich abtritt, damit er aus dessen Vierzimmerwohnung drei Kämmerchen machen kann, um diese dann zu Wucherpreisen an Studenten, Agenturangestellte, Clubbetreiber und Künstlertypen zu vermieten. Aber Herr Müller hält durch. Er hustet nur sehr stark – St.-Pauli-Sinfonie. Um nicht vor lauter demütigender Barmherzigkeit den Notarzt zu rufen, gehe ich ins Wohnzimmer und lege Scott Walkers Erste auf, auf dass diese Überlebenslieder die Müller'schen Rasselgeräusche wohlklingend übertönen.

Mama, do you see what I see? / On your knees and pray for me / Mathilde's come back to me.

Über Bücherberge und Dreckswäsche zum Kleiderständer. Das Hemd ist noch vorzeigbar, der Anzug sitzt wie angegossen, er ist auf mein Skelett geschneidert. Blick in den Spiegel, Armdrücken mit dem Selbsthass. Jeden Morgen eine Minute lang. Schneide ein paar Grimassen und setze mich mit dem Herrn Aurel an den Küchentisch, zu essen gibt's hier nichts.

›Wenn du dir selber eine Freude machen willst, dann denk an die Vorzüge deiner Mitmenschen: bei dem einen an seine Tatkraft, bei dem anderen an seine Bescheidenheit, bei dem dritten an seine Freigebigkeit, bei einem anderen an anderes. Denn nichts macht eine solche Freude wie die Abbilder der Tugenden, die in den Charakteren unserer Mitmenschen zur Erscheinung kommen und, soweit möglich, alle auf einmal zusammentreffen. Daher muss man sie auch stets im Bewusstsein haben.‹

Klingt vernünftig. Also denke ich an die Vorzüge von Rocky (Tatkraft), Nina (Bescheidenheit), Leo (Freigebigkeit) und leider auch an die von Mathilda (alles), und es geht mir sofort ein bisschen besser, bis auf das Ziehen im Brustkorb wegen des Mathildagedankens. Ist aber auszuhalten. Der Mensch hält ja einiges aus. Genau genommen sind meine Probleme Mückenstiche, verglichen mit den Nackenschlägen, die das Schicksal sonst so verteilt. Und was sind schon dreißigtausend Euro? Nicht mal ein Meter Autobahn. Eigentlich bin ich ein Glückspilz. Möge mein Leben ein Laserstrahl sein!

SCHRRRÄNGGG!

Interessant. Die Türklingel. An einem Samstagnachmittag, Silvester. Süß, dass Kinder heutzutage noch Klingelstreiche spielen. Ich dachte, die hocken alle in abgedunkelten Zimmern und üben für den nächsten Amoklauf.

SCHRRRÄNGGG! SCHRRRÄNGGG! SCHRRRÄNGGG! SCHRRRÄNGGG! SCHRRRÄNGGG! SCHRRRÄNGGG!

Na, vielleicht doch keine Kinder. Irgendein anderer Irrer. Hat der Herr Kawinsky gar an Silvester Dienst? Oder einer seiner Gestapokollegen?

WUMM! WUMM! WUMM!

»Nun mach schon auf. Ich bin's, Karl!«
Das muss ein Irrtum sein, ich kenne keinen Karl.
»Komm schon, Oskar, will nur kurz mit dir reden.«
Aber offensichtlich kennt der mich ... Zum Glück bin ich nicht da.
»Ich weiß, dass du da bist.«
Mist, die Musik. Gehe auf Zehenspitzen zur Tür und gucke durch den Spion. Da steht Kiezkalle. Er grinst. Er winkt. Was will *der* denn hier? Das ist nicht gut. Hab ihm doch schon vor Ewigkeiten alles zurückgezahlt.

Anfang Dezember vor zwei Jahren: Ich hockte verzweifelt betrunken am Tresen von ›Karin's Treff‹. Neben mir dieser Typ in einer Rasierwasserwolke.
»Was ist los, mien Jung?«
»Wen kümmert's.«
»Karin, mach uns mal zwei Herrengedecke.«
Ich erzählte ihm alles. Von unseren Plänen, der tollen Idee, dass uns drei Wochen vor der Cluberöffnung das Geld ausgegangen ist, das Programm für den ersten Monat schon steht, sonst aber nichts. Dass unser Abenteuer zu Ende ist, bevor es überhaupt begonnen hat.
»Heute ist dein Glückstag, mien Jung.«
Er schrieb das Angebot auf einen Bierdeckel: zehntausend plus zweitausend Zinsen, zurückzuzahlen in drei Monaten. Ich hielt das für einen schlechten Witz. Warum sollte mir ein wildfremder Mensch so unfassbar viel Geld leihen? Ich lachte. Er sagte: »Morgen um fünf im ›Rotlicht‹.«
Am nächsten Tag überreichte er mir zehntausend Euro in fein gebügelten Hunderterscheinen, studierte meinen Personalausweis und notierte meine Handynummer. Ich nahm das Geld

und ging. Drei Monate später überreichte ich ihm eine Alditüte voller zerknitterter Scheine und eine Flasche sündhaft teuren Scotch. Es war wie im Film. Er zählte die Kohle, schüttelte meine Hand und versprach, bald mal vorbeizukommen. Aber er kam nicht. Erst später habe ich erfahren, dass unser Kreditgeber, unser Retter, der sich mir als Herr Schneider vorgestellt hatte, von allen nur Kiezkalle genannt wird und ein alter Lude ist, der sich seit einem Knastaufenthalt als Musikmanager versucht und jeden verklagt, der ihn Kiezkalle nennt. Später dann hin und wieder sein Foto in der Boulevardzeitung. Er, grinsend, neben ein paar abgehalfterten Eurodance-Tussen, die vor tausend Jahren mal einen Radiohit hatten. Wenn wir uns auf dem Kiez begegneten, nickten wir uns kurz zu, wie zwei alte Bekannte, die ein dunkles Geheimnis teilen. Oh wunderbares St. Pauli.

»Nu komm schon, mach's mir nicht so schwer«, sagt Karl Schneider aka Kiezkalle aka besorgniserregender Überraschungsbesucher, sein Gesicht grotesk gewölbt im Fischauge. Mir ist schlecht. Der will bestimmt nicht auf die Gästeliste. Natürlich werde ich die Tür *nicht* öffnen. Ich werde still hier stehen bleiben, bis der Typ sich trollt. Da, schon wird der Schneider kleiner, er tritt zurück, aber neben ihm erscheinen jetzt zwei Männer, die eben noch nicht da waren. Einer ist alt und trägt einen Hut, der andere ist jung und sieht aus wie ein Neonazi. Der Schneider nickt, und der Fascho springt direkt auf m---------------------------------------

»Is der tot?«
»Quatsch, du Idiot, der ist ohnmächtig.«
»Aba ick hatte ma eenen, der ...«
»Schnauze. Heinz, leg den Jungen auf das Sofa da. Enrico, stell die Tür wieder hin. Und dann hol mal was Kaltes aus der Küche, Eis oder so.«

> My Death is like a swinging Door /
> A patient Girl who knows the Score.

»Danke, Heinz, und jetzt mach mal das Gejaule aus. Ich dachte, die hören alle Techno oder Rave, oder wie das heißt. Unser Oskar ist wohl weich geworden.«
»Gefällt mir ganz gut. Scott Walker von den Walker Brothers. Die habe ich damals im ›Star-Club‹ ...«
»Mach's aus, Heinz.«
KRRRÄTSCHMPF!
»Du hättest auch einfach den Stecker ziehen können.«
»Wir hätten auch einfach das Türschloss aufbohren können.«
»Boss, hier is nix, wa? Nur Schimmel und 'ne Flasche Wodka im Eisfach.«

»Ist sie kalt?«

»Logo, liegt ja im Eisfach.«

»Das war eine rhetorische Frage, Enrico. Ich weiß, dass sie kalt ist.«

»Karl, der Lümmel macht die Augen auf.«

Das ist jetzt natürlich alles gar nicht wahr. Vor mir sitzt nicht dieser Kiezkalle. Ich liege nicht auf dem Sofa. Die haben nicht gerade meine Tür eingetreten. Mein Kopf ist nicht...

»Na, mien Jung? Geht's wieder? Is nur 'n Hörnchen. Warum hast du denn nicht einfach aufgemacht? Kennst du mich nicht mehr?«

»Ach, da issa ja wieda! Hier Boss, die Flasche.«

»Hier, nimm 'nen Schluck. Und dann halt dir das Ding an die Stirn.«

Der Schneider drückt mir eine Flasche in die Hand. Aber von dem nehm ich nichts. Hier stinkt's.

»Ja gut, dann nicht. Hör zu. Hörst du mich? Okay. Also, mein lieber Oskar, ich muss mich entschuldigen. Die Tür, der Plattenspieler...«

»Zecke! Hätteste ma besser aufjemacht, wa? Hatten wa dir awer jesacht, wa? Hätteste ma bessa auf den Herrn Schneider jehört, dann...«

»Schnauze, Enrico«, schnarrt der Schneider. »An die Tür, schieb Wache.«

Das Glatzenschwein geht ab. Ein Nazi! In meiner Wohnung!

»Ruhig. Bleib liegen, Kleiner. Ist doch alles gut.« Derselbe Ton wie damals in der Kneipe. Der Schneider drückt mich ins Polster. Sein lächerlicher Bürstenhaarschnitt, die Goldkette, der modrige Gestank seines Rasierwassers. Hinter ihm steht der Alte und starrt mich an, als sei ich ein Tier im Zoo.

»Bitte um Nachsicht«, sagt Karl Schneider aka Kiezkalle aka geisteskranker Einbrecher und deutet Richtung Flur. »Enrico kommt aus der Ostzone. Der hängt noch ein bisschen zurück, gripsmäßig, klar. Aber der wird noch, Aufbau Ost, verstehste? Dauert halt.«

»Ihr beschissenen Penner«, krächze ich. »Das ist Körperverletzung, Hausfriedensbruch. Ich, äh ... Ich schreie um Hilfe!«

Der Schneider lacht. »Ach, Oskar. Ich schreie seit zwanzig Jahren um Hilfe, und keinen kümmert's.«

Gehe in Gedanken all meine Optionen durch und stelle fest: Ich habe keine. Ruhe bewahren. Was will der von mir? Dreht hier jemand eines dieser Verarschungsvideos?

»Hier, zweihundert für die Tür.«

Er wedelt mit Geldscheinen. Legt sie auf den Tisch. Räuspert sich.

»Um es kurz zu machen: Ich brauche Geld.«

Verstehe ich nicht. Soll das witzig sein?

»Stecke in Schwierigkeiten. Ist alles nich mehr wie früher, gibt keine Ehre mehr, keine Achtung. Meine alten Jungens sind alle im Knast oder tot oder Pfarrer geworden, und jetzt habe ich die verdammten Albaner am Hals. Aber das willste alles nich wissen, erspare ich dir, für deine eigene Sicherheit.«

Welche Sicherheit? Meine Wohnung wurde soeben von drei Kriminellen gestürmt. Ich hab 'ne Gehirnerschütterung. Ich ...

»Also, mien Jung, warum ich hier bin: Ich brauche zehntausend Euro«, sagt der Schneider. »Und du bist meine letzte Hoffnung.«

Ich atme auf. Lache. Sterbe vor Kopfschmerzen.

»Hättest du mal vorher angerufen«, sage ich. »Wir sind vollkommen pleite. Die reißen das Haus ab. Liest du keine Zeitung?«

»Selbstverständlich. ›Szeneclub feiert Abschiedsparty‹, steht da drin. Und ein Foto von dir und deinem komischen Kumpel. Ist das 'ne Schwuppe? Na egal.«

Der Schneider schaut versonnen zum Fenster.

»Ich hatte selber mal Kneipen, die alten Zeiten. Ich weiß, was an so 'nem Abend rumkommt. Außerdem Silvester. Da knattert die

Zählmaschine wie 'ne Uzi im Kibbuz. Wär ich damals nur nicht ausgestiegen...«

»Wir haben ungefähr fünfzigtausend Euro Schulden! Selbst wenn wir jedes Bier für zehn Euro verkaufen würden...«

»Is doch Taubendreck, nix ist das. Das habe ich früher in 'ner Woche gemacht. Und du bekommst die Paste ja zurück, is doch klar.«

Ich schüttle den Kopf. Hirnmasse läuft mir aus den Ohren. Das geht nicht.

Der Schneider seufzt. »Hör mal Junge, ich bin hier nicht der Witzewilli. Ich bin der Typ, der euch den Club klargemacht hat, vergiss das nich. Ich hab den ganzen Kiez klargemacht, du Würstchen. Und erzähl mir nix von wegen Schulden. Ich weiß doch, wie gut der Laden lief. Immer in der Zeitung, überall Plakate, immer 'ne Schlange vor der Tür, flachs mich nich. Ich bin vom Fach. Eure Hippiebude ist 'ne verschissene Goldgrube, an...«

»Stimmt nicht! Totaler Quatsch, wir...«

»UNTERBRICH MICH NICHT!«

Der Schneider dampft. Und der Alte mit Hut starrt mich an. Oder durch mich hindurch. Der hat so einen Blick... Ich schließe die Augen.

»Jeder andere hätte euch ausgeweidet wie 'n Fettkalb. Zum Wohnzimmer hätte ich mir eure Klitsche machen können, alles hätte ich da machen können. Aber ich Depp lass euch in Ruhe, weil ich denke: Ist ein feiner Junge, der Oskar. Ist ein anderer Schnack, ist mehr so der Künstlertyp und so. Und was habe ich jetzt davon? Was ist der beschissene Dank?«

»Aber wir haben...«

»Lass den Herrn Schneider ausreden, Wurm«, sagt der Alte mit fahler Stimme.

»Danke, Heinz.« Der Schneider atmet schwer, fährt sich über das schweißnasse Gesicht, greift sich an die Brust. »Wie auch immer, Oskar. Damals habe ich dir geholfen, jetzt hilfst du mir, so sind die Regeln. Und jetzt sperr die kleinen Arschfickeröhrchen auf. Heute Nacht um vier liegen zehntausend Euro auf dem Tresen vom ›Rotlicht‹, kapiert? Wenn nicht, stürmen wir deinen Studenten-Puff und holen den Kleister, ist das angekommen?«

Jetzt natürlich die große Frage: Was macht man, wenn man von drei Kiezkriminellen umzingelt ist, die völlig irre Forderungen stellen, die man nie im Leben erfüllen wird, weil man nicht kann, will und überhaupt?

Man nickt.

»Das ist kein Witz«, sagt der Alte.

Ich nicke.

»Weißt du, Oskar«, der Schneider tätschelt meine Hand, »früher hätte ich dir jetzt einen Finger gebrochen, damit du merkst, dass ich's ernst meine. Aber irgendwie mag ich dich, vielleicht werde ich langsam moosig in der Birne. Hast du noch deine alte Handynummer?«

Ich nicke.

»Bist du sicher?«

Ich nicke den Rest meiner Hirnmasse aus dem Kopf.

»Okay. Ich werde immer mal wieder durchfunken und hören, wie's steht. Sollte dein Plauderknochen aus sein oder du gehst nicht ran, hast du schneller meine Faust im Nacken, als du Operationshemd sagen kannst. Du kennst die Geschichten über mich. Sind alle wahr. Also nimm die Sache wie ein Mann, verstanden?«

Daumen hoch.

Der Alte mit Hut knackt mit den Fingerknöcheln.

Ich nicke.

»Gut, sehr gut«, sagt der Schneider. »Und vergiss nicht: Du bist meine letzte Hoffnung. Also, viel Erfolg, mien Jung.«

Karl Schneider aka Kiezkalle aka Oberaffentotalpsycho steht

auf, fährt mir mit der Pranke über den Kopf und verlässt das Zimmer. Der Alte wirft mir einen leblosen Blick zu, schiebt mit dem Fuß die Trümmer des Plattenspielers zur Seite und folgt seinem Herrn zur Tür. Jetzt kommt der Fascho, greift die Scheine vom Tisch. »Scheißzecke, ick schlitz dir auf.« Er steckt das Geld in seine widerliche Faschoröhrenjeans, tritt wie bescheuert gegen meine Schallplatten und schlendert davon. Plötzlich Stille. Das ist jetzt der Moment, an dem ein übersteuerter Fernsehmoderator hinterm Sofa hervorspringen und »Reingelegt!« schreien muss. Aber nichts. Es stinkt nach Rasierwasser. Mein Herz schlägt wie verrückt, und mein Kopf explodiert im Takt. Kann keinen klaren Gedanken fassen. Soll ich die Polizei anrufen? Pablo? Rocky? Leo? Das glaubt mir doch alles kein Schwein, kann es selber nicht fassen, vielleicht alles eine Wahnvorstellung, ausgelöst durch den Schlafentzug und Rauschmittelkonsum der vergangenen Nächte. Schleppe mich zum Fenster und reiße es auf. Zünde mir eine Zigarette an und starre in das Grau des Himmels. Konzentration. Ruhe bewahren. Unten vorm Haus steht ein Krankenwagen. Die Zigarette fällt, fünf Stockwerke tief, vorbei an fremden Leben und warmen Wohnungen, dann schlägt sie lautlos auf dem Pflaster auf. Auch eine Option. Was würde Steve McQueen tun?

Die Tür ist nicht mehr zu retten. Sie lehnt an der Wand im Wohnungsflur. Die Angeln sind aus dem Rahmen gerissen, und dort, wo normalerweise das Schloss einrastet, klafft ein Loch, umgeben von fingerlangen Holzsplittern. Ich gehe ins Schlafzimmer, ziehe die Reisetasche unterm Kleiderständer hervor und stopfe Hemden, Pullover, Unterhosen, Socken, zwei Anzüge und ein Laken hinein, als wäre ich auf dem Weg in den Waschsalon. Den Laptop samt Akku lege ich obenauf, darüber die Lederjacke. Im Wohnzimmer, in der untersten Schublade des Schreibtisches, liegen Personalausweis und Reisepass neben Zeugnissen und Mathildafotos. Sie ist nackt. Sie ist wunderschön. Packe ich alles ein, sogar die Fotos, kann nicht anders. Betrachte eine Weile das Bild, das über dem Tonträgertrümmerfeld an der Wand hängt. Es ist von Nina und zeigt ein mit groben Strichen gemaltes Gesicht, das irgendwie verstört wirkt. Schneide die Leinwand mit dem Taschenmesser aus dem Rahmen, rolle sie zusammen, lege sie vorsichtig in die Reisetasche, ziehe den Reißverschluss zu, ramme meine Füße in die Stiefel, werfe mir den Mantel über und stecke den Aurel und das Handy ein. Bin plötzlich ganz ruhig, irgendwie unheimlich. Schätze mal: Schock. Verkehrsunfall. Fahrer kriecht aus dem brennenden Wrack, geht die Straße entlang und merkt erst nach hundert Metern, dass er keine Beine mehr hat.

Das Treppenhaus stinkt nach Gekochtem und Urin, und ich gehe die knarzenden Stufen runter im Halblicht, das durch die verdreckten Fenster sickert. Das interessiert hier keine Sau, wenn irgendwo eine Tür eingetreten wird, das muss man doch bis Lüneburg gehört haben. Aber das ist wie mit dem warmen Wasser. Die Menschen sind böse, die Welt ist kalt, und man fragt sich, wo das alles noch hinführen soll. Immer weiter Richtung Abgrund, nehm ich mal an, aber hier ist jetzt erst mal Stau. Zwei Sanitäter stapfen aus Herrn Müllers Wohnung, sie halten eine Trage, auf der unter einer Decke ein Köper liegt. Sie stolpern die Treppe hinunter, sie fluchen, die Trage schwankt, die Decke verrutscht – ein Gesicht. Das Gesicht ist ganz blau, der Mund merkwürdig verzerrt, die Augen geschlossen. Sieht aus wie eine Wachsfigur, wie die Hülle von etwas, das unter Umständen mal Herr Müller gewesen sein könnte. Ich habe noch nie zuvor einen Toten gesehen. Irgendwer aus dem Haus muss den Notarzt gerufen haben, vielleicht sogar der Müller persönlich, in Todesangst. Zu spät. Klammere mich am Treppengeländer fest, stolpere den Sanitätern hinterher, die mich nicht beachten, weil ich gar nicht da bin, weil das hier alles gar nicht wirklich passiert.

Es riecht nach Regen, irgendwo knallt's. Die Sanitäter schieben die Trage in den Krankenwagen. Türen klappen, dann fährt der Wagen los, biegt langsam ohne Blaulicht in die Simon-von-Utrecht-Straße ein. Ich sinke gegen den Laternenpfahl und presse meine Wange an den kalten Stahl.

»Na, war wohl 'ne wilde Nacht«, ruft der Rassist vom Brötchenladen herüber, von dessen schmierigen Semmeln ich mich viel zu lange ernährt habe. Und so weiter. Weiter. Bin natürlich nicht dran schuld, dass der Müller jetzt kalt im Krankenwagen liegt.

Der Krankenwagen war ja da. Dann wären es eben zwei gewesen, wenn ich auch einen gerufen hätte, und dann hätten sich die Sanitäter nicht so abquälen müssen, aber der Müller wäre ja trotzdem ... So oder so, ganz klar.

Einen Schritt, noch einen Schritt, immer geradeaus. Muss jetzt zum Hafen, vorbei an Heribert Bechers Spirituosenfachgeschäft, dem Fischimbiss, dem Artistenatelier, dem Pornokino, dem stinkenden Hundefutterladen, dem Waschsalon, der Pizzeria, der Sparkasse und dann: Ampel Reeperbahn. Die ist rot, die Ampel, und ich warte, obwohl gerade kein Auto kommt, denn ich bin froh, dass die Ampel rot ist. Und ich bin froh, dass ich jetzt noch ein ganzes Stück gehen muss bis zum ›Pupasch‹, über den Kiez, über dem Kameras kreisen und Baukräne schweben. Sind schon einige Leute unterwegs. Touristen, die gucken. Ein paar Ansässige, die Pennytüten nach Hause schleppen. Neben der Litfaßsäule wie immer die Punks mit ihren Hunden, sitzend, liegend, voll abgehärtet. Ein paar Meter weiter vor der Wechselstube springt ein Mann auf und ab, drischt in die Saiten einer Gitarre und singt. Er singt nicht, er schreit.

Es ist kalt, und der Wind tut weh.

»Haste 'n bisschen Kleingeld?«, fragt einer der Punks.

Krame in meinen Taschen, aber nichts klein, gebe ihm einen Schein.

»Wow, danke, Mann«, sagt der Punk und strahlt. Hilft aber nichts.

Grün. Das Klirren der Getränkekisten, die von Leiharbeitern in die Kneipen und Stripclubs geschoben werden. Möwengeschrei. Das Knallen von Feuerwerkskörpern von irgendwoher. Weiter. Mit der Reisetasche Richtung Hafen, und hinter mir die Wohnung, in die ich niemals zurückkehren werde, weil ich von Höllenhunden gejagt nach dieser Nacht die Stadt verlassen muss. Denn natürlich wird der Schneider sein Geld nicht kriegen. Und auch alle anderen werden ihr Geld nicht kriegen. Denn ich werde mich einfach verpissen, alles vergessen, vor allem Mathilda, und irgendwo von vorn anfangen.

Das ›Pupasch‹ ist die Vorhölle für jeden Feingeist, ein Ort musikalischer Grausamkeiten und menschlicher Entwürdigungen, mit Singledisco am Freitag, Mallepaady am Samstag, und vom hauseigenen Schwarzbier muss man furzen, daher der Name, so steht's auf diesem Schild. ›Willkommen in der total verrückten Kultkneipe für nette Leute, die gern lachen, flirten, quatschen, lustig sind und den Alltag mal total vergessen wollen.‹
Hey klasse, das trifft ja alles genau auf mich zu!
Dann mal nichts wie rein in die gute Stube.
An einem der Tische sitzt eine wetterfest gekleidete Familie, hinterm Tresen wickelt eine alte Frau Luftschlangen um die Zapfsäule, ansonsten ist der Laden leer, auch kein Rocky in Sicht. Dafür hängt überall maritimes Gelumpe rum: Alles, was sich jemals auf oder unter Wasser bewegt hat, wurde an Wände und Decke genagelt. Ebenfalls erschlagend: die beeindruckende Fensterfront. Man sieht ein ordentliches Stück von den Docks, dreihundert Meter Elbe und das, was darauf herumgondelt; im Moment ein schwarz-weißes Lotsenboot, eine Ausflugsbarkasse und ein rostiges Containerschiff, umwölkt von den üblichen Krawallmöwen im Sturzflug. Ich setze mich mitten hinein in dieses

Panorama, schiebe die Reisetasche unter den Tisch und breche zusammen.

Hallo hier spricht die Vernunft! Es bringt nichts, sich in Selbstmitleid zu wälzen wie ein Schwein im eigenen Kot. Denke positiv, wende den Blick auf die wichtigen Dinge, denke zum Beispiel an die Vorzüge deiner Mitmenschen, denke an den Freund, auf den du hier wartest, an den großen Schimpfer, den wütenden Idealisten, den unbezwingbaren Liebesterroristen Andreas Rockmann, genannt Rocky.

Er kam aus dem ›Silbersack‹ geflogen, landete lachend im Dreck – ich half ihm auf, und so ging's los. Das war vor zwei Jahren, als noch niemand seine Lieder hören wollte, die er auf Rohlinge brannte und überall vortrug, wo man ihn ließ, wenig später auch auf der Eröffnungsparty unseres Clubs, mit seiner neuen Band: Kidd Kommander. Diese Lieder! Gleichzeitig Tritt in die Fresse und große Umarmung, Texte wie Kinnhaken, Lieder gegen das Böse, irre gut und anders als alles. Doch von den Plattenfirmen kamen nur Absagen, und so gründete er mit Freunden selber eine, obwohl er völlig pleite auf einem Dachboden hauste und frierend Dosenravioli fraß. Manchmal glaube ich, dass er mit seinem schieren Willen Naturgesetze außer Kraft zu setzen vermag. Seit der Veröffentlichung des ersten Albums im Frühjahr des vergangenen Jahres sind Kidd Kommander der heißeste Scheiß im Land, und Rocky: plötzlich Rockstar. Die Charts, die Titelseiten, die großen Hallen – das ganze Programm. Merkwürdigerweise dauerte es eine Weile, bis irgendein findiger Journalist die Frage stellte:»Sagen Sie mal, ist Ihr Vater nicht der...? Und Ihre Mutter nicht die...?« Und sofort ging das Theater los. Denn ja, sein Vater ist jener mysteriöse Ex-Rockstar (man frage Leute über fünfzig nach The Rockin' Bees), der angeblich seit Jahren in der Rockmann'schen Villa vor sich hin vegetiert. Und ja, seine Mutter ist die Innensenatorin dieser sterbenden Stadt, die Inkarnation des Bösen für Leute wie uns.

Sie lässt Kameras installieren, Flüchtlinge abschieben, Knüppelpolizisten aufmarschieren bei unangemeldeten Straßenfesten, lässt sauber machen, totregeln und die letzten Freiräume versiegeln im Dienste der Rendite. Der Sohn pöbelte, die Mutter verstieß ihn öffentlich, der Vater blieb unsichtbar, Skandal, Skandal. Aber praktischer Nebeneffekt, quasi Schicksalsironie: Die Albumverkäufe verdoppelten sich, die Senatorin kandidiert nun als Bürgermeisterin, man plant einen Kinofilm, und ich kann kaum erwarten, Rocky endlich wieder an meiner Seite zu haben, und sei es nur für diese eine Nacht, damit er all meine Zweifel hinwegfegt, mir eine Adrenalinspritze ins Hirn jagt und mich daran erinnert, wie das Leben zu nehmen ist: frontal, fordernd und ohne Angst vor Verlusten.

Es ist zwanzig nach zwei, und der Arsch ist immer noch nicht da. Zudem bin ich am Verdursten, interessiert hier aber natürlich niemanden. Die Alte hinterm Tresen macht keine Anstalten, hinter selbigem hervorzukommen. Ich zünde mir eine Zigarette an, zücke mein Handy und suche unter den im Minutentakt hereinrieselnden Textnachrichten nach der einen von Rocky, in der steht: Sorry, Alter, schaff's leider nicht, ein Wahnsinn alles, see you lata, dein Rock. Aber nichts, nur Gästelistenanfragen und so Zeug. Plötzlich steht die Tresendame neben mir.
»Sofort ausmachen!«
»Tschuldigung.«
»Bei uns ist Rauchverbot.«
Ich beschließe, den unangenehmen Befehlston in ihrer Stimme zu ignorieren, sicher wird sie schlecht bezahlt, nur: Wo soll ich denn jetzt ...?
»Haben Sie vielleicht einen Aschenbecher?«
»Sie. Dürfen. Hier. Nicht. Rauchen.«
»Ich weiß, aber ich möchte die Zigarette nicht auf dem Boden austreten.«

Die Dame, sie könnte vom Alter her meine Großmutter sein, stampft hinter den Tresen, kommt zurück und knallt einen Glasaschenbecher auf den Tisch.

Ich drücke die Kippe aus und sage: »Danke. Einen schwarzen Tee, bitte.«

Die Dame überlegt, ob sie mir mit dem Glasaschenbecher den Schädel einschlagen soll, entscheidet sich dann aber doch für ein Restleben in ihrer Zweizimmerwohnung in Berne und geht. Wo nur immer dieser Hass herkommt. Vielleicht liegt's an mir, kann mich ja selbst nicht besonders gut leiden. Trotzdem bin ich der Meinung, dass unser aller Leben angenehmer wäre, würden wir im Umgang miteinander eine gewisse Höflichkeit walten lassen. Nur leider sind die meisten Menschen bis in die Tiefen ihrer Seelen zerfressen von einer alles zers...

Die Tür fliegt auf: Rocky! Sofort entdeckt er mich mit seinen stahlblauen Augen, rauscht heran mit der Zielstrebigkeit eines Preisboxers. Yeah!

»Tachchen.«

»Hey!«

Hochgeschwindigkeitszug Andreas ›Rocky‹ Rockmann, soeben eingefahren. Sofort wird alles heller, die Luft vibriert, ein Energiestoß durchfährt meinen schwindsüchtigen Leib. Rocky setzt sich. Er trägt Zehntagebart, monströse Augenringe, aschfahle Haut, quasi Heroinchic. Er sieht aus, wie ich mich fühle. Und er tut, als wär ich gar nicht da.

»So, der Witz ist jetzt durch«, sage ich nach angemessener Ruhepause.

Rocky sieht mich an, die Augen gerötet, hat sicher wieder durchgemacht.

»Was ist denn mit deinem Kopf?«, fragt er matt, zieht ein Fläschchen Nasenspray aus der Innentasche seiner Lederjacke und jagt sich das Zeug in die dafür vorgesehenen Körperöffnungen.

»Bin gegen die Tür gerannt.«

»Aha.«

Kein Lachen, kein Spott, keine Aufforderung, jetzt sofort ganz genau zu erzählen, wie man gegen die Tür gerannt ist, auch keine Anekdote, wie er selbst mal gegen eine Tür gerannt ist. Rocky nickt und starrt auf den Tisch.
Seit zwei Monaten haben wir uns nicht mehr gesehen. Er könnte wenigstens so tun, als hätte er mich vermisst.
»Was'n los, Mann? Ich bin's, dein alter Freund Oskar.«
Er starrt auf den Tisch. Vielleicht doch kein Witz.
»Irgendwas mit deinem Vater?«
Er zuckt zusammen. Volltreffer. Scheiße.
»Jetzt red schon«, sage ich, aber eigentlich will ich's gar nicht hören. Ich meine, ich habe selber ein paar Problemchen und könnte ein bisschen Rat und Zuspruch gebrauchen, so ein Scheißfreund bin ich. Der soll jetzt verdammt noch mal gut drauf sein!
»Ich glaube, er stirbt«, sagt Rocky.
»Wer?«
»Mein Vater, du Penner.«
...
»Er steht nicht mehr auf, schluckt die ganze Zeit diese Tabletten; Valeron, Tramal, das heftigste Zeug. Liegt da wie ein Zombie. Und redet nicht. Redet mit niemandem. Noch nicht mal mit mir.«
Rocky zündet sich eine Zigarette an. Seine Hände zittern.
»Er pisst sich ein. Und sieht mich nicht. Liegt da einfach nur rum, als wäre ich gar nicht da, starrt durch alles hindurch ins Nichts. Ich habe geheult. Scheiße, ich hab seit Ewigkeiten nicht mehr ...«
Rocky reibt sich mit der Hand übers Gesicht, als wären da überall Ameisen.
»Aber er ist noch da, denn wenn sie ins Zimmer kommt, brüllt er.«

»Wenn *wer* ins Zimmer kommt?«
»Meine Mutter.«
»Oh.«
»Ja, oh. Ich sage: ›Mutter, er muss ins Krankenhaus, er muss hier raus!‹ Aber sie will das nicht. Sie hat eine Pflegerin engagiert, jeden zweiten Tag kommt ein Arzt, aber Papa wird immer weniger. Er verschwindet einfach!«
»Aber warum will sie denn nicht, dass er ...«
Rocky lacht kurz auf. Mein Speichel schmeckt bitter.
»Sie sagt, er habe panische Angst vor Krankenhäusern. Aber in Wirklichkeit ist sie es, die Angst hat, und zwar vor der Presse. Sie will einfach nicht, dass kurz vor der Wahl rauskommt, dass ihr Mann ein tablettenabhängiges Wrack ist, schon gar nicht nach all dem Zirkus mit mir. Sie ist wahnsinnig.«
»Wir könnten ihn entführen«, sage ich, und für einen Moment ist da dieses Funkeln in Rockys Augen, aber dann sofort wieder wie weggewischt.
»Das Haus wird bewacht«, sagt er. »Überall Bullen und so. Sie sagt, wegen der Autonomen. Weil da mal ein paar Farbbeutel geflogen sind. Aber die Wahrheit ist: Sie sperrt ihn ein. Ich habe sie angeschrien, habe gebettelt, alles versucht. Jetzt habe ich Hausverbot. Die Scheißbullen lassen mich nicht mehr in mein Scheißelternhaus, wo mein Scheißvater vor sich hin stirbt!«
Autsch, verdammt, das ist heftig, denke ich. Was man so denkt. Einen Dreck denkt man, nicht auszuhalten.
»Und wenn wir uns irgendwie ...«
»Sie! Machen Sie das aus!«
Die Tresenoma, plötzlich neben uns, Hassblick.
»Was?« Rocky guckt verstört.
»Rauchen verboten!«
»Ja, aber warum steht denn hier ein Aschenbecher?«
Die Tresendame schnappt nach Luft. »Ich rufe jetzt! Die Polizei!«

Mit Rockys Gesicht passiert etwas Merkwürdiges. Erst Erstaunen, dann Wut, und plötzlich entspannt sich alles. Er sagt: »Hier ist das Rauchen also verboten?«
»Was glauben Sie denn!«
»Und wenn doch jemand raucht, müssen Sie, als Chefin, ein Bußgeld zahlen?«
Die Dame ist zwar nicht die Chefin, sonst würde sie hier nicht stehen, aber sie nickt.
»Wie hoch ist denn so ein Bußgeld?«, fragt Rocky ganz ruhig.
»Keine Ahnung. Hier wird nicht geraucht.«
»Schätzen Sie doch mal. Fünfzig Euro? Hundert?«
»Vielleicht fünfzig, beim ersten Mal«, sagt die Dame sichtlich verwirrt.
»Und wenn ich Ihnen jetzt hundertfünfzig Euro gebe, dürfen wir dann zwei Zigaretten rauchen?«
Die Dame, die gar keine ist, versteht nicht. Wo bleibt eigentlich mein Tee?
Rocky zieht ein beachtliches Geldbündel aus der Hosentasche und zählt drei Fünfziger ab. »Hier«, sagt er, »damit auch alles seine Ordnung hat.«
Sie glotzt ihn an. Man kann sehen, wie es in ihrem Oberstübchen rattert. Dann nimmt sie die Scheine und geht zurück zum Tresen.
»Das war widerlich«, sage ich.
»Scheiß drauf«, sagt Rocky. »Blöde Fotze.«
Wir rauchen und gucken auf die Elbe. Himmel grau, Wasser grau, Docks grau – grauenhaft.
»Immerhin«, sage ich, »hast du noch deine Musik.«
Er sieht mich an, als sei ich bekloppt. Ich bin bekloppt. Ich schäme mich.
»Lass uns abhauen«, sagt er, »Leo wird warten.«
Wir stehen auf und gehen. Ich stelle mir eine bunkerähnliche Anlage vor, die von Polizisten umstellt ist, und in einem kleinen

Zimmer in einem Gewirr aus Gängen liegt ein Mann, der langsam unsichtbar wird, während die Polizisten über Kopfhörer seine Lieder hören. Sie nicken stumm im Takt der Musik.
»Was hast du denn da in der Tasche?«, fragt Rocky.
»So Zeug«, sage ich. »Was man so braucht.«
»Und das schleppst du jetzt den ganzen Tag mit dir rum?«
»Ist ganz leicht«, sage ich, und wir gehen runter zu den Landungsbrücken.

Das war keine gute Idee. Am Silvesternachmittag die 62er-Fähre zu nehmen war sogar eine ziemliche Quatschidee, denn vor uns drängen Hunderte regendicht verpackter Touristen die Gangway hoch, alles hammelt aufs vollverglaste Unterdeck, Hauptsache einen Sitzplatz kriegen, Hauptsache am Fenster, Tote werden billigend in Kauf genommen, solange die eigene Brut auf den Beinen bleibt. Wir gehen aufs Oberdeck, wo der Wind an der Gesichtshaut zerrt, und setzen uns vorne auf Stahlstühle an einen Stahltisch. Ich ziehe das Laken aus der Reisetasche, und wir wickeln uns darin ein. Rocky versucht, eine Zigarette anzuzünden, scheitert aber am Luftzug. Windjammer.
Die Fähre fährt los. Links von uns der Containerhafen, rechts die Stadt, drum herum die lustigen Möwen. Der Mensch lebt gern in Hafenstädten, denn jedes einlaufende Schiff riecht nach überstandenen Abenteuern, und jedes auslaufende Schiff birgt ein Versprechen. Aber ich kenne niemanden, der hier jemals rausgefahren wäre, raus aufs Meer und weg in die Welt. Alle gucken den Schiffen immer nur sehnsüchtig hinterher. Doch was nützt das Tor zur Welt, wenn keiner durchgeht?
»Wir werden erfrieren«, ruft Rocky in den Wind.

»Dann lass runtergehen.«
»Auf keinen Fall, zu viele Menschen.«
Er zieht das Laken bis zum Kinn. Er zittert. Er, der sich immer kopfüber von der Bühne ins Publikum stürzt, immer und überall den Frontalkontakt sucht und keine Angst hat vor gar nichts. Er, Rocky ›Attacke!‹ Rockmann, fürchtet sich vor drei Busladungen Touristen? Das war doch bisher immer mein Part.
»Komm schon, wir stellen zoologische Untersuchungen an«, schlage ich vor. »Oder inszenieren einen Schiffsuntergang.«
Er schüttelt den Kopf, schlottert, klappert mit den Zähnen.
»Alter, was ist denn los mit dir?«
Er drückt sich zwei weiße Kopfhörer in die Ohren, fummelt an seinem Handy rum. Ich reiße ihm die Dinger wieder raus. Jetzt ist er wütend, immerhin.
»Scheiße Mann, willst du's wirklich wissen?«
»Ja, ich will.«
»Ich kann einfach nicht mehr«, sagt er. »Es frisst mich auf. Die Band, die Firma, der ganze Schwachsinn drum herum ... Bin vollkommen im Arsch.«
»Quatsch. Du hast gerade die Platte des Jahrzehnts aufgenommen!«
»Das war vor sechs Monaten, seitdem ist alles nur Business, Stress und bescheuerte Scheißpressearbeit. Ich habe nichts mehr zu sagen. Ich will nichts mehr. Bin vollkommen leer und versuche nur noch, irgendwie durchzuhalten und zu funktionieren. Alles fühlt sich falsch an. Das einzig Reale ist mein sterbender Vater.«
»Du brauchst Abstand«, sage ich. »Mach mal 'ne Pause.«
»Wie denn, verdammte Scheiße!«, schreit Rocky.
»Sag einfach alles ab.«
Er lacht. »Die Tour ist ausverkauft, die Platte kommt. Ich kann die Maschine nicht einfach so stoppen. Außerdem: Von der Band leben mittlerweile dreißig Leute. Fünfzigjährige Männer

befragen mich zur Lage der Nation. Mütter nennen ihre Kinder nach mir. Ich komme nicht mehr in meine Wohnung, weil unten vor dem Haus rund um die Uhr hysterische Teenager kampieren. Ich hab seit drei Monaten nicht mehr gefickt! Es ist alles total absurd.«

Da bin ich ganz seiner Meinung, behalte das aber für mich, denn ich muss konstruktiv sein, hilfreich, ein guter Freund, fühle mich jedoch wie ein orthodoxer Christ, der soeben begriffen hat, dass es keinen Gott gibt.

»Okay«, sage ich, »zuerst einmal spielt ihr heute nicht auf der Party, wir haben euch sowieso nicht angekündigt, also merkt auch keiner, wenn ihr ausfallt. Und dann müssen wir dafür sorgen, dass du irgendwie ...«

»Vergiss es«, sagt Rocky. »Natürlich spielen wir, Ehrensache. Und jetzt Themawechsel. War nur ein Schwächeanfall.«

»Schwachsinn, es geht hier um ...«

»Siehst du da hinten den Wal?«

»Lenk nicht ab! Es bringt doch ...«

»Kommt ihr denn da heute sauber raus, finanziell und so?«

»Wird schon«, sage ich. »Aber pass mal auf jetzt, wenn ...«

»Und danach? Irgendwelche Pläne?«

»Nein«, brülle ich wahrheitsgemäß.

»Herrlich, du Glücklicher!« Rocky schlägt mir grinsend auf den Rücken.

Ich kapituliere. Die Fähre legt an. Unten am Ufer steht Leo. Man erkennt ihn daran, dass er alle anderen um mindestens einen Kopf überragt. Auf seinem Riesenschädel sitzt schief eine rote Bommelmütze. Er trägt eine gelbe Öljacke, braune Kordhosen und schwarze Springerstiefel. Sieht aus, als würde er jeden Moment aus den Klamotten platzen, aber nicht die Kleidung ist zu eng, sondern der Russe zu mächtig. Eines Tages war er einfach da. Tobi, unser Türsteher, hat ihn angeschleppt. »Das ist Leo. Kommt aus Russland, schlimme Sache, fragt nicht. Er braucht einen Job.« Und so wurde Leo unser zweiter Türsteher. Er wohnt in einem alten Zollhaus im Freihafen. Feldbett, Holztisch, ein ächzender Kohleofen, ein Waschbecken, daneben ein rostiger Spind und überall Kerzen. Gefällt ihm so. Zumindest macht er immer einen entspannten Eindruck, wenn man ihn dort aufsucht, das heißt: Da ist keine Zornesfalte über seiner Nasenwurzel, und die Pupillen sind sichtbar. Wenn er schlecht drauf ist, erscheint diese Furche auf seiner Stirn, und seine Augen verschwinden in Schlitzen. Diese leichte Verschiebung seines Gesichtsausdrucks reicht meistens schon, um Tunichtgute zur Räson zu bringen. Seine Statur und die Ruhe, die er ausstrahlt, besorgen den Rest.

Wumm, wumm, wumm. Leo marschiert übers Oberdeck. Wir sehen ihn nicht, wir spüren ihn, er kommt immer näher, wir heben gleichzeitig die Faust zum Gruß. Normalerweise wäre dieses unabgesprochene Gleichzeitig-die-Faust-Heben Anlass für mindestens einen Lacher. Haha! Wir wieder! Wie im Film! Normalerweise steckt auch ein bisschen Leben in uns. Normalerweise sind wir zu zweit wie ein Kugelblitz, der die Schrankwand umwirft, die Bilder von den Wänden reißt, die Vorhänge entflammt und Leben in die Bude bringt, dass es nur so klingelt. Leo setzt sich uns gegenüber mit dem Rücken zur Fahrtrichtung, wobei er seinen Körper zwischen Tisch und Stuhl quetschen muss, denn Tisch und Stuhl sind am Boden festgeschraubt, und Leo ist sehr umfangreich, nicht fett, sondern monströs. Er legt seine tellergroßen Hände auf die Tischplatte und sieht uns an. Wir sehen Leo an. Keiner sagt was. Die Fähre rattert los. Wir sitzen ein Mückenleben lang so da. In Leos Gesicht gucken und nichts denken, sehr schön. Das erste Mal an diesem Tag, dass ich an nichts denke, und sofort denke ich daran, dass ich gerade an nichts denke. Plötzlich explodiert Leos Gesicht. Er lacht, lacht so ein urknallartiges Leolachen und schlägt dabei auf die Tischplatte, dass die ganze Fähre dröhnt. Rocky sieht mich verwundert an. Fragezeichen. Warum lacht der denn? Wegen des Lakens? Oder was? Aber lustig, wie der lacht, jetzt muss ich auch lachen, und Rocky ebenfalls, und Leo beugt sich über die Tischplatte, streckt seine beinlangen Arme aus und zieht uns an seine Brust, wodurch sich die Tischplatte in unsere Bäuche drückt und unser Lachen erstickt.

Jetzt gerade geht's mir richtig gut. Und jetzt schon nicht mehr. Kaum denkt man daran, dass es einem gut geht, fallen einem die Gründe ein, die dagegensprechen, und das war's dann. Jetzt vibriert auch noch mein Brustkorb, aber das ist nur das Handy, das in Herznähe hängt. Wolle, der Dealer. Interessiert mich aber nicht, gehe ich nicht ran. Ich gehe nur ran, wenn der Schneider anruft.

Leo, wie er dem Schneider den Kiefer wegfaustet.

Leo, wie er den Schneiderkopf mit den Händen zerquetscht.

Leo, wie er den Schneiderkörper wie einen Schläger an den Füßen hält und die beiden anderen Penner umkeult wie Holzkegel, überall Blut und Knochensplitter.

Wahnsinn, so Gewaltfantasien, aus heiterem Himmel. Hatte ich seit Schulzeiten nicht mehr. Muss jetzt sofort an was Schönes denken. Das Schönste ist Mathilda. Aber an Mathilda darf ich natürlich nicht denken. Auf gar keinen Fall darf ich auch nur für Sekunden an Mathilda denken, sonst werde ich nämlich komplett wahnsinnig und hacke hier alles in Stücke.

»Zwei«, sagt Leo.

»Zwei was?«, sage ich.

»Mal. Dein Telefon.« Leo deutet auf den Tisch.

»Danke«, sage ich, aber Leo ist bereits in die Betrachtung des Himmels vertieft. Egal wo er ist und was er gerade macht, ständig zählt er irgendwas. Geht man zum Beispiel mit Leo durch einen Park, sagt er: ›Einunddreißig.‹ Und man fragt: ›Einunddreißig was, Leo?‹ Und Leo antwortet: ›Papierkörbe. Im Park.‹ Und das war's. Das ist sein Hobby. Dinge zählen.

Rocky zückt sein Spray, rammt es sich in die Nase, drückt und

drückt und schmeißt es fluchend in die Elbe, verschwindet unter dem Laken und kommt mit einer brennenden Zigarette wieder hervor. Rauch stößt aus seinem Mund, seiner Nase, und ich glaube, auch aus seinen Ohren. Die Fähre rattert und stößt dann sachte an der Landungsbrücke an.
Wir sind da, in Övelgönne nämlich, dem Ziel unserer heiteren Reise.
Rocky steht auf und wickelt sich das Laken um den Körper wie eine Tunika. Werden Tuniken denn gewickelt? Oder schlüpft man da rein wie in ein Kleid? Das werde ich zu Hause mal nachschlagen, im Internet recherchieren, aber halt: Ich habe ja gar kein Zuhause mehr. Oder war das vielleicht nur eine Überreaktion, die Tasche zu packen, nur weil die Tür kaputt ist und der Schneider weiß, wo ich wohne?

Wenn sie bei mir wäre, wüsste ich, wo ich bin. Wenn sie bei mir wäre, wäre alles andere leicht, und das Einzige, was ich aushalten müsste, wären ihre Schönheit und die Art, wie sie sich die Haare aus dem Gesicht streicht, ihr Blick, wenn sie mich ansieht, ihr Geruch, wenn ich mich in ihrem Körper verliere und die Welt um uns verschwimmt. Aber so ist es nicht. Es ist alles gar nicht wahr.

Wir müssen jetzt ganz schnell weg hier. Schon wieder sind wir nicht die Einzigen. Alle wollen runter an Land, an den Elbstrand, warum auch immer. Kinder quengeln, Regenjacken quietschen, es riecht nach Schweiß und Gummi. Wir stellen uns hinten an. Rocky hüpft von einem Bein aufs andere. Leo zieht sich die Bommelmütze ins Gesicht. Unten auf der Brücke stehen noch mehr Menschen, graue, frierende Menschen, die endlich auf die Fähre wollen, zurück nach Hause, ins Hotel, oder wo man jetzt so hingeht, ich habe keine Ahnung, was normale Menschen machen. Der Schaffner hält die Wartenden an Land zurück, während vor uns die Passagiere über die schmale Gangway die Fähre verlassen. Es fängt an zu regnen. Wir sind die Letzten, der Schaffner mahnt winkend zur Eile, wir gehen die Gangway runter, Rocky bleibt stehen. Ja, warum bleibt der denn jetzt auf einmal stehen? Ich frage höflich nach.

»Hey was soll der Scheiß? Geh weiter, Idiot.«

Rocky rührt sich nicht. Leo seufzt. Die Wartenden werden unruhig. Jeden Moment stürmen sie das Wasserfahrzeug, das ist ganz klar, das kennt man ja. Die Psychologie der Massen. Ruckzuck wird aus einer apathischen Menge ein Mob im Blutrausch.

»Wird's bald!«, ruft irgendwer.

Der Schaffner wedelt mit den Armen. Rocky drückt den Rücken durch, zieht das Laken vor der Brust zusammen und schreitet erhobenen Hauptes hinab.

»Das ist doch dieser Rockmann«, sagt irgendwer.

»Der Sohn der Innensenatorin.«

»Wer ist das?«

»Kidd Kommander!«, schreit ein Mädchen.

»Das Schwein.«

Wir gehen vorwärts, gehen schneller, stürzen davon, bis wir außer Spuckweite sind. Über den Häusern am Elbhang zerplatzt eine Rakete wie ein Furz.

»Achtzehn«, sagt Leo.

»Was?«, frage ich.

»Boote im Hafen«, antwortet Leo.

Der Wind treibt spitze Wassertropfen waagerecht über das Land. Ausflügler kommen uns entgegen, anscheinend erschüttert, am berühmten Elbstrand weder Palmen noch Sonnenschein vorgefunden zu haben. Nur ihre Kinder sind gut drauf, hüpfen in Pfützen und werfen Knallerbsen in die Gegend. Die Kinder wissen, wie man lebt. Und dann werden sie älter und vergessen alles. Ein Junge bleibt stehen und starrt mit Stauneaugen den Mann im Laken an. Seine Mutter zerrt ihn weiter.

»Komm, Ole, es ist kalt.«

»Aber da ist ein Gespenst, Mama. Guck doch!«
»Das ist ein Verrückter. Komm jetzt.«
Rocky wirbelt herum. »Habt ihr ... Habt ihr das gehört?«
Leo seufzt. Ich kontrolliere mein Handydisplay.
»In zehn Jahren zündet dein Ole Obdachlose an«, brüllt Rocky der Frau hinterher. Die Frau hält dem Jungen die Ohren zu und geht hastig weiter.
»Trotz alledem werden die Menschen dasselbe tun wie bisher, und wenn du aus Zorn darüber zerberstest würdest«, sage ich und stecke das Handy weg.
»Hä?«, sagt Rocky. »Ist das aus der Bibel oder wie?«
»Nee, von Marc Aurel. Es bedeutet: Mach dich mal locker, Alter.«
Rocky läuft rot an. »Willst du mich verarschen? Ich soll mich locker machen? Bisschen durch die Gegend latschen, römische Kaiser zitieren, und dann gucken wir mal, wie die Aktien stehen, oder wie hast du dir das gedacht?«
»Ich meine nur, es bringt doch nichts, wenn du hier die ganze Zeit...«
»Oh«, sagt Leo und zeigt zum Elbhang. »Feuer bei Nina.«

Tatsächlich, über der Villa schwarzer Rauch,
wie ein abgeknickter Finger, überm Dach vom Wind verweht.
Der Rauch kommt aus dem Kellerfenster. Im Keller wohnt
Nina. Wir rennen los. Leo voran, wie schnell der Riese rennen
kann. Rocky wirft das Laken weg. Ich presse die Reisetasche an
die Brust. Nina, Nina, Nina. Ich war mal schneller. Ich war mal
Stufenbester im Fünftausendmeterlauf. Aber jetzt pfeifen meine
Lungen schon nach hundert Metern. Leo weicht einem Fahrradfahrer aus, springt über die hüfthohe Mauer und rast den Hang
zur Villa hoch, zum Feuer, zu Nina. Wir sprinten hinterher. Was
ist denn nur los heute? Wann hört das auf?
Verkackte Hanglage. Und überall Gestrüpp. Weil die Oma. Der
die Villa gehört. So alt ist. Und arm. Der Gärtner. Kommt nicht
mehr. Und Nina. Malt den ganzen Tag. Nur Bilder.
Geschafft. Wen soll ich retten?
Leo schaufelt mit beiden Händen Erde in eine rostige Tonne.
Aus der Tonne kommt der Rauch. Ich lasse die Tasche fallen und
huste, huste, huste.
»Scheiße«, japst Rocky. »War's das? Die Tonne da?«
Leo nickt und wischt sich die Hände an der Hose ab.
Okay. Alles klar. Da sieht man mal wieder, dass alles nicht so

schlimm ist, wie man denkt. Eine brennende Tonne als Plädoyer für mehr Gelassenheit im Leben. Alles wird gut. Und hinter dem verdunkelten Kellerfenster sitzt Nina und malt ihre Bilder. Wahrscheinlich hat sie Gartenabfälle verbrannt und dabei mal wieder an alles Mögliche gedacht, nur nicht an die Folgen. Wenn wir ihr gleich von unserem Feuerwehreinsatz berichten, wird sie einen Lachkrampf kriegen. Darauf freue ich mich. Und überhaupt auf ihr Gesicht, denn wir kommen unangemeldet, quasi Überfall aus Liebe.

Von sich aus lässt sie sich ja nirgendwo mehr blicken, seitdem sie sich vor einem halben Jahr in den Keller dieser porösen Villa verzogen hat, um sich voll und ganz ihrer neusten Leidenschaft zu widmen, wie sie sich immer voll und ganz ihren Leidenschaften widmet, ihren ständig wechselnden Leidenschaften, wie man sagen muss. Nina ist sechsundzwanzig, und sie war bereits Bassistin einer Punkband (dreizehn Monate), Besitzerin eines Cafés (neun Monate), DJ und Radiomoderatorin (vierzehn Monate), ehrenamtlich bei der Flüchtlingshilfe (immer mal wieder), Weltreisende (sieben Monate), Grafikerin (zehn Monate), und seit dem Frühjahr ist sie eben Malerin. Natürlich ist die Malerei genau das, was sie schon immer machen wollte und für den Rest ihres Lebens machen wird, und natürlich glaubt ihr das niemand. Ihre Begeisterungsfähigkeit ist riesig, aber extrem kurz. Sie ist wie ein Schmetterling, der sich ständig neu verpuppt. Sie sagt, das Leben sei zu kurz, um sich mit Dingen aufzuhalten, die einem nichts bedeuten. Leider ist sie auch noch schön, figürlich wie Kate Moss, weil keine Zeit zum Essen, und mit einem Lachen wie Sophia Loren, also erschütternd. Sie ist von allem zu viel. Das halten die Typen nicht aus. Sie werden ganz klein in ihrer Gegenwart und verdampfen. Nur Leo nicht. Leo war gerade richtig, aber Leo wollte dann ja nicht mehr, und niemand weiß warum, selbst Nina nicht, die seitdem, soweit ich weiß, nicht mehr verliebt war.

Rocky hat's auch mal bei ihr versucht, aber da wurde nichts draus. Er hat dann das Lied ›Träume von Babylon‹ geschrieben und sich anderweitig die Seele aus dem Leib gevögelt, quasi Trauerarbeit. Irgendwie sind alle meine Freunde verrückt. Und alle Liebesgeschichten hoffnungslos verkorkst.

Die Kellertür ist angelehnt, wir gehen hinein. Wir gehen den langen Gang entlang, immer tiefer ins Gewölbe, tasten uns an der Wand voran, weil es hier unten so dunkel ist. Durch die Ritzen einer Holztür fällt Licht. Dahinter ist Ninas Atelier, Wohnung und Exil. Ich klopfe. »Kommt rein«, schallt es heraus. Ich drücke die Tür auf, und plötzlich ist alles wahnsinnig hell. Es ist so hell, wir sehen nichts und blinzeln in den gleißend grellen Raum, aus dem sich langsam die Konturen schälen, während sich unsere Augen an das Licht der Neonröhren gewöhnen. Leinwände, überall Leinwände, Leinwände in allen Größen und Formen. Es riecht nach Terpentin und Zigarettenrauch, aber irgendwas stimmt nicht. Weil die Leinwände, also die Leinwände, scheiße... Die Leinwände sind alle ganz schwarz! Als wäre ein Fass schwarzer Farbe explodiert, als wären sie eingetaucht worden in schwarze Farbe, besudelt und beschmiert mit schwarzer Farbe, ist jedes verdammte Bild schwarzschwarzschwarz. Und die Wände sind weiß, und vor einigen Leinwänden ist die Schwarzfarbe auf dem Steinboden zu Pfützen zusammengelaufen wie Schleim, und mitten im Raum sitzt Nina in einem weißen Hosenanzug auf einem Holzschemel und hält einen Pinsel in der Hand, von dem schwarze Farbe auf den Boden tropft.

Sie strahlt uns an.

»Njet«, brüllt Leo, reißt ihr den Pinsel aus der Hand und dreht seinen Kopf hin und her wie eine Eule, bei der ein paar Sicherungen durchgebrannt sind. Schwarz tropft auf seinen Schuh. Rocky und ich stehen mit offenem Mund in der Tür und starren Nina an, dann die Bilder, Nina und die Bilder. Ich weiß nicht, was ich denken soll. Ich meine: Warum sind denn die Bilder alle so schwarz? Das geht doch nie wieder ab!

Nina lacht, lacht ihr Sophia-Loren-Lachen. Heute ist der Tag, an dem alle an den unpassendsten Stellen lachen. Vielleicht ist ja auch alles nur ein Witz. Der Club wird gar nicht abgerissen. Der Schneider hat sich in der Tür geirrt. Mathilda gibt's gar nicht. Und Nina, tja, Nina ist irgendwie mit dem Pinsel ausgerutscht. Jetzt drückt sie dem Russen einen Kuss ins Gesicht, wirft sich mir um den Hals, dann Rocky. Wir stehen da wie an den Boden getackert.

»Jetzt guckt doch nicht so blöd. Kommt rein, legt ab, aber passt auf die Farbe auf. Bin gleich wieder da.«

Sie verschwindet nach nebenan. Leo sinkt auf den Schemel, es knirscht, es kracht. Jetzt liegt er auf dem Rücken. Niemand lacht.

»Was für ein Scheißtag«, sagt Rocky.

»Das kann doch alles nicht wahr sein«, sage ich.

»Vierunddreißig«, sagt Leo und vergräbt das Gesicht in den Händen.

Rocky betrachtet eine riesige Leinwand, die über und über mit schwarzen Pinselstrichen bedeckt ist. Zwischen dem Schwarz kann man die Farben des darunterliegenden Bildes erkennen. Die ganze Kunst ist futsch. Sieht aus, als hätte sich ein wahnsinniger Kunsthasser seiner Zerstörungswut hingegeben. Ich lasse meine Tasche fallen, in der zusammengerollt Ninas Gemälde liegt, das mit dem merkwürdigen Kopf, das bis vorhin noch in meiner Wohnung hing. Ich werde ihr nichts davon sagen.

»Hier, zur Feier des Tages.« Sie stellt eine Flasche Rotwein und Gläser ab und verschwindet wieder. Rocky inspiziert kopfschüttelnd die geschändeten Bilder. Leo starrt auf seinen Schuh. Jetzt kommt Nina zurück und verteilt Klappstühle. Wir setzen uns, sie gießt den Wein ein. Niemand sagt was.

»Auf euch! Auf die Nacht!«

Leo leert sein Glas in einem Zug. Der Wein tut gut. Den Körper gleich mal auf Betriebstemperatur bringen und aufrichten gegen die Attacken von außen, die ja mittlerweile im Minutentakt kommen. Ich werde mich jetzt auf den Mond evakuieren, denn von oben ist die Erde am schönsten, Atombombenpilze sind Blumen.

»Oskar, was ist denn mit deiner Stirn passiert?«

»Bin gegen's Regal geknallt.«

»Ich dachte, es war die Tür«, sagt Rocky.

»Ist doch egal«, sage ich. »Was war eigentlich in der Tonne?«

Nina reicht eine Schachtel rote Gauloises herum. »Welche Tonne?«

»Na, die hinterm Haus. Die hat gebrannt.«

»Ach so, da war nur privater Krempel drin; Briefe, Unterlagen, Ballast, nichts Besonderes. Was guckt ihr denn so komisch, ist es wegen der Bilder?«

»Also, ich fasse mal kurz zusammen«, sagt Rocky und reibt sich die Augen. »Du hast irgendwelches privates Zeug verbrannt und alle deine Bilder vernichtet, und es geht dir hervorragend, so weit richtig?«

Nina nickt. Sie lächelt uns an. Sie muss verrückt geworden sein. Leo kippt sich den Rest aus der Weinflasche in den Mund.

»Vielleicht so 'ne Art vorgezogener Frühjahrsputz«, schlage ich vor.

»Sieht mir eher nach Selbstauslöschung aus«, sagt Rocky.

»Dass ihr Typen immer alles so dramatisieren müsst.« Nina bläst den Rauch zur Decke. »Das sind doch nur Bilder. Wen kümmert's?«

Da fallen mir auf Anhieb zehn Leute ein, zum Beispiel Schacke, der für Februar eine Ausstellung angesetzt hat, weil er Nina für das größte Talent hält, das ihm seit Ewigkeiten begegnet ist. Mich kümmert's, Rocky, Leo und all die anderen Leute, die Ninas Bilder geliebt hätten. Hätten.

»Eins verstehe ich nicht«, sage ich. »Warum hast du die denn

alle vernichtet? Du hättest sie auch einfach verschenken können.«
»Es fühlt sich aber besser an, wenn nichts mehr da ist. Morgen werde ich ein ganz neues Leben beginnen, und nichts soll mich an mein altes erinnern.«
»Aha.«
»Mal wieder.«
»Spitzenidee.«
»Klingt das irgendwie verrückt?« Nina schnippt ihre Kippe in eine Farbpfütze.
»Du hast doch gerade erst angefangen mit der Malerei!«
»Und jetzt bin ich eben fertig. Es war schön, aber nun ist es vorbei. Morgen beginnt ein neuer Tag, ein neues Jahr, für uns alle, das ist doch wunderbar.«
»Es ist nur ein beschissenes Datum«, sagt Rocky.
»Wisst ihr, was euer Problem ist? Ihr habt keine Fantasie. Versucht doch mal, größer zu denken. Alles wird sich ändern für uns. Oskar macht den Club dicht und bricht auf zu neuen Abenteuern. Du, Rocky, bringst deine Platte raus und wirst damit wahrscheinlich die ganze Welt erobern. Und Leo, hm ja, was machst du eigentlich ab morgen?«
Leo schweigt.
»Und du, Nina? Was machst du?«
»Ich werde leben«, sagt Nina, »endlich richtig leben. Ich werde nicht länger versuchen, irgendwas zu erreichen oder neu zu erschaffen, ich werde einfach mal nichts tun und die Tatsache genießen, dass ich atmen, sehen, riechen, schmecken, hören, fühlen kann. Wir rennen doch alle ständig irgendwas hinterher, haben die ganze Zeit Angst, irgendwas zu verpassen. Warum? Ich habe immer gedacht, das Leben sei wie eine Zitrone, die man auspressen müsse, damit kein Tropfen verloren geht, aber in Wahrheit ist das Leben ein Meer, in das man sich reinwirft. Man muss nicht strampeln, man muss sich einfach nur treiben

lassen und das Wasser genießen wie eine Umarmung. Wir brauchen nicht mehr suchen, es ist alles da, um uns, in uns, spürt ihr das nicht? Wir müssen das Leben nicht bezwingen, wir müssen es durch uns hindurchfließen lassen.«

»Also, wenn du mich fragst«, sagt Rocky, »ist das der allerletzte Esomüll. Totale Hippiekacke. Du hast zu lange in diesem Keller gehockt.«

»Ich frage dich aber nicht«, sagt Nina und lächelt. In ihrem Lächeln ist eine entspannte Zufriedenheit, aber auch ein Zug von Trauer, keine Ahnung, wie ich das beschreiben soll. Ich kenne nur einen Menschen auf der Welt, der so lächeln kann, und an diesen Menschen will ich nie wieder denken.

»Wir essen jetzt«, sagt Nina. »Ich habe euch ein Chili gekocht.«

»Woher wusstest du denn, dass wir kommen würden?«

»Ich wusste es einfach.«

Eingehender Anruf
Pablo

Hallo Kröte.
Was willst du?
Ich weiß nicht. Ah, jetzt fällt's mir wieder ein: Komm sofort her, du Idiot!
Sieben Uhr, wie abgemacht. Hast du meine Mail nicht gelesen?
Leider gibt es da eine massive Diskrepanz zwischen den Angaben in deiner E-Mail und der Realität. Zum Beispiel ist hier die Band deines gestörten Freundes, es sei alles abgesprochen, ich weiß aber leider von nichts. Die Typen gehen mir jetzt schon auf die Nerven. Von unseren Leuten ist niemand da, nur Sunny. Gleich kommt die Anlage, das Studio muss dekoriert werden, wir brauchen Schnaps, Wechselgeld und das Zeug für die MDMA-Bowle. Wir müssen die Eintrittskarten drucken ...
Vergiss die Eintrittskarten.
... die Bumsbuden bauen, der Champagnerbrunnen ist noch nicht mal ausgepackt, jeden Moment treffen die ersten Künst-

ler ein, und hier sieht's aus wie, wie ... Was war hier gestern eigentlich los?
Bin gleich da.
Spielst du dir wieder am Pipimann rum?
Was immer du willst.
Ich hasse dich.
Schon okay.

Ich werfe das verfluchte Handy in die Tonne, die noch immer sachte qualmt, die nach verbranntem Plastik stinkt und Moder; in die eklige Tonne werfe ich das Handy jetzt hinein, damit ich hier in Ruhe stehen kann, in der Dämmerung, hinter der Villa, mit Blick auf die Elbe, auf den Fluss, das Wasser, in das man sich werfen soll, für eine Umarmung, für das Leben. Aber das geht natürlich nicht. Ich kann jetzt nicht einfach mein Handy wegwerfen. Noch nicht. Stecke es zurück in die Innentasche meines Jacketts und starre auf den Fluss. Wenn ...

Eingehender Anruf
Unbekannte Nummer

Oskar?
Nein, hier ist Winfried Ockenpögel aus Hummelstedt am Mors.
Lass den Flachs. Erkennst du meine Stimme nicht?
Warum sollte ich?
Weil du mir zehntausend Tacken schuldest.
Scheiße.
Wie bitte?
Hallo Karl.
Was macht der Kopf?
Ist noch dran.
Gut, gut. Und der Laden? Flutscht alles?

Wie geschmiert.
Braver Junge. Und immer schön an unsere Abmachung denken.
An nichts anderes. Aber wir müssen da noch mal drüber reden, weil ...
Frauen reden. Wir sind Männer, Oskar. Wir handeln.
Aber ...
Meine Jungs sind schon ganz wild darauf, deinen Club kennenzulernen. Ich aber nicht. Also geh immer schön ans Telefon und mach die Kohle klar, verstanden?
Karl, bitte! Es gibt keine Kohle. Wir sind vollkommen ...
Hör auf zu winseln, mir wird schlecht. Bis später.

Wenn das Leben ein Fluss wäre ... Aber das Leben ist ein Wildwasserbach mit Wasserfällen hinter jeder Biegung. Alles stürzt nach unten und nichts zum Festhalten, nirgends. Wenn man einfach liegen bleiben könnte, ein paar Tage einfach nur liegen, treiben ... Wahnsinnig würde man werden. Weil ja sofort die Kopfmaschine anläuft, wenn man länger liegt. Sofort kommen die zersetzenden Gedanken in wilden Horden und machen einen fertig.

»Hey Oskar, wenn du da noch länger hinstarrst, läuft die Landschaft weg.«
Nina, Meerjungfrau im Zobelmantel. Erbaulicher Anblick, wie sie da vor der bröckelnden Villenwand steht in ihrem bräunlich schimmernden Pelz. Traut sich heutzutage ja keiner mehr, so einen Pelz zu tragen. Ganz egal, ob der Mantel alt ist, zum Beispiel von der Oma oder Katharina der Großen. Ist egal, trägt man einfach nicht, gehört sich nicht, sind die Zobeltierchen eben umsonst verreckt, da fragt keiner nach. Dabei muss man nur mal Nina sehen. Ganz schöner Anblick jetzt, so braun der Pelz, so blond ihre Strubbelhaare, ihre Wangen rosig wie die Blüten eines ...

»Oskar, geht's dir gut?«
»Schöner Mantel.«
»Den hat mir die Frau von Hollenbach geschenkt. Kanadischer Waschbär.«
»Na, die muss dich mögen.«
»Komisch, oder?«
»Überhaupt nicht.«

Ich sitze neben Rocky auf der Rückbank, jeder von uns hat einen von Ninas Plattenkoffern auf dem Schoß, vorne hockt Leo, das heißt: Er hat seinen Riesenkörper irgendwie in dieses Zwergenfahrzeug gezwängt und klemmt da jetzt fest. Der Mini Cooper schießt los, Bankräuberanfahrt, wir brettern auf die Elbchaussee, hinter uns sofort Gehupe, Nina lacht. Zündet sich mit der Linken eine Zigarette an. Fummelt mit der Rechten am Autoradio rum. Jetzt kommt da Musik raus, klingt wie Polka, aber mit Rapper. Die obskursten Musiken finden sich in Nina Bredows Sammlung; bulgarische Hardcorebands, Gabba aus China, Beerdigungstrommeleien aus Ghana, indische Dudelsackorchester – Zentralarchiv des Völkerkundemuseums nix dagegen. Hilft uns jetzt aber auch nicht weiter.
Am Auto flitzt der teure Teil der Stadt vorbei. Elbblickvillen, Luxuslimousinen, Jahrhunderteichen, Hecken wie Mauern und Hausangestellte auf dem Weg zur Bushaltestelle. Überall hängen Wahlkampfplakate, darauf die üblichen Politikerfratzen, die versuchen, gleichzeitig gewinnend, gut gelaunt und seriös zu wirken, was wie immer misslingt. Sie sehen mitleiderregend aus, als hätten sie sich vor lauter Anstrengung in die Hose gekackt, nur die Rockmann guckt, als hätte sie schon gewonnen. Die Senatorin hängt hier an jedem zweiten Baum, und unter ihrem Kaiserinnenkinn stehen Slogans wie ›Für eine sichere Stadt‹, ›Zeit für Taten‹ und ›Unser Hamburg‹, aber eigentlich müsste da stehen: ›Hamburg den Reichen‹, ›Knüppel aus dem Sack‹ und ›Hier wird mit Hass regiert‹.

»Achtundvierzig«, sagt Leo.
»Was?«, sagt Rocky.
»Deine Mutter.«
Jetzt werden es aber schon weniger, weniger Bäume und weniger Senatorinnen, denn jetzt sind wir in Altona, und gleich kommt St. Pauli, und da werden die Plakate grüner und roter, aber die Wahlkampfsprüche bleiben die gleichen. Ich hätte ja schon ein paar Ideen, wie die Welt zu retten wäre. Aber leider habe ich keine Zeit für demokratische Prozesse, kein Geld, um den ganzen Scheiß einfach aufzukaufen, und für die Revolution von unten fehlt mir die Gewaltbereitschaft. Wahrscheinlich geht es uns einfach noch zu gut. Der Leidensdruck muss größer werden. Also bin ich weiterhin dagegen, gegen alles, so ganz generell jetzt, damit liegt man immer richtig.
Die Ampel ist rot, zum Glück hält Nina an. Und das ist jetzt heftig, denn da vorne an der Litfaßsäule, riesengroß: Rockys Gesicht. Krass! Irre! Und da, wo sein Hals sein müsste, steht in giftgrünen Lettern:

KIDD KOMMANDER
Kollateralschaden
Das neue Album
Ab 7. Januar
Überall

Mir wird heiß und kalt, ich könnte schreien vor Freude. Junge, Junge, unser Rocky! Wir starren gebannt in sein Antlitz, nur Rocky nicht, der guckt nach rechts aus dem Fenster und trommelt nervös auf dem Plattenkoffer rum. Niemand sagt was. Vor uns der Riesenrocky, im Radio das Polkainferno, und niemand sagt ein Wort. Das ist schön. Dafür sind Freunde da. Dass sie einfach mal die Klappe halten.
Nina gibt Vollgas, obwohl die Ampel noch rot ist. Der Mini rast

an der Rockysäule vorbei über die Kreuzung, hinter uns wieder wütendes Gehupe. Mathilda würde Nina lieben. Und umgekehrt. Sie wären ein tolles Paar. Leider haben sie sich nie kennengelernt. Sie alle kennen Mathilda nur aus meinen Erzählungen. In den unwirklichen Minuten des Morgengrauens, betrunken am Tresen, als ich Angst hatte vor dem Alleinsein, da bin ich manchmal sentimental geworden und habe ...
Ach, ist auch egal.

Wie man sich an einen Musikclub verschwendet
oder
Anleitung zur Gründung einer Event Location mit
cash-flow-fixierter Entertainmentgastronomie und
integrierter Work-Life-Balance-Solution

1. Die Notwendigkeit

Am Anfang ist die Erkenntnis. Zahllose in lustlos geführten Etablissements verbrachte Nächte erzeugen Missvergnügen, Phantomschmerz, innere Ödnis – und lassen die Einsicht reifen: Diese Stadt, diese Welt brauchen einen guten Club. Und zwar sofort. Man verabschiede sich nun von etwaigen Zukunftsplänen, entsage jedem Bedürfnis nach Sicherheit und stürze sich selbstlos in dieses Abenteuer – zum Wohle der Menschheit, und weil man dringend eine sinnvolle Aufgabe braucht.

2. Die Mitstreiter

Sie sind da draußen, und sie fühlen ähnlich, es gilt sie zu finden, mindestens einen, nicht mehr als zwei. Man wähle sie sorgfältig, achte auf das Brennen in ihren Augen, die Festigkeit ihrer Forderungen, die Aufrichtigkeit ihres Handelns und meide jene, die zu viel reden. Es sollte der zukünftige Partner zudem mindestens ebenso uninteressiert sein an weltlichem Besitz wie man selbst. Und keine Angst haben vor gar nichts.

3. Die Räume

Nachdem der Entschluss, das weltbeste Unterhaltungsetablissement ins Leben zu rufen, feierlich besiegelt wurde, gilt es zügig die passende Räumlichkeit zu finden, bevor die Begeisterung verebbt. Der Raum muss sich im Stadtzentrum befinden, sonst geht keiner hin. Doch leider ist alles zubetoniert und Besitz. Freie Räume sind nicht vorgesehen. Freiräume werden aufgekauft, totsaniert und rentabel vermietet für seelenlosen Schrott. Deswegen gilt es noch das letzte einsturzgefährdete Loch in Betracht zu ziehen. Die Beschaffenheit desselben ist grundsätzlich egal, solange da mindestens hundert Leute reinpassen, eine Bar und eine Bühne. Also: Raum finden, besetzen, halten, notfalls mit Gewalt.

4. Das Geld (Anschaffung)

Es ist das drängendste, widerlichste aller Probleme auf dem Weg zu einer besseren Welt, es ist überhaupt das größte Problem der Menschheit: Geld und die Abwesenheit desselben bei denen, die es brauchen. Erster Reflex: Banküberfall. Leider zu riskant. Auf herkömmlichem Wege läuft leider auch nichts, denn keine Bank der Welt wird einem einen Kredit bewilligen, weil kein Bankangestellter versteht, wovon man da eigentlich redet, und das eigene Leben als Sicherheit nicht genügt. Also ist man auf private Geldleiher jedweder Art angewiesen, auf den Dispo und die Belastbarkeit der Kreditkarte – so man eine hat. Man besorge sich so viel Zaster wie möglich. Es wird nicht reichen.

5. Das Geld (Verlust)

Alles – jeder Nagel, jede Lautsprecherbox, jeder Vorhang und jede Glühbirne – kostet Geld, und die finanziellen Mittel gehen schneller dahin als Eisberge am Äquator. Ein Moment irrsinnigen Schreckens ist die Erkenntnis, was es alles noch zu erwerben gilt, wenn die Barschaft längst erschöpft ist. Man lasse sich so viel wie möglich schenken, stehle und borge, nehme jede Hilfe an, denn hier macht die Idee die Qualität, nicht das Material. Und wenn man denkt, es geht nicht mehr, kommen die Behörden an. Oh, Sie wollen einen Club eröffnen? Haben Sie denn eine Konzession? Genügend Stellplätze? Sind die Notausgangstüren auch aus doppelwandigem Stahl? Ist dieses Kabel da geprüft? War denn schon der Brandschutz hier? Haben Sie die Gutachten A, B, C und D? Nichts von alledem ist vorhanden, und all diese Abscheulichkeiten kosten derart viel Geld, dass Behördenwillkür und Vorabvernichtung noch die harmlosesten Vokabeln sind, die einem in den Sinn kommen. Weil ein illegaler Club meist nicht lange lebt, täusche man Kooperationsbereitschaft vor, lüge und betrüge, wo es eben geht, füttere die Schweine mit kleinen Happen und hoffe das Beste. Irgendwie geht das. Wenn man Glück hat.

6. Das Innenleben

Dieser Punkt erklärt sich selbst. Wer nicht weiß, wie er seinen Laden nennen will, was da passieren soll, welche Prachtmenschen ihn am Laufen halten können und wie man die Welt von ihrem Glück in Kenntnis setzt – wer all das nicht weiß, gehe sofort zurück an die Uni oder lasse sich von irgendeinem Dreckskonzern knechten bis zum hoffentlich frühen Ende der verfehlten Existenz.

7. Die Eröffnung

Wird bestimmt eine irre Sause. Leider wird man davon nichts mitbekommen. Alle Beteiligten flitzen die ganze Zeit wie ferngesteuert durch die Gegend, weil nichts funktioniert. Es ist nicht genügend Wechselgeld da, an Eiswürfel hat niemand gedacht, die PA fällt aus, die Lüftung versagt, um Mitternacht ist das Bier alle, und wo zum Henker kommen all die Leute her? Irgendwann rückt die Polizei an, das Klo läuft über, der Geschäftspartner erleidet einen Kreislaufkollaps, und wer dachte, die Herrichtung des Lokals war die Hölle – was ist dann das jetzt bitte?

8. Der Betrieb

Überraschung: Eine Schwalbe macht noch keinen Sommer, und komischerweise interessieren sich nur acht Leute für die Musik der isländischen Noisecoreband Umpftkrrmpf und nicht wie erwartet einhundertachtzig. Es gilt das Personal angemessen zu entlohnen, immer mehr Rechnungen harren der Begleichung, und bald schon feiert man jedes Fest, als wäre es das letzte. Das hört man gern. Das spricht sich rum. Publikum taucht auf. Für Auflockerung im Betrieb sorgen Ruhestörungsbeschwerden der Nachbarn, Behördenbefindlichkeiten und irritierende Fragen des Finanzamtes. Außerdem muss ständig was gebaut und verbessert werden, weil hier niemals irgendwas fertig ist, und die leeren Flaschen von der gestrigen Nacht sind auch noch einzusammeln.

9. Das Weiter

Schlafentzug, Finanzdruck, Mangel an Tageslicht und Frischluft fordern ihren Preis. Das gesamte Sozialleben des sogenannten Clubbetreibers spielt sich in diesen Räumen ab. Und jede Nacht: ein ordentlicher Rausch. Nach dem dritten Zusammenbruch lernt man mit seinen körpereigenen Energien zu haushalten. Wer Blut spuckt, muss weniger rauchen. Wer sich schon vor dem

Frühstück übergibt, sollte weniger trinken. Einfache Grundsätze, die es in jedem Fall zu beherzigen gilt. Nur so bleibt man weiterhin empfänglich für die Momente großen Glücks, für die herrlichen Begebenheiten, die in diesem Schmelztiegel der Suchenden das Leben so hochkochen lassen, wie man es nie zu träumen wagte.

10. Das Ende

Kein guter Club sollte länger bestehen als zwei Jahre (wenige Ausnahmen bestätigen die Regel). Und weil einen die Stadtoberen nicht haben wollen, das Gebäude baufällig ist und einige Leute mit diesem Flecken Erde so viel mehr Geld verdienen können, ist alsbald Schluss. Nun gilt es irgendwie heil aus der Nummer herauszukommen. Viel Glück.

»Wartet, ich mach mal ein Foto«, sagt Rocky und zückt sein Handy.
Wir stellen uns vor die mit Aufklebern und Graffiti übersäte Stahltür. Drumherum an der Wand wellen sich alte Plakate; die einzigen Hinweise darauf, dass sich hinter dieser Tür so was wie ein Club befindet. Immer schön unsichtbar bleiben, das hält die Touristen fern und verwirrt die Staatsschergen. Von der Reeperbahn knallt's dumpf zu uns herüber. Hin und wieder saust eine Rakete in den Himmel, der mittlerweile dunkel ist; so dunkel, wie er in dieser Stadt werden kann: dunkelgrau.
Slick macht das Handy. »Gut«, sagt Rocky, »rührt euch.«
Scheißkameras. Immer und überall: Linsen, Auslöser, Aufnahme. Alles wird zu Tode fotografiert und gefilmt. Was nicht festgehalten wurde, war nicht. Und keiner lebt mehr, weil alle ständig abdrücken.
»Oben ist aber Fotografierverbot«, sage ich.
»Oh«, macht Rocky, »hast wohl Angst vor der Laterna Magica? Hast Angst, dass dir das böse Ding die Seele stiehlt.«
Slick. Slick. Slick.
»Das mit den Kameras scheint bei euch eine Familienkrankheit zu sein.«

»Lass meine Mutter aus dem Spiel.«
»Steck das Ding wieder ein.«
»Penner.«
»Selber.«
»Jungs, lasst mal reingehen«, sagt Nina. »Hier draußen herrscht Krieg.«
Ich stecke den Schlüssel ins Schloss und versuche, nicht daran zu denken, was uns da oben erwartet. Chaos, Panik, Stress. Wenn wir erst mal oben sind, gibt es kein Zurück mehr. Dann sitzen wir in einem Hochgeschwindigkeitszug, der in den Abgrund rast. Alle Ausgänge zugeschweißt. Der Schaffner liegt erschossen im Gleisbett. Aber die Stahltür klemmt mal wieder. Man muss gleichzeitig treten und schließen, und ich trete und schließe, aber es geht nicht.
»Hm«, macht Leo, schiebt mich beiseite, dreht den Schlüssel, tritt und – die Tür fliegt auf mit einem Knall.
»Oh.« Leo hält das eine Ende des Schlüssels in der Hand, das andere steckt im Schloss. Abgebrochen. *Slick.*
Wie das hier aussieht. Nach schlecht ausgeleuchtetem Abrisshaus sieht das aus. Aber das ist natürlich alles nur Tarnung, denn oben gibt's ja dieses edel eingerichtete Spitzenetablissement, und da ist die Freude groß beim Gast, wenn er sich hier unten durch den Schutt geschleppt hat und oben dann plötzlich: palastartiges Gegenprogramm. Wir nehmen den Fahrstuhl, der uns direkt in das ehemalige Empfangszimmer der Station für Inneres fährt, in der sich unser Club befindet. Früher: Leberzirrhosen, Nierenversagen, Darmdurchbrüche. Heute: Musik, Rausch, Wahnsinn.
Mit diesem Fahrstuhl haben sie damals hier im Spital die Kranken hoch- und die Gesunden wieder runtertransportiert. Heute läuft das eben andersrum: gesund rein und krank wieder raus.
Der eiserne Rollladen rasselt runter wie eine altersschwache Guillotine. Eine Fahrt dauert sechsundvierzig Sekunden (Leo),

Sekunden des Friedens, bevor wir in das Auge des Tornados stolpern. Keine letzten Gedanken. Nina riecht toll. Rocky nagt sich die Haut von der Unterlippe. Leo hat ein paar graue Haare an den Schläfen, die sehe ich zum ersten Mal, er ist also doch nicht unsterblich. Jetzt bleibt der Lift ruckartig stehen, und wie immer scheint er ein paar Sekunden lang zu überlegen, ob seine Passagiere des Betretens des Clubs würdig sind, dann schiebt sich der Rollladen kreischend hoch. Aber komisch: Hier ist niemand. Links die Bar, geradeaus das Sofa, daneben die Separees, die bis zur Fensterfront reichen, durch die man einen guten Blick hat auf das untere Ende der Reeperbahn, aber kein Mensch im Club. Über dem DJ-Pult dreht sich träge die Totenkopfdiscokugel und wirft Lichtsplitter auf die roten Samtvorhänge, die goldumrahmten Spiegel und die Tanzfläche.

Vielleicht haben wir uns im Tag geirrt. Vielleicht ist alles nur ein...

FIIIIIIEEEEEP!

»Scheiße.«

Rocky hält sich die Ohren zu, Nina zieht sich den Pelz über den Kopf, nur Leo bleibt wie immer regungslos, als hätte er den ganzen Tag auf dieses fiese Fiepen gewartet, das hier – Schmerz! – aus den Boxen sticht.

»Aufhören!«, schreit Rocky. Funktioniert.

Hinterm DJ-Pult, das gleichzeitig als Mischpult dient, taucht Sunnys Glatzkopf auf. Sunny ist unser Tontechniker und pfeift wohl gerade die Anlage ein. Das bedeutet so viel wie alle Kanäle frei pusten, wenn ich das richtig verstanden habe. Jedenfalls fiept es beim Einpfeifen. Das muss so sein.

»Da seid ihr ja endlich!«, ruft Sunny freudestrahlend und wedelt grüßend mit einem Kabel. »Lasst euch umarmen!«

Wir lassen uns umarmen.

Er versucht, uns alle gleichzeitig an sein verschwitztes Tocotronic-Shirt zu drücken, und da wird mir doch gleich ein bisschen warm ums Herz. Der Sunny ist immer so voller Leben, da könnte man glatt vergessen, dass alles im Sterben liegt.

»Heute geht's rund«, sagt Sunny. »Heute schreiben wir Geschichte.«

»Sunny ...«

»Eine Nacht wird das. Eine Wahnsinnsnacht!«

»Sunny, wo sind denn ...«

»Heute wird gefeiert! Mit der ganzen Familie. Aber vorher müssen wir noch ...«

»Alter, jetzt ...«

»... ein paar Dinge erledigen. Was hier schon wieder los ist, unfassbar! Aber kriegen wir hin, kriegen wir wie immer alles hin. Jetzt mal schnell einen Begrüßungswodka. Ab an die Bar, los, los.«

»So früh am Tag?«, sagt Nina. »Du?«

»Ja, normalerweise nicht«, sagt Sunny und flitzt hinter den Tresen.

»Aber normalerweise ist abgeschafft. Bin vorhin von der Tour zurückgekommen, zwei Stunden geschlafen und dann gleich hierher, das ist natürlich ein hartes Pensum, da muss man zwischendurch den Turbo zünden, ihr versteht. Hier, unfassbar, Schnäpschen, und dann ran an den Speck. Auf euch, auf den Club, auf unser Zuhause!«

Anstoßen, schlucken, würgen – der Körper wehrt sich noch.

»Mach noch mal voll«, sagt Rocky. Sunny grinst und gießt nach. Der Typ sprüht aus jeder Pore Funken, immer auf hundertachtzig, das steckt natürlich an, und jetzt wird mir auch plötzlich klar, wie ich diesen Wahnsinn hier zwei Jahre lang ausgehalten habe. Wegen der ansteckenden Begeisterung der anderen nämlich.

»So, und jetzt muss ich weitermachen«, sagt Sunny und stellt den Wodka zurück in den Kühlschrank. »Wir schaffen das, macht euch keine Sorgen.«

»Sunny.«

»Ja, Oskar?«
»Wo sind denn alle?«
»Na hinten. Ihr verschwindet besser auch mal, ist gleich vorbei.«
Im Backstage ist niemand. Auf den Sofas und Sesseln liegen Stoffbahnen und Seile, in der Mitte des Raumes steht ein glänzendes Ungetüm aus Metall, noch halb verpackt in Pappe und Plastikfolie, das muss der Champagnerbrunnen sein. Daneben fünf übereinandergestapelte Kartons, Moët-Champagner, Gold auf Orange.
»Na, ihr lasst's ja krachen«, sagt Rocky und deutet auf die Kartons.
»Die wissen halt, wie man sich verabschiedet«, sagt Nina.
»Ich weiß überhaupt nichts«, sage ich und frage mich, wer den Schampus besorgt und – vor allem – bezahlt hat.
Das Büro sieht aus wie ein Recyclinghof nach einem Terroranschlag, also wie immer. Am Schreibtisch sitzt Pablo im dunkelgrünen Satinanzug, die Schuhe auf dem Tisch neben der Leninbüste, das Haar sorgsam pomadisiert und gescheitelt, in der Hand eine Zigarette, die in einem perlmuttfarbenen Mundstück steckt und qualmt. Auf dem Fensterbrett hockt Millie, die Bassistin, und auf dem Sofa, neben einem Berg von von Gästen vergessenen Klamotten, liegt Ratte, der Schlagzeuger von Kidd Kommander, und tippt auf einem Handy rum. Zentrum der Szenerie ist jedoch Torben, volltätowierter Ex-Punk und Manager der Band, der einen etwas aufgebrachten Eindruck macht.
Er schlägt auf den Tisch. Er brüllt: »Was glaubst du eigentlich, wer du bist? Nicht einen Ton werden wir hier spielen, nicht einen verdammten Scheißton!«
Pablo (gelangweilt): »Tja, dann eben nicht.«
Millie: »Wir sollten aber erst mal Rocky fragen, war schließlich seine Idee.«
Ratte: »Ey, irgendein Spacko hat unser Video auf Youtube gestellt.«

Pablo: »Warum bewegt ihr eure Spießerärsche nicht einfach raus hier und kauft euch einen Milchkaffee, hm?«
Torben: »Ich hau dir auf's Maul!«
Pablo (extrem gelangweilt): »Bitte, tu dir keinen Zwang an.«
Millie: »Können wir nicht endlich mal reden wie vernünftige Menschen? Wir brauchen doch nur einen Backstage, zwei Stagehands, was zu essen und eine bessere PA. Vielleicht kann man noch was mieten, und wir quartieren uns in diesem, na ja, Büro hier ein. Wenn ihr das ein bisschen aufräumt.«
Pablo: »Ich wiederhole mich gern: Einen Backstage gibt's heute nicht, die Anlage ist ausreichend, und essen könnt ihr auf dem Kiez, hier ist Geld.«
Torben: »Fünfzig Euro? Soll das 'n Witz sein?«
Pablo: »Wenn sich die Herrschaften nun bitte entfernen mögen. Ich habe zu tun. Es gilt eine Party vorzubereiten, an der ihr ja nun offensichtlich nicht teilnehmen werdet. Also, husch, husch, hinfort mit euch.«
Torben hechtet über den Schreibtisch und greift nach Pablos Krawatte, aber Pablo ist schneller, rollt mit dem Bürostuhl nach hinten, Torben bäuchlings auf dem Tisch, Arme und Beine in der Luft.
Nina lacht lauthals los. Alle drehen sich zu uns um.
Hallöchen!
Millie: »Endlich, Rocky!«
Pablo (grinsend): »Hallo Kröte.«
Ratte (Nina anstarrend): »Wow, wer ist *das* denn?«
Wir treten ein, was gar nicht so einfach ist, Stichwort: Supersaustall.
Rocky: »So Kinder, Papa ist wieder da.«
Torben (keuchend): »Alter, die verarschen uns. Die haben nicht mal den Rider gelesen. Es gibt nichts von dem, was wir gefordert haben. Wir sagen den Auftritt ab. Und der Arsch hier...«
Rocky: »Hier wird gar nichts abgesagt. Wir haben vor zwei Jah-

ren schon mal hier gespielt, da ging's auch. Wo ist das Problem?«

Torben: »Das Problem ist, dass wir mittlerweile eine viel größere Produktion haben. Ihr passt mit eurem Zeug gar nicht mehr auf die Bühne. Von der lachhaften Anlage, dem fehlenden Catering und dem nichtvorhandenen Backstage mal ganz zu schweigen. Die haben noch nicht mal Stagehands bestellt. Außerdem ist dieser Typ da...«

Rocky: »Sind wir jetzt auf einmal Pink Floyd, oder was?«

Millie: »Also, mir reicht's. Das ist ja voll Kindergarten hier.«

Ratte: »Hauptsache, die Gage stimmt.«

Rocky: »Es gibt keine Gage.«

Torben: »Es gibt keine – *was?*«

Rocky: »Genau.«

Torben (sehr laut): »Warum sagt mir das keiner!«

Millie: »Wir müssen sofort ein Bandmeeting machen.«

Rocky: »Hört ihr euch eigentlich reden? Merkt ihr noch was?«

Das ist jetzt leider unklar, ob die noch was merken, und mir ist auch egal, wer hier heute spielt und wer nicht. Ich will nicht mehr. Wir sollten alles absagen, dem Schneider ein Schnippchen schlagen, zur Abwechslung mal auf unsere Gesundheit achten.

»Wir klären das draußen«, sagt Rocky.

Die aufregendste Band des Landes trottet von dannen wie eine Gruppe bockiger Fünftklässler. Pablo drückt seine Zigarette in seinem kinderkopfgroßen Art-déco-Aschenbecher aus, schreitet hinüber zu Nina, verbeugt sich und deutet einen Handkuss an.

»Dürfte ich die Dame in das ehemalige Studio geleiten, denn ich hoffe auf Ihren Rat bezüglich einer Gestaltungsfrage.«

»Klar doch«, sagt Nina.

Sie gehen. Leo haut mir auf den Rücken und verdrückt sich ebenfalls. Ich sinke in meinen Schreibtischstuhl, schiebe die Reisetasche unter den Tisch, zünde eine Zigarette an und versuche, meine Gedanken zu ordnen, quasi Umschalten auf Funktionsmodus. Es gibt wahnsinnig viel zu tun, aber ich weiß nicht mehr, was. Soll ich Pablo von der Schneidersache erzählen? Er hat ja auf alles eine Antwort und niemals Angst. Andererseits: Ein gewaltbereiter Ex-Lude, der mal eben rückwirkend zehntausend Euro Schutzgeld eintreiben will, könnte selbst ihn aus dem Konzept bringen. Und es ist ja wirklich niemandem geholfen, wenn wir beide kollabieren. Was war noch mal die Frage?

»Schäme dich nicht, dir helfen zu lassen! Denn du musst deine Pflicht erfüllen wie ein Soldat beim Sturm auf die Festung. Wie nun, wenn du infolge deiner Lähmung die Zinne nicht allein erklimmen kannst, wohl aber im Bunde mit einem anderen?«

Ja genau, wie nun? Was will mir der Autor damit sagen? Soll ich vielleicht doch ...
»Wach auf, Kretin! Schlafen kannst du, wenn du tot bist.«
Pablo kickt einen leeren Karton in meine Richtung und überprüft seinen Samtschuh auf etwaige Folgeschäden.
»Ich schlafe nicht, Idiot, ich denke nach. Es gibt da nämlich ein Problem.«
»Du irrst, mein Freund, es gibt ungefähr zwanzig Probleme«, sagt Pablo und setzt sich mir gegenüber an den Schreibtisch. »Problem Nummer eins: die noch zu erledigenden Besorgungen.«
»Kinderkram«, sage ich, »es gibt da ein anderes, sehr viel größeres, äußerst bedrohliches Problem.«
»Exakt, in drei Stunden rückt der Mob an. Fünfhundert Leute wollen sich verlustieren, uns freundlicherweise ihr Gespartes überlassen, und unser Club sieht aus wie eine Baustelle.«

»Fünfhundert? Bist du irre?«

Bei einem Konzert der Musikgruppe Interpol hatten wir mal dreihundert Leute im Laden, weil unten jemand vergessen hatte, den Einlass zu stoppen. Ich sag's mal so: Umfallen konnte niemand mehr.

»Mit dem frei geräumten Studio und dem Backstage haben wir fast doppelt so viel Platz«, doziert Pablo. »Doppelte Kapazität ist gleich doppelter Umsatz – denk doch mal nach!«

Genau, ich könnte ja mal nachdenken. Nicht die ganze Zeit beschwingt pfeifend durch die Gegend schlendern, bisschen denken, gute Idee.

»Vielleicht kommt auch niemand«, sage ich hoffnungsvoll.

»Weil alle angeekelt sind von deinem Elend«, erwidert Pablo.

»Oder deine selbstgerechte Menschenverachtung nicht mehr ertragen können. Aber es gibt da immer noch dieses Problem ...«

»Wir brauchen Wechselgeld.« Pablo klappt seinen Laptop auf.

»Wie viele Penunzen haben wir noch?«

»Weiß ich doch nicht.« Woher soll ich das auch wissen? Ich weiß nur, wie viel Geld wir *nicht* haben.

»Ich schlage vor, du kaufst erst alles Nötige ein und modifizierst die verbliebenen Gelder dann in der Wechselstube zu Münzen. Wir brauchen extrem viel Schnaps, das übliche Gemüse und rotes Obst für die MDMA-Bowle.«

»Haben wir denn überhaupt MDMA?«, frage ich, wie immer voll auf Zack.

»Dieses zu liefern ist die Aufgabe von Wolle, der sich in der Vergangenheit als verlässlicher Lieferant diverser Rauschmittel erwiesen hat. Er wird sich bei dir melden. Wie findest du den Champagnerbrunnen? Zweihundertfünfzig, vorgestern ersteigert.«

Wolle, Wolle, der hat doch vorhin angerufen. Und ich habe ihn, wie man sagt, weggedrückt. Den sollte ich vielleicht mal ... Champagnerbrunnen?

»Wer hat uns eigentlich den Schampus geschenkt?«

»Den haben wir gekauft«, sagt Pablo, als würde die Vokabel Schulden in seinem Wortschatz einfach nicht existieren. Aber da sage ich jetzt nichts zu, immer schön die Ruhe bewahren, denn alles geschieht gemäß der Allnatur, und bald werde ich ein Nichts und nirgends sein, gerade wie Hadrian und …

»Fürderhin benötigen wir <u>Friedhofskerzen zwecks Fummellicht in den Bumsbuden</u>, denn Kerzenständer können wir da ja nicht hinstellen, weil uns sonst die Besoffskis den Laden abfackeln, was andererseits auch irgendwie stilvoll wäre, findest du nicht?«

»Und <u>Eis</u>.«

»Musst du an der <u>Kieztanke</u> holen.«

»An Silvester, Samstagabend, vergiss es.«

»Oh ja, die böse Welt da draußen«, sagt der Exilchilene mit verächtlich gekräuselten Lippen, »ist ja viel zu laut für dein sensibles Gemüt.«

»Du Geck hast keine Ahnung, was ich heute alles durchgemacht habe.«

»Hat das was mit ihr zu tun?«

»Mit wem?«

»Na ihr. Sie.«

Mathilda. Hallo Mathilda, lang nicht mehr an dich gedacht.

»Wie kommst du denn jetzt darauf?«

»Äh, keine Ahnung.« Pablo fummelt an seinem Laptop rum.

»Ist doch ständig dein Problem.«

Meine Probleme in geordneter Reihenfolge: Ich, Mathilda, der Schneider, Überschuldung, Existenzangst und sechstausend andere Dinge, die mir gerade nicht einfallen. Aber total unklar, warum Pablo jetzt mit dem Mathildathema anfängt. Andererseits, so ist er eben. Immer schön in den Wunden anderer Leute herumstochern. Jeder amüsiert sich auf seine Weise.

»Wir brauchen Lilien.«

»Ich kaufe <u>Blumen beim Kurden</u>.«

»Der hat keine Lilien«, sagt Pablo, »der hat nur Nelken. *Wir brauchen Lilien, große weiße Lilien, ungefähr hundert Stück und passende Vasen.«*
»Vergiss es. Sonst noch was? Ich fahre nur einmal.«
»Ich ruf dich an, wenn mir noch was einfällt. Eile nun, Elender. Um neun kommen die Tänzer, um zehn geht die Tür auf.«
»Welche Tänzer?«

Was in den nächsten neunzig Minuten erledigt werden muss

Wechselstube
extrem viel Schnaps
das übliche Gemüse
rotes Obst für die MDMA-Bowle
Friedhofskerzen zwecks Fummellicht in den Bumsbuden
Eis, Kieztanke
Blumen beim Kurden

Ich stecke den Einkaufszettel neben den Aurel und verlasse das Büro, durchwandere unser untergehendes Reich, Ausfallschritt nach rechts: Das ist das Studio, hier haben Jimi und Mense noch vor wenigen Tagen ihre gemeingefährlichen Technostücke verschraubt, da sah das hier aus wie die Schaltzentrale vom Raumschiff Orion, und jetzt ist alles weg, aber das ist nicht das Bemerkenswerte. Das Bemerkenswerte ist Nina, die sich schon wieder neu verpuppt hat. Sie trägt jetzt einen von Pablos Einwegoveralls und rührt in einem Eimer Farbe rum, während Leo eine Bassbox unter das DJ-Pult schiebt.
»Was machst du denn da mit der Farbe?«, will ich wissen, denn das hatte sich doch erledigt – Nina und die Farben. Ist ja alles im schwarzen Loch verschwunden. Und jetzt hier Farbeimer und Anstreicheroutfit.

»Ich gestalte den Raum«, sagt sie. »Ich weiß noch nicht wie, aber wenn die Gäste kommen, wird das alles hier – hm, na ja, mal sehen.«
»Aber du wollest doch nicht mehr malen.«
»Hat sich eben anders ergeben. Wird ja hier auch alles abgerissen. Das passt perfekt. Dieser Raum wird mein finales Kunstwerk sein. Ist das nicht unglaublich? Ist das nicht wundervoll?«
»Na, wenn du meinst.«
Nina legt den Kopf schief und stemmt die Hände in die Hüften.
»Ich bin nicht verrückt, Oskar. Es geht mir gut. Mach dir um mich keine Sorgen.«
Jetzt mache ich mir Sorgen. Wenn jemand ungefragt sagt, dass er nicht verrückt ist, fahren die Neurotransmitter doch längst Achterbahn. Aber nichts anmerken lassen, normal verhalten, die Patientin unauffällig weiter beobachten.
»Jetzt guck nicht so. Mach, dass du wegkommst, ich habe zu tun.«
»Leo, willst du mit? Muss ein paar Sachen besorgen.«
Pablo befreit den Champagnerbrunnen zärtlich aus der Verpackung. Im Club flitzt Sunny zwischen Mischpult und Bühne hin und her, einen Schraubenzieher zwischen den Zähnen, die Hände voller Kabel. Rockys Leute sitzen im Fensterseparee, Rocky steht davor und brüllt. Der Fahrstuhl rattert los, und Fetzen der Rockmann'schen Tirade folgen uns in die Tiefe. »... elende Wutlosigkeit ... nicht besser als die Rockstaridioten, gegen die ... als wir damals dachten ... nicht mal mehr ... wer ich bin ...«

Draußen vor der Tür stehen Benny, Säge und Kerstin, die sehnlichst erwarteten Helfer, die Leute, die den Laden schmeißen, während Pablo und ich das Geld zählen. So läuft das hier nämlich.
»Ey, Chiefchecker, alles cool going?« Bennys Grinsen ist wie die Sonne, es spendet Licht, Leben, Liebe. Großes Umarmen, Küsschen für die Dame.

»Was ist mit Schloss?« Benny deutet zur Tür.
»Hat der da kaputt gemacht.« Ich deute auf Leo.
»Gott wollte Elefant machen«, sagt Benny, der aus Ghana kommt, wo es Elefanten gibt, Flusspferde, Löwen, Warzenschweine, Paviane, Antilopen, Krokodile, Papageien, nur den Roten Stummelaffen gibt's nicht mehr, der ist leider ausgestorben. Vor zehn Jahren ist Benny, der eigentlich Benson Orsay Kingson heißt, mit Hose und Hemd bekleidet aus dem Frachtraum eines Containerschiffes gestolpert, auf der Suche nach einem besseren Leben. Gefunden hat er eine Stadt ohne Farben mit stummen Menschen und später dann uns. Morgens kümmert er sich um seine Frau und die vier Kinder, vormittags kocht er im ›Alsterpavillon‹, nachmittags und nachts ist er im Club, putzt, wuchtet Getränkekisten ins Lager, organisiert die Bar und verhindert den vollkommenen Sittenverfall. Nebenbei verschifft er Autos nach Accra und schickt seinen Brüdern jeden Monat Geld für die Tankstelle, die sie dort bauen werden, bald, wenn die Kleinen studieren. Er ist Mathildas größter Fan. Er nennt sie den schönen Geist und wünscht uns viele Babys.

Der Volvo steht noch immer in der hintersten
Ecke der untersten Etage des Parkhauses, und das ist doch mal eine gute Nachricht jetzt. Keine Parkkralle am Vorderrad, kein roter Aufkleber auf der Windschutzscheibe, der Motor springt an, Leonard Cohen auch.

*Well I stepped into an avalanche, it covered up my soul /
When I am not this hunchback that you see,
I sleep beneath the golden hill.*

Das ist toll, das passt, das hätte ich nicht besser sagen können, ich stelle das Radio ab. Cohens ›Songs of Love and Hate‹ ist bis in alle Ewigkeit mit Mathildagedanken verbunden, wie der Geruch von Chanel N° 5 oder der Geschmack von lauwarmem Riesling, und Mathildagedanken muss ich meiden wie ein Bluter das Nagelbrett. Wie eine Kaulquappe die Kalahariwüste, wie Benny einen Bummel durch die sächsische Provinz muss ich die Mathildagedanken meiden, sonst Exitus. Ich könnte ja, um mich abzulenken, meinen Kopf gegen das Armaturenbrett knallen, bis ich Motorenöl schmecke, aber das wäre Leo gegenüber unhöflich. Wenn er doch nur reden würde! Aber er redet nicht. Leo

und das Schweigen der Taiga. Der sibirischen Steppe. Oder der kaukasischen Wälder. Wo auch immer er herkommt. Wir wissen es nicht. Er sagt immer nur: »Russland.«
»Aber von wo genau da?«
»Russland.«
»Russland ist groß.«
»Sehr groß.«
»Aber warum willst du denn nicht sagen, von wo du da kommst?«
»Weil ich jetzt hier bin.«
»Willst du wieder zurück?«
Schweigen.
»Ist dir da was Schlimmes passiert, und du willst nicht drüber reden?«
Schweigen.
Wir biegen links ab auf die Reeperbahn. Hier gibt's jetzt zum Glück viel zu sehen. Auf dem Kiez ist ja immer was los, wer hier keine Ablenkung findet, merkt auch sonst nichts mehr, und heute natürlich Vollprogramm. Es ist Samstag, es ist Silvester, Menschenmassen schieben sich an den Stripclubs, Dönerläden und Kneipen vorbei, Völkerwanderung nix dagegen. Halbstarke, die an artilleriegeschossgroßen Plastikflaschen saugen. Kichernde Muttis aus dem Münsterland, deren Männer verstohlen zu den Nutten rübergucken. Grölende Engländer, die Vergnügungssüchtigen aus der Vorstadt und mittendrin die Freaks, die Nachtarbeiter, die Flaschensammler und Koberer, und an jeder Kreuzung ein Rudel Polizisten. Was ist schlimmer als ein Bulle mit Schlagstock? Ein Bulle mit Schlagstock und Angst. Die Tachonadel steht konstant auf dreißig. Bin bereit, jeden Moment auf die Bremse zu treten, falls mal wieder jemand auf die Straße torkelt wie eine Motte ins Licht. Mit einem vom Verkehrsamt zur Fahndung ausgeschriebenen Fahrzeug, dessen TÜV seit zehn Monaten abgelaufen ist, überfährt man besser keine Menschen.

»Ich habe keine Angst vor dem Tod«, sagt Mathilda und wischt sich Sperma vom Kinn. Der Mitsubishi steht am Straßenrand, einen Meter vorm Abgrund, hinter uns zwei umgemähte Begrenzungspfeiler. Ich stelle den Motor ab, mein Herz klopft wie wild.
»Aber ich dachte, du liebst das Leben«, sage ich und blicke in die Schlucht. Wahnsinn, war das knapp.
»Ja, aber ich habe nicht das Gefühl, irgendwas versäumt zu haben. Ich bin einfach voll da. Außerdem hat mir mal jemand gesagt, dass Sterben sehr angenehm ist. Es war alles ganz warm und weich und hell. Dann haben sie ihn reanimiert.«
»Aber es wäre doch schade, wenn jetzt auf einmal alles vorbei wäre, findest du nicht?«
Sie zündet sich eine Zigarette an und bläst den Rauch aus dem geöffneten Fenster in die Sommerluft.
»Ich glaube, der Tod ist gar nicht so schlimm, wenn man richtig lebt. Wollen wir weiter? Ich habe Hunger.«

»Stopp!«
»Was?«
»Schnapsladen«, sagt Leo und deutet mit dem Daumen zum Heckfenster. »Vorbeigefahren.«
Wir stehen vor der Tür des Hauses, in dem ich bis vor ein paar Stunden noch gewohnt habe. Heribert Bechers Spirituosengeschäft befindet sich auf der anderen Straßenseite, etwa hundert Meter zurück in Richtung Reeperbahn. Bin wohl nicht so ganz bei der Sache. Also Rückwärtsgang rein, Gas geben und –

BUMPF!

Ach du Kacke. Bitte, bitte nicht. Ich sacke zusammen, starre auf meine Hände, die das Lenkrad halten, kann nicht fassen, dass es so zu Ende gehen soll. Ein Auffahrunfall, rückwärts, mit einer illegalen Karre und Alkohol im Blut. Das war's. Leo muss die

Einkäufe allein besorgen, denn ich werde die Nacht auf der Polizeiwache verbringen. Auch eine Lösung, lächerlich genug, um real zu sein. Eine warme Welle der Erleichterung durchströmt meinen nutzlosen Körper. Aus dem Kleinwagen hinter uns krabbelt ein Typ mit arschlangen Rastalocken. Betrachtet die Stoßstange seines Autos. Schlägt die Hände überm Kopf zusammen. Wir steigen aus.
»Alter, Scheiße, ey, Scheiße«, stammelt der Typ.
Die Stoßstange ist eingedrückt, der rechte Scheinwerfer zerborsten, Glassplitter funkeln auf dem Asphalt wie ohnmächtige Glühwürmchen.
Der Volvo ist natürlich unversehrt, nicht mal angekratzt.
»Alter, das is nich cool«, sagt der Typ. »Das is echt voll nich cool.«
»Tschuldigung.«
Aus seinem Wagen, dessen Fahrertür offen steht, rieselt Reggaepop.

Reg dich nicht auf, komm wieder runter Mann /
Reg dich nicht auf, ist doch kein Weltuntergang.

Ich muss plötzlich lachen.
»Alter, das ist nicht witzig«, sagt der Typ und fingert ein Handy aus seinem mit einem grünen Hanfblatt bestickten Brustbeutel. »Ich ruf jetzt die Cops.«
»Äh, können wir das nicht irgendwie anders regeln?«, frage ich. Finde die Idee, die Nacht auf der Polizeiwache zu verbringen, plötzlich doch nicht mehr so gut.
»Nee«, sagt der Typ und guckt nervös. »Wegen der Versicherung.«
»Ja, ja, schon klar«, sage ich. »Aber wenn die Bullen deine Augen sehen, haben die erst mal ganz andere Fragen.«
»Echt?« Er kratzt sich am Kopf.

»Lass uns das unbürokratisch lösen«, schlage ich vor. »Ich zahle den Schaden und gut.«

Während das Hirn des Typen versucht, das soeben Gehörte in verwertbare Informationen zu transformieren, ziehe ich ein paar Geldscheine aus meiner prall gefüllten Hosentasche, in der all die Kohle steckt, die wir im Tresor noch finden konnten.

»Hier, das sind, äh, hundertzwanzig. Ist das okay?«

»Ich weiß nicht, nee, allein der Scheinwerfer, Alter.«

»Mehr habe ich aber nicht.«

»Und dein Kumpel?«

Zwischen Leos Augenbrauen erscheint die Furche, die Zornesfalte, der Zorn Gottes. Die Erde bebt, kann aber auch die U-Bahn sein, die unter uns...

»Okay, okay«, sagt der Typ. »Is okay.« Er stopft sich das Geld in den Brustbeutel und geht kopfschüttelnd zurück zum Wagen. Vielleicht ruft er jetzt doch die Bullen oder holt eine Knarre aus dem Handschuhfach. Aber nichts. Er steigt einfach ein. Und fährt weg. Dabei war die ganze Stoßstange im Arsch. Leo zuckt mit den Schultern. Ich schiebe mit dem Fuß die Glassplitter von der Straße. Ich schäme mich. Wir haben den Typen eingeschüchtert und abgezogen. Wir sind kein Stück besser als der Schneider und seine Schergen. Aber wir müssen jetzt weiter. Außerdem: Hundertzwanzig Euro sind viel Geld. Das sind zehn Flaschen Wodka, die uns am Tresen verkauft fünfhundert gebracht hätten. Fünfhundert Euro sind ein Zwanzigstel der Schneiderschulden, ein Hundertstel unserer Gesamtschulden und das Monatsgehalt eines Zimmermädchens in einem Fünf-Sterne-Hotel. Für fünfhundert Euro kann man sich eine schöne neue Stoßstange kaufen. Inklusive Scheinwerfer. Bestimmt.

Wir gehen in den Schnapsladen, und sofort ist der Kater wieder wütend. Das Läuten der Glocken über der Glastür, der Geruch, das Licht; umgehend stellt sich Brechreiz ein. Aber bemerkenswert: Hier werden die Folgen übermäßigen Alkoholkonsums bereits beim Eintreten demonstriert, was nur fair ist, moralisch einwandfrei.

»Moin moin, Jungens. Whisky?«

Das ist Herr Becher, er heißt wirklich so. Ihm gehört dieses Saufmuseum. Einmal die Woche putzt er all die Flaschen in den Regalen, Flaschen, die nie jemand kauft, weil alle immer nur kaufen, was sie kennen, und das sind nicht die alten Pullen, an denen Heribert Bechers Herz hängt.

»Nein, danke, Herr Becher, wir müssen noch arbeiten.«

»Sehr löblich, aber da entgeht euch was. Passt auf!«

Er stellt drei Gläser auf den Tresen und holt eine Flasche aus dem Regal.

»Das ist ein Macallan Fine Oak aus Speyside in Schottland. Der reift fünfundzwanzig Jahre im Eichenfass, bevor er in die Buddel wandert. Und dieser hier ist fast so alt wie ich. Riecht mal! Riecht ihr das?«

Ich rieche nur Schnaps.

Leo schließt die Augen und brummt.

»Vanille und Karamell, leichte Bitterkeit, etwas Rauch, Muskatnuss, Zimt und Rosenblüten«, referiert Herr Becher sichtlich ergriffen. »Im Mund dann Tabak, Schokolade, ein Hauch Kokos, Kaffee und Heu. Im Nachklang eine leichte Ingwernote und weißer Pfeffer. Die Flasche kostet ein Vermögen, aber so, wie ihr ausseht, könnt ihr ein wenig Glanz vertragen.«

»Danke, aber wir nehmen lieber das Geld«, versuche ich einen Witz.

Leo rammt mir den Ellbogen in die Seite.

»Auf das Ende«, sagt Herr Becher und gurgelt genüsslich.

Ich würge, huste. »Was denn für ein Ende?«

»Die haben die Miete verdreifacht. Hier soll ein Café rein oder so was in der Art.«

»Im Ernst? Tut mir leid.«

»Nu ja«, sagt Herr Becher lächelnd, wobei sich seine rot geäderte

Gesichtshaut spannt wie Pergamentpapier und seine Augen zwischen Hunderten von Lachfalten verschwinden. »Jetzt habe ich wenigstens einen Grund, meine Schätze hier zu leeren, nich wahr? Zu Hause steck ich da dann Schiffe rein.« Sein Blick wird glasig, sein Lächeln verrutscht, und ich würde mich jetzt gern mit ihm betrinken und ihm sagen, dass alles gut wird, aber ich habe keine Zeit und weiß auch nicht, ob jemals irgendwas wieder gut wird. Also sage ich meine Bestellung auf.

»Was macht ihr hier eigentlich?«, fragt der Herr Becher und stellt Gin und Wodka in Kartons. »Ihr habt hier doch nichts verloren. Ist doch nirgendwo mehr Leben, ist doch alles tot. Als ich in eurem Alter war, da war ich auf See, das war was! Da hat man was erlebt, die Welt gesehen. Ihr müsst doch die Welt sehen. Ihr müsst doch raus. Als ich damals rausgefahren bin, war ich auch so'n halber Hering wie du, Oskar. Aber dann! Wisst ihr, was das Schöne an der Seefahrt ist? Man fühlt sich ganz klein und unbedeutend in der Unendlichkeit, und das rückt die Dinge gerade. Aber heute ist die Seefahrt ja auch nichts mehr. Nur noch Container, schwimmende Fabriken, die Jungs dürfen nicht mal mehr an Land, es geht nur noch ums Geld. Noch 'n Schluck?«

Wir trinken noch einen Schluck.

»So, und jetzt raus mit euch. Meine Zeit ist vorbei. Hört nicht auf mich.«

»Was bekommen Sie denn? Wir müssen doch noch zahlen«, sage ich.

»Ach so, genau, Moment ... Sagen wir dreihundert, weil ihr es seid.«

Ich zähle dreihundertfünfzig ab und lege sie auf den Tresen.

»Auf Wiedersehen, Herr Becher. Und alles Gute.«

Er wendet sich ab, dreht sich um zu seinen Flaschen. Die Tür fällt zu, die Glocken läuten leise. Wir verstauen die Kartons im Kofferraum, steigen in den Wagen, fahren los, und ich höre im-

mer noch das Läuten der Glocken, aber das kann jetzt auch Einbildung sein.
»Zweihundertsechzehn«, sagt Leo.
»Was?«
»Flaschen. Im Regal.«

Was in den nächsten achtundzwanzig Minuten erledigt werden muss

Wechselstube
~~extrem viel Schnaps~~
das übliche Gemüse
rotes Obst für die MDMA-Bowle
Friedhofskerzen zwecks Fummellicht in den Bumsbuden
Eis, Kieztanke
Blumen beim Kurden

›Royar's Gemüse- und Supermarkt‹ ist gleich
um die Ecke, ruck, zuck sind wir da, und das ist gut so. Schnell das Gemüse klarmachen und weiter. Es handelt sich hierbei um eine sprachliche Ungenauigkeit, die bei uns aus humoristischen Gründen zur Regel geworden ist. Zitronen, Orangen und Limetten firmieren bei uns unter Gemüse. Aber das nur am Rande.
Herr Royar hockt wie immer auf einem hohen Stuhl hinter der Kasse, er erwidert unseren Gruß mit einem schwachen Nicken und senkt den Blick. Früher habe ich immer gedacht, er könne mich nicht leiden, denn egal wie herzlich meine Begrüßung war, Herr Royar wirkte immer abweisend, fast peinlich berührt, als sei ihm meine Anwesenheit unangenehm. Dann las ich in einer Zeitung seine Geschichte. Sie spielt im Irak und geht so: Als Nada Royar zwölf Jahre alt war, kamen Männer in sein Dorf, um die Kurden zu holen; sie erschossen seine Eltern, warfen seine Schwester in den Brunnen und brachen ihm vier Rippen, die Beine und den Kiefer. Ein paar Jahre später schloss er sich der kurdischen Autonomiebewegung unter Mustafa Barzani an, kämpfte im Süden des Irak mit den Waffen der Iraner und US-Amerikaner, und als diese sich mit den Irakern einigten und keine Waffen mehr lieferten, wurde der kurdische Widerstand

zerschlagen, und man sperrte Nada Royar in ein Gefängnis in Bagdad, acht Jahre lang. Noch heute leidet er unter den Folgen der Folter; sein Körper ist wie eine zersplitterte Vase, die man hastig wieder zusammengeklebt hat. Als Herr Royar entlassen wurde, flüchtete er nach Deutschland, lernte eine Kurdin kennen, eröffnete diesen Laden, zeugte drei Kinder und wurde fünf Jahre später wieder zurück in den Irak gebracht. Sein Asylantrag war abgelehnt worden, angeblich weil er seine Frau nicht standesamtlich geheiratet hatte. Im Irak steckten sie ihn gleich wieder ins Gefängnis. Drei Jahre später floh er erneut nach Deutschland, zurück zur Familie, endlich bekam er einen Pass. Er sieht einem nie in die Augen, lächelt nie, sagt nie etwas anderes als Bitte, Danke, Gut und Tschüss. Nach dem Erscheinen des Artikels lief der Laden ein paar Tage lang prächtig. Aber weil die Auswahl begrenzt ist und das Gemüse oft gammlig, riss der Besucherstrom bald wieder ab.

Wir laden Zitrusfrüchte in eine Bananenkiste, außerdem Pfirsiche, Mangos, Litchis und eine schrumpelige Honigmelone. Obst für die Bowle. Nicht rot, aber Obst. Das florale Angebot ist mangelhaft. Leo klemmt sich ein paar Sträuße welker weißer Nelken unter den Arm. Der Fernseher hinter der Kasse plärrt in einer fremden Sprache, Herr Royar faltet Plastiktüten. Er sieht aus, als würde er jeden Moment tot umfallen. Verglichen mit ihm geht's mir doch hervorragend, also wirklich: Glück gehabt. Aber sich am Elend eines anderen aufzurichten ist ja wohl das Letzte, absolut widerlich. Kann mir bitte mal jemand ein Auge ausstechen? Oder mir einfach nur sagen, wie man ein guter Mensch wird, voll Güte, Zartgefühl und ohne Falsch?

Was in den nächsten fünfzehn Minuten erledigt werden muss

Wechselstube
~~extrem viel Schnaps~~
~~das übliche Gemüse~~
~~rotes Obst für die MDMA-Bowle~~
Friedhofskerzen zwecks Fummellicht in den Bumsbuden
Eis, Kieztanke
~~Blumen beim Kurden~~

Fünfzehn Minuten. Fünfzehn Minuten sind nichts. Es sei denn, man wird gefoltert, dann sind fünfzehn Minuten wahrscheinlich wie fünfzehn Jahre, aber wenn man Samstag, Silvester, auf dem Kiez einen halben Zentner Eiswürfel besorgen muss, Wechselgeld und irgendwelche scheiß Kerzen, sind fünfzehn Minuten weniger als ein Wimpernschlag. Normalerweise wäre ich deswegen jetzt gestresst: erhöhter Puls, Geschwindigkeitsrausch, Tunnelblick – aber nix. Ob die Nacht gut oder schlecht organisiert wird, mein Leben ist sowieso im Arsch. Lieber Herr Royar, ich weiß, es klingt lächerlich, aber ich erlebe gerade meine ganz persönliche Nahtoderfahrung. Ein wunderbarer Zustand, sei jedem anempfohlen, gerade den sogenannten modernen Menschen in den großen Städten. Uns gehetzten, getriebenen, immer irgendwas nachrennenden Menschmaschinen sollte eine Nahtoderfahrung per Gesetz verordnet werden. Die Landmenschen sind in Ruhe zu lassen, aber die Stadtmenschen sollten immerfort mit ihrem baldigen Ableben konfrontiert werden, damit sie sich mal locker machen. Bestes Beispiel: ich jetzt. Dass die Ampel da rot ist, mir egal. Dass die Schlange vor der Wechselstube bis zur Spielhalle geht, bitte schön. Dass mein Brustkorb schon wieder vibriert, gähn. Ich gucke jetzt zwar aufs Display, wer da anruft, aber es ist mir völlig einerlei, reine Gewohnheit.

Okay, es ist Rocky. Das ist natürlich in Ordnung. Lockere Plaudereien mit alten Freunden sind sogar zu befürworten, wenn man währenddessen wichtige Erledigungen versäumt, denn es ist ja sowieso alles egal. Und Krieg ist schlimmer.

Eingehender Anruf
Rocky

Na Alter, was geht?
Oskar, bist du mein Freund?
Klar, der beste, den du jemals hattest.
Das ist gut, ich brauche deine Hilfe.
Alles, was du willst, Kumpel.
Komm sofort her und hol mich ab, wir müssen wohin.
Äh, das ist jetzt ein bisschen ungünstig, hab noch was zu erledigen.
Ja ja, schon klar, aber pass auf: Mein Vater hat gerade angerufen.
Ich denke, der redet nicht.
Das ist es ja! Er, also, er hat angerufen und gefragt, ob ich ihn abholen kann, weil er, also, bei mir sein will, irgendwie.
Mann, das ist großartig. Ruf sofort ein Taxi!
Ich kann da aber nicht alleine hin. Das ist irgendwie scheißheftig, okay? Der darf da ja auch nicht raus, er ist entmündigt, eingesperrt, hab ich dir alles erzählt. Hörst du mir zu? Ich kann da nicht einfach mit 'nem Scheißtaxi vorfahren!

Aber könntest du nicht wen anders fragen, weil ich ...
Bist du jetzt mein Scheißfreund oder was?
Ja, Mann, klar doch.
Dann komm her! Wir holen ihn da irgendwie raus und gut. Geht ganz schnell. Bitte, Oskar, ich bitte dich.
Okay. Bin schon fast da.

»Rocky?«, fragt Leo.
»Ja, wir holen ihn schnell ab und dann seinen Vater, zack, zack!«
»Hm.«
»Ich weiß.«
»Ich bleibe im Club.«
»Wieso denn? Komm doch lieber mit. Ist alles besser, wenn du dabei bist.«
»Nein, die Tür. Vorbereiten. Wichtig. Viele Gäste heute.«
»Meinst du wirklich? Viele Gäste?«
Leo lacht. Na dann ist ja gut. Wenn Leo lacht, ist alles gut. Und da steht auch schon der Rockmann rum, Arme um den Oberkörper geschlungen, Rauch ausstoßend wie Robert de Niro in ›Mean Streets‹, nur cooler.
Tür auf, Leo raus, Rocky rein, Kippe an.
»Super«, sagt Rocky, »fahr los.«
»Wo geht's denn überhaupt hin?«
»Glacischaussee, Holstenwall, dann vor der Kennedybrücke links ab und weiter, ich sag Bescheid. Jetzt fahr schon!«
Ich fahre. Mit neunzig Sachen in einem illegalen Auto die verdammte Reeperbahn hoch, an Silvester, während im Club wer weiß was los ist. Hätte ich doch nur auf meine Eltern gehört und Jura studiert. Aber das sind Gedanken, die führen zu nichts. Ich rase. Wie Steve McQueen in ›Le Mans‹. Keine Gedanken, nur der Motor, die Straße, die Lichter, Sekunden, oder Stunden, hochschalten, abbremsen, runterschalten, Gas geben, fahren, fahren, fahren, bis ans Ende aller Tage.

»Ich kapier das alles nicht«, sagt Rocky. »Ich meine, heute Morgen war ich noch bei ihm und nix. Seit Wochen kein Wort.«
»Und jetzt will er, dass du ihn abholst?«
»Hab ihn kaum verstanden, aber es klang irgendwie so.«
»Und wie soll das gehen? Ich denke, er darf nicht raus.«
»Keine Ahnung. Gib Gas, die Drecksampel ist gelb!«
»Wenn ich den Führerschein verliere, kann ich nicht mal mehr als Pizzabote meine Schulden abarbeiten.«
»Du wirst mein Manager. Ich schmeiße Torben raus.«
»Danke, bin nicht qualifiziert.«
»Schwachsinn«, sagt Rocky, »Qualifikationen sind für'n Arsch. Wer weiß, was er tut, macht schon im Ansatz alles falsch. Außerdem müsstest du einfach nur alles absagen. Neue Strategie: nein, nein, nein. Da links!«
»Klingt vernünftig, aber leider werde ich aus Gewissensgründen niemals für dich arbeiten können. Du kannst mir aber trotzdem gerne jeden Monat ...«
»Halt! Hier parken. Wir müssen uns anschleichen.«
»Wie bitte?«

Hier war ich noch nie. Überall Villen mit Blick auf die Binnenalster, und da hinten ist die amerikanische Botschaft, das ist toll. Da komm ich noch mal ein bisschen rum heute, lerne die Stadt kennen, die mir zum Feind geworden ist. Rocky geht voran, blödsinnig geduckt an diesem endlosen schwarzen Stahlzaun entlang, und jetzt bleibt er hinter einer Eiche stehen. Da vorne vorm Tor sind zwei Männer in Uniform.
»Was ist denn hinter dem Zaun?«, sage ich. »Die Geheimdienstzentrale?«
»Nicht so laut, Mann, du musst flüstern«, zischt Rocky.
»Ist ja aufregend«, flüster ich. »Was machen wir jetzt?«
»Ich wohne hier, ich meine, hab hier mal gewohnt. Wo bleibt er bloß?«

»Wo hast du gewohnt?«
»Da hinterm Zaun. Ruhe!«
»In dem Schloss da?«
»Ja, Mann. Bestimmt kommt er gleich durchs Tor, und dann muss alles ganz schnell gehen, bevor die Zinnsoldaten merken, was los ist.«
»Krass. Hatte ja keine Ahnung, wie reich deine Eltern wirklich sind.«
»Meine Großeltern, mütterlicherseits, Reederei, aber alles verkauft.«
»Im Ernst? Welche Reederei?«
»Mann, halt doch mal die Klappe, ist doch alles scheißegal jetzt.«
Rocky linst am Eichenstamm vorbei zur Einfahrt hin. Fehlt nur noch, dass er sich Erde ins Gesicht schmiert und eine Kalaschnikow durchlädt. Komme mir langsam blöd vor. Wieso gehen wir denn nicht einfach rein und holen den Alten da raus? Die können den doch nicht einsperren. Das wäre ja Freiheitsberaubung. Andererseits ist der Rockmann alles zuzutrauen. Die setzt ihre Politik halt auch im Privaten konsequent um.
»Vielleicht klettert er ja irgendwo über den Zaun«, überlege ich laut. Rocky schweigt. Könnte daran liegen, dass der Zaun ungefähr drei Meter hoch ist und oben drauf so Spitzen hat, die reinsten Mordwerkzeuge. Ich glaube, ich kriege eine Lungenentzündung. Ich zittere so komisch. Ach nee, ist wieder nur das Handy. Werd hier noch zum Hypochonder. Unbekannte Nummer. Das muss der Schneider sein, na spitze. Das ist echt alles eine Scheiße heute, mir reicht's langsam. Muss da jetzt aber rangehen, weil ...
»Andreas?«
... der Schneider ...
»Andreas!«
... durchdreht. Der bricht mir die Finger, wenn ... Wer spricht denn hier?
Wah!

Hinter mir steht ein Mann.
Gitarrenkoffer in der Hand.
Sieht aus wie der tote Elvis.
»Ey, Rocky, guck mal.«
»Jetzt halt doch endlich die Fresse, du Penner!« Er wirbelt herum. Heftiges Wutgesicht. Ich geh mal besser einen Schritt zur Seite. Sofort fällt das Wutgesicht auseinander, quasi Gesichtsentgleisung.
»Papa«, sagt Rocky. »Mensch, Papa!«

Ich hab's ja nicht so mit Vätern. Erst trichtern sie einem jahrelang ein, wie missraten man ist, dann versucht man jahrelang zu vergessen, dass man missraten ist, und da sehe ich einfach keinen Sinn drin. Das sind aber ganz persönliche Erfahrungen. Kann sein, dass es auch anders geht. Jedenfalls ist das ein schönes Bild jetzt: Rocky und Vater im Rückspiegel. Die gucken sich an, als hätten sie einander tot geglaubt, und jetzt plötzlich: doch nicht tot, schöner Schock. Rocky hat so einen weichen Ausdruck im Gesicht, bisschen dümmlich, ich glaube, er heult gleich. Sein Vater sieht immer noch aus wie der tote Elvis. Die Heizung läuft auf Hochtouren. Der tote Elvis hat ja kaum was an, nur so einen weißen Jogginganzug, also nicht gerade der Jahreszeit angemessene Kleidung. Rocky legt ihm die Lederjacke auf die Brust, rubbelt ihm die Oberarme ab, redet auf ihn ein.
»Mensch, Papa, was machst du denn? Ich freu mich so. Wie geht's dir? Ist dir kalt? Hast du Hunger? Wo willst du denn jetzt hin?«
Der Alte versucht zu antworten, jedenfalls klappt sein Mund auf und zu, als sei er ein Fisch an Land, es kommt aber nichts raus, zumindest hör ich nichts, und das liegt nicht am Volvo. So laut

ist der Volvo nun auch wieder nicht, und ich fahre extra langsam, damit sich Vater und Sohn aneinander gewöhnen können, bevor ich sie wieder in die Kälte kicke. Außerdem ist es gut möglich, dass uns die komplette Exekutive der Stadt auf den Fersen ist, immerhin haben wir gerade den entmündigten Ehemann der Innensenatorin gekidnappt, da fahr ich also besser unauffällig und versuche, nicht daran zu denken, was für ein Schwachsinn das hier alles ist. Wer auch immer dieses Drehbuch schreibt, gehört auf jeden Fall gefeuert.

»Die Gi... Gi... Gitarre«, stammelt jetzt der Rockmannvater.

»Was ist denn mit der Gitarre?«, fragt Rocky.

»Die Gi... Gi... Gibson. Für d... dich«, stammelt der Vater.

»Da ist die Gibson drin? *Deine* Gibson?«, hyperventiliert Rocky und starrt auf den Gitarrenkoffer, der neben ihm auf der Rückbank liegt.

Derart geschockt hab ich ihn nicht mehr erlebt, seit er vor fünf Minuten seinen Vater erblickt hat. Und seit der Nacht im Münchner Vier Jahreszeiten, als er mit diesen drei halb nackten Models im Arm aus dem Lift gestolpert ist, ein Kissen vorm Unterleib, Penisbruch.

»T... T... Tut mir leid«, sagt jetzt der Vater.

»Was tut dir leid, Papa?«

Aber der Vater aka toter Elvis antwortet nicht, schließt die Augen und schüttelt den Kopf.

»Was tut dir leid?«, versucht's Rocky noch mal.

»Dein G... Gig. Will d... d... dabei sein.«

»Du willst dir das Konzert ansehen?«

Der Elvis nickt.

Und jetzt flennt Rocky wirklich. Dem kullern echt die Tränen runter. Für Außenstehende ist das vielleicht nicht ganz nachvollziehbar, aber es ist ja so, dass Rockys Vater noch nie auf einem Konzert seines Sohnes gewesen ist, weil er von Anfang an dagegen war, dass der Sohn Musiker wird, also denselben Fehler macht wie er. Denn für den Vater war die Musikerkarriere ja der Anfang vom Ende, wie man sieht. Die Musikerkarriere und die Vermählung mit der Senatorin, die damals noch keine Senatorin war, sondern eine rattenscharfe Umweltaktivistin, waren nicht unbedingt die besten Entscheidungen seines Lebens. Denn nach der Eheschließung war die Musikerkarriere bald vorbei, und danach kam nichts mehr, was soll man auch machen, wenn man mal Rockstar war. Man wird Ex-Rockstar. Und unglücklich. Das wollte der Elvis seinem Sohn natürlich ersparen. Und deswegen ist er immer dagegen gewesen und hat seinen Sohn noch nie auf der Bühne gesehen. Das könnte sich heute ändern. Aber halt mal, werde ich hier eigentlich auch noch gefragt? Ob ich das zum Beispiel gut finde, dass wir heute Nacht neben all dem anderen Wahnsinn auch noch den halb toten Mann der Innensenatorin im Club haben werden? Darf ich da mal was zu sagen? Nein, darf ich nicht. Ans Telefon darf ich gehen, weil Nina jetzt anruft, sonst nichts.

Eingehender Anruf
Nina

Na, Nina, womit kann ich dienen? Soll ich dich vielleicht abholen und irgendwohin fahren?
Woher weißt du das?
Wusste ich gar nicht. War 'n Witz.
Oh. Holst du mich trotzdem ab?
Selbstverständlich. Wo soll's denn hingehen? Berlin? Wien? Florenz?
Mir egal, möchte einfach nur bei euch sein. Hier ist's so ungemütlich.
Sind in zwei Minuten da. Komm schon mal runter.
Okay. Ich liebe dich.
Was?!

Aufgelegt. Hat die gerade das gesagt, von dem ich glaube, dass sie es gesagt hat? Oder ist das jetzt schon fortgeschrittene Knallbirnigkeit bei mir, dass ich sozusagen höre, was ich gerne hören würde, wobei mir bisher gar nicht klar war, dass ich gerne hören würde, dass Nina mich liebt? Warum sagt die denn so was? Sicher gibt es dafür eine einfache Erklärung. Wie für alles. Und wie so oft ist es dann ganz anders, als man denkt. Wahrscheinlich hat sie ihr ›Ich liebe dich‹ nicht in das Handy hineingesagt, sondern zu Leo, der neben ihr stand. Und ich bilde mir jetzt ein, Nina würde mich lieben, wie der letzte Idiot. Derartige Missverständnisse gibt es ja ständig. Weil man immer alles auf sich bezieht. Aber ich nicht. Nicht mehr. Da sich meine Existenz Stück für Stück auflöst, zerbröselt auch mein Ego, und wahrscheinlich werde ich am Ende dieser Nacht eins sein mit dem Universum, ein Staubkorn in der Galaxie und frei.

Meine beiden Fahrgäste haben die Kennenlernphase offensichtlich hinter sich gebracht und schweigen sich nun einträchtig an. Versuche, Rockys Blick im Rückspiegel zu erhaschen, sozusagen Kontaktaufnahme, aber er hat den linken Arm auf den Gitarrenkoffer gelegt und den rechten um den Vater und strahlt abwechselnd den Gitarrenkoffer und den Vater an. Er sieht aus wie ein glücklicher Mensch. Und da sage noch mal einer, Väter seien zu nichts zu gebrauchen.

Vorm Krankenhaus hüpft Nina auf und ab, wedelt mit den Armen wie eine Schiffbrüchige. Schon wieder jemand, der gerettet werden muss.

»Nicht zum Aushalten, der reinste Affenstall bei euch da oben«, sagt sie und sinkt auf den Beifahrersitz. »Außerdem brüllt Pablo die ganze Zeit deinen Namen. Oh, wer sind denn *Sie*?«

»Das ist mein Vater«, sagt Rocky. »Papa, das ist Nina.«

Nina schüttelt mit einer Freude die Wursthand des Alten, als wär's wirklich der King. Durch diesen Händedruck wurden jetzt sicher dreihundert Kilowattwochen Lebensenergie in den Elvis übertragen, er kriegt sofort Farbe im Gesicht.

»Steigt ihr jetzt aus oder nicht?«, frage ich aus organisatorischen Gründen in den hinteren Sitzbereich des Automobils hinein, was zu einer gewissen Ratlosigkeit bei den Befragten führt, weshalb ich jetzt Gas gebe, denn man muss in Bewegung bleiben, immer in Bewegung bleiben, sonst verklumpt das Blut.

**Was vor sechsundvierzig Minuten hätte
erledigt werden müssen**

Wechselstube
~~extrem viel Schnaps~~
~~das übliche Gemüse~~
~~rotes Obst für die MDMA-Bowle~~
Friedhofskerzen zwecks Fummellicht in den Bumsbuden
Eis, Kieztanke
~~Blumen beim Kurden~~

Vor der Wechselstube eine Menschenschlange
wie beim Bananenverkauf in der DDR. Der Kiez braucht Kleingeld für die Nacht. Nina riecht nach Farbe und Pfirsich. Und das ist mit Abstand das Beste im Moment: Nina. Schlange stehen im Dezemberwind ist das Schlechteste, dabei umspült zu werden von Silvester Feiernden macht die Sache unerträglich und wirft wie so oft die Fragen auf: Warum nur haben wir nicht gestern in weiser Voraussicht Kleingeld in der Bank besorgt? Was war noch mal gestern? Und wie halten die Leute eigentlich ihr Leben aus? Die Kassiererinnen, S-Bahnfahrer, Wechselstubenangestellten – wie machen die das? Es kann der S-Bahnfahrer doch nicht glücklich sein in seiner Bahn, die Schiene rauf und runter. Es kann doch auch die Kassiererin nicht glücklich sein für sechs fünfzig in der Box. Und es muss doch der Wechselstubenangestellte wahnsinnig werden hinter seinem Panzerglas, Geld rein, Geld raus, tagein, tagaus. Vielleicht ist aber auch unsereins der Dumme, weil er denkt, in diesen einfachen Tätigkeiten sei keine Erfüllung zu finden. Wir denken ja immer, man müsse sich selbst verwirklichen und hinter einer Supermarktkasse ginge das nicht. Aber ohne die Kassiererin wären wir nichts, und ohne den S-Bahnfahrer wären wir nichts, und ohne den Wechselstubenangestellten

wären wir noch viel weniger als nichts. Unsere sogenannte Selbstverwirklichung ist ja nur auf den Rücken der sogenannten Werktätigen möglich. Ohne die Werktätigen wären wir selber welche. Und die wichtigste Frage: Wer bin ich? Was will ich? Und was gibt's da zu verwirklichen? Ich weiß nur, was ich *nicht* will.

»Was willst *du* eigentlich vom Leben?«, frage ich jetzt Nina, denn warum nicht mal in der Kleingeldschlange die großen Themen ansprechen.

»Na, das, was alle wollen«, sagt Nina, ohne groß nachzudenken, »Liebe.«

»Das ist alles?«

»Ja, Liebe ist alles. Erst wenn alles Liebe ist, ist alles gut.«

»Wow.«

»Was hast du denn gedacht?«, sagt sie und sieht mich an mit ihren – tja, was soll ich sagen: Augen.

»Freiheit, Geld, Sex, Wahrheit und der Sinn des Lebens«, antworte ich und komme mir blöd vor, aber das ist ja nun auch nichts Neues mehr.

»Nein, du willst lieben, geliebt werden, das Leben lieben und alles, was dich umgibt. All deine Wünsche sind nur Hilfsbegriffe für ein und dasselbe, die universelle, alles umfassende Liebe.«

Wie sie das sagt. Mit einer Abgeklärtheit, als würde sie die Aufstellung des FC St. Pauli durchgehen. Oder so ähnlich.

»Aber wohin mit dem Hass?«, sage ich. »Was mach ich denn mit meiner Hassliste?«

»Keine Ahnung«, sagt Nina. »Das ist dein Hass. Ich habe keine Zeit für diesen Quatsch.«

»Mit sechsundzwanzig? Warum?«

»Weil wir jetzt dran sind, mein Süßer, guck.«

Hinterm Panzerglas ein Berg Mensch, Blick gesenkt, mit den Fingern auf die Arbeitsplatte trommelnd. Die Finger wollen Geld rausgeben, der Mensch aber will gar nichts mehr. So sieht er aus. Dagegen wirkt selbst der tote Elvis wie ein Rudel Fünft-

klässler im Erlebnisbad. Ich schiebe die Geldscheine durch den Schlitz und sage mit größtmöglichem Respekt: »Hälfte in Zweiern, den Rest in Einern und Fünfzigern bitte, danke.«
Der Menschberg seufzt und greift offensichtlich unter Schmerzen nach den Scheinen. Meine Bewunderung für die Werktätigen dieser Welt steigt ins Unermessliche. Meine Angst, einer von ihnen zu werden, auch. Während die Scheine durch die Zählmaschine rattern und der Menschberg mit der Geschwindigkeit der eurasischen Plattenverschiebung die Münzrollen vor sich aufbaut, gehe ich aufs Ganze und frage Nina mit all der mir zur Verfügung stehenden Gelassenheit: »Sag mal, vorhin am Telefon, hast du da ›ich liebe dich‹ gesagt?«
Sie nickt.
»Und zu wem?«
»Na, zu dir«, sagt Nina. »Und jetzt sag bloß nicht, das hätte dich verwirrt, weil du denkst, ich will mit dir ins Bett oder so. Ich liebe dich nämlich wirklich, und ich liebe meine Mutter und Frau von Hollenbach und Rocky und Leo und noch ein paar andere Menschen, und ich finde, das sollte öfter mal gesagt werden, damit die Leute Bescheid wissen.«
»Aber mit Leo willst du ins Bett, oder?«, sage ich, quasi Haken schlagend.
Ninas Antwort ist ein Tritt vors Schienbein. Ich stopfe die Münzrollen in alle vorhandenen Jacken- und Hosentaschen, und wir sind raus.

Eingehender Anruf
Pablo

Du erbärmlicher, nichtsnutziger Vollversager – wo bleibst du? Ach weißte, es ist so ein angenehmer Abend, und da dachten wir, ein Dîner wäre schön. Soeben wird der vierte Gang serviert, Entenleber auf …

Du begreifst es einfach nicht, oder? Du bist so dumm, dass du nicht mal annähernd ahnst, was hier in deinem Club los ist. Und um zu erkennen, dass dein Fernbleiben nicht nur beleidigend und unverschämt ist, sondern hier alles noch weiter verzögert und die Veranstaltung unmöglich macht, dazu fehlen dir lächerlichste kognitive Fähigkeiten, wie dir überhaupt alles fehlt, was einen Menschen von einem Nacktmull unterscheidet. Du bist Abschaum, ich verachte dich und sage die Party jetzt ab.
Bin dafür. Aber was mache ich dann mit dem Kleingeld und dem Schnaps?
Bind's dir ans Bein und spring in die Elbe. Komm endlich her!
Alter, ich gebe echt mein Bestes. Es gab ein paar Zwischenfälle, die uns aufgehalten haben. Wir müssen nur noch das Eis besorgen.
Dein Leben ist ein Zwischenfall, der mich *aufhält. Verrecke!*

Was vor siebenundsechzig Minuten hätte erledigt werden müssen

~~Wechselstube~~
~~extrem viel Schnaps~~
~~das übliche Gemüse~~
~~rotes Obst für die MDMA-Bowle~~
Friedhofskerzen zwecks Fummellicht in den Bumsbuden
Eis, Kieztanke
~~Blumen beim Kurden~~

Ich lasse die grünen, roten und gelben Münzrollen zwischen die Schnapsflaschen fallen und schließe den Kofferraum. Im Volvo ist es neblig und stickig, es riecht nach Zigarettenrauch und kaltem Schweiß. Rocky sitzt immer noch neben seinem Vater, den Gitarrenkoffer jetzt zwischen den Beinen.

»Na, alles in Ordnung, die Herren?«
Der Vater hebt kraftlos die Hand zum Gruß.
Rocky nickt und sagt: »Wir bräuchten mal was zu trinken.«
»Wir fahren zur Tanke«, sage ich, »und dann ab in den Club. Wir können dann deinem Vater, äh, also Ihnen, Herr Rockmann« – es gehört sich bekanntlich nicht, über Anwesende in der dritten Person zu sprechen –, »das Fensterseparee reservieren, also absperren, und da haben Sie dann einen Platz für sich und sind ungestört und können sich alles ansehen. Laut wird's trotzdem.«
Der durch Tablettenkonsum und Mangelernährung entkräftete Ex-Rockstar schließt langsam die Augen und öffnet sie wieder, was wahrscheinlich eine Art Nicken darstellen soll. »Keine U... U... Umstände bitte.« Wie er da hockt und unter Anstrengungen kaum hörbar die Worte hervorpresst, wirkt er wie Marlon Brando am Ende von ›Der Pate‹, wie der sterbende Don mit Watte im Mund im Kreise seiner Jünger. Ich drehe den Zündschlüssel, und Nina, von der Auswahl im Handschuhfach offensichtlich nicht überzeugt, drückt am Autoradio rum. Wir fahren die Reeperbahn hinunter und wenden am ›Lucullus‹, der wie eine Spielhölle blinkenden Würstchenbude. Und jetzt fahren wir die Reeperbahn auf der anderen Seite wieder hoch, bis zur Kieztanke, bis zum Eis, während Leonard Cohen singt:

The rain falls down on last year's man,
an hour has gone by and he has not moved his hand. /
But everything will happen if he only gives the word;
the lovers will rise up and the mountains touch the ground.

An der Kieztanke herrscht Ausnahmezustand. Wie an jedem Wochenende zieht der Treibstoffhandel mit angegliedertem Minisupermarkt ganze Heerscharen besoffener Jugendlicher und Halbweltgestalten an, die sich mit billigem Alkohol und Kippen eindecken oder einfach nur dämlich blökend in der Gegend rumstehen. Der Tankstellenpächter hat extra zwei Wachleute engagiert, die nichts anderes zu tun haben, als Kleinkriege zwischen den Hirnentkernten zu verhindern. Trotzdem kommen alle dreißig Minuten die Bullen vorbei und knallen ein paar besoffene Schlägertypen auf den Asphalt, während die Kumpel derselben brüllend drum herumstehen. Hier ist so viel Bösartigkeit und Dummheit, man möchte seine Zigarette neben der Zapfsäule fallen lassen. Derweil rückt alle naselang ein Fernsehteam an, um das Geschehen abzufilmen und quotenträchtig in deutsche Wohnzimmer zu versenden, wo Erna und Günther erschrocken auf dem Sofa hocken und über die Vorzüge der Hitlerjugend nachdenken. Heute wird der Wahnsinn noch mit ein paar Busladungen angereister Silvesterextremisten garniert. Sie tragen Wikingerhelme aus Plastik oder Papierkronen von Burger King, lungern in Gruppen auf dem Gehweg rum, und ab und zu geht einer rein und holt neuen Stoff. Jeden Moment zündet hier irgendwer einen Böller, und dann wird's endlich wieder warm, und eine Feuerwalze fegt all das nutzlos aufgestaute Testosteron hinfort. Trotzdem müssen wir hier raus, zumindest *ich* muss hier raus, denn da vorn, links neben der Waschanlage, befindet sich der einzige Eiswürfelautomat des Viertels, und wer zu blöd oder zu arm ist, sich eine neue Gefriertruhe zu besorgen, weil die alte schon seit Wochen kaputt ist, der muss eben vor jeder Party an die Kieztanke fahren und für viel zu viel Geld Eis abzapfen, so geht das, da braucht man sich gar nicht drüber aufregen, da ist man selber schuld. Es ist ja sowieso das Allerschlimmste, dass ich mich derart aufrege über den Schwachsinn hier, als würde ich wollen, dass alles immer schön ruhig und ordentlich vonstattengeht. Stimmt ja nicht, will ich nicht, immer schön viel Action will ich, Chaos und Krawall, aber doch bitte nicht so. Na ja, was soll's. Ist eh bald Feierabend. Irgendein Immobilienkonsortium hat das Grundstück gekauft, bald schon wird das alles plattgemacht, dann kommt hier ein Biersaufhaus hin mit Hotel hintendran und Schluss.

»Will irgendwer was aus der Tanke?«

»Warte, ich komme mit«, sagt Rocky.

»Ich auch«, sagt Nina.

Wir lassen Herrn Rockmann, der uns mit einer Handbewegung zu verstehen gibt, dass das in Ordnung geht, allein im Wagen zurück. Im Tankstellenshop ist es gar nicht so voll, wie man anhand des Gewimmels draußen erwarten könnte. Ein paar Studenten mit Bierkästen, zwei Nutten am Eisschrank, ziellos durch das Überangebot stolpernde Sauftouristen und ein Obdachloser mit Weißwein und Schinkenbrot im Korb. Ich schnappe mir eine Rolle Müllsäcke, irgendwo muss das Eis ja rein. Und das Fummellicht. Was ist Fummellicht? Die Teelichter da? Teelichter sind gut. Im Teelicht sind schon so viele Jungfernhäutchen gerissen, wahrscheinlich ist der Mittelname jedes zweiten Neugeborenen Teelicht. Klaus Teelicht Kähler. Sibylle Teelicht Bor-

sewig. Wir werden die Teelichter in Gläser stellen und dann flacker flacker, fummel fummel, das wird schön. Rocky und Nina stehen schon an der Zahlstation, ich geselle mich dazu, sie sind die schönsten Menschen weit und breit.
Nina: Labello, zwei Päckchen rote Gauloises, Tafel Schokolade und Nagellackentferner (wahrscheinlich für die Farbspritzer auf ihren Händen).
Rocky: drei Packungen Papiertaschentücher, Zahnpflegekaugummis, Dose Red Bull, Flasche Evian.
Der nette Herr hinter der Kasse, Typ türkischer Kampfsportler mit Hang zur Großfamilie, wirkt trotz des Trubels hinter seinem Fenster entspannt, steckt unsere Ware in eine Plastiktüte und wünscht uns einen guten Rutsch.
»Also, ich hol dann mal das Eis, wa?«
»Au ja, ich mach mit!«, tiriliert Nina, merkwürdig gut gelaunt.
»Why not«, sagt Rocky.
Wir gehen raus zur Eiswürfelmaschine. Genau dafür hat man Freunde, damit man beim Eiswürfeln nicht allein ist.
Die Luft riecht nach Schwarzpulver, oder was immer da so beißend stinkt, wenn Feuerwerkskörper explodieren. Das Viertel bebt. Ich füttere den Automaten mit Kleingeld, drücke den roten Knopf, und sofort kommen die Kuben aus der Öffnung gerattert und purzeln in den blauen Sack, den ich mit beiden Händen halte. Nina guckt fasziniert, Rocky trinkt das Red Bull in einem Zug aus, schüttelt sich und wirft die Dose genau in den Mülleimer, der drei Meter von uns entfernt an der Wand steht. Die Würfel fallen viel zu langsam, der Sack ist noch nicht mal viertel voll, und wir brauchen mindestens zwei, denn die Nacht wird lang, und im Kühlschrank schmilzt uns sowieso die Hälfte wieder weg. Jetzt kommen da zwei Mädchen angeschlichen und gucken komisch. Was gucken die denn so? Haben wahrscheinlich noch nie eine Eiswürfelmaschine in Aktion gesehen, so was gibt's ja auf dem Lande nicht. So eine Eiswürfelmaschine ist

schon eine irre Attraktion, das haut rein, da muss man hin. Die eine zückt jetzt sogar ihr Handy, hält es hoch und – blitz. So ist's recht, alles festhalten, sonst ist es nie gewesen. Aber halt, die fotografiert ja gar nicht die Eiswürfelei, die schießt Rocky ab!

»Du bist doch Andreas Rockmann, oder?«, sagt jetzt das Handymädchen. Erst schießen, dann fragen, wie in Texas. Rocky steht neben mir, Tüte in der Hand, schweigend. Wahrscheinlich ist er sich gerade nicht sicher, ob er Andreas Rockmann ist. Das geht mir auch oft so, dass ich nicht weiß, wer ich bin.

»Er isses!«, quiekt das Handymädchen, und seine Freundin guckt, als würde zwischen den Zapfsäulen ein Ufo landen. Nina hebt die Augenbrauen, hoch konzentriert, weil Frontalkontakt mit Rockyfans. Da ist der Eiswürfelautomat ruck, zuck abgemeldet, so schnell geht das.

»Wir machen mal ein Foto mit dir, ja!«, ruft das Handymädchen. Rocky sagt immer noch nichts. Steht einfach nur da. Vielleicht der Beginn einer Persönlichkeitsstörung.

»He, du, kannst du mal ein Foto von uns machen?«

Ich glaube, die meint mich. Sie hält mir das Handy hin und nickt mir auffordernd zu. Während ich den immer schwerer werdenden Müllsack unter den Automaten halte. Was jeder sehen kann. Das kann man vom Mond aus sehen; den Sack, den Eiswürfelstrom und mich.

»Nein, kann er nicht«, sagt jetzt Rocky. »Das siehst du doch. Außerdem will ich nicht fotografiert werden, alte Angewohnheit, sorry.«

»Oh«, macht das Paparazzimädchen. »Wieso denn nicht? Wir stehen wirklich voll auf dich. Das letzte Album – Hammer! ›Und leise explodiert dein Herz‹ ist mein allergrößtes Lieblingslied, das hör ich immer, das ist sogar meine Klingelmelodie. Du hast mich da echt verstanden. Wegen dem Lied hab ich Jan verlassen. Und jetzt bin ich mit dem Olaf zusammen.«

»Glückwunsch«, sagt Rocky.
Der Sack ist voll. Versuche, ihn irgendwie zur Seite zu bugsieren und gleichzeitig einen neuen aus der Rolle zu ziehen, danke Nina. Eiswürfel purzeln über unsere Hände, auf den Boden, überallhin. Leerer Sack jetzt in Position, aber lustig: Es kommt kein Eis mehr aus der Maschine. Weil das Geld alle ist.
»... echt krass von dir. Gibst du uns wenigstens ein Autogramm? Ich heiße Annika, und das ist Kristin«, sagt das Paparazzimädchen, das Annika heißt, zu Rocky, der den Kopf schüttelt. Ich werfe Münzen ein.
»Wieso denn nicht?« Annikas Stimme bebt. Gleich weint sie.
»Was'n hier los?«
Hinter dieser Annika jetzt plötzlich so ein Typ, gehört wohl dazu. Legt seinen Arm um ihren Hals und bemüht sich um einen harten Blick. Na, wenn das mal nicht der Olaf ist. Neben ihm steht noch einer, der stammt aus derselben Packung. Jeans, Turnschuhe, Skijacke mit Fellkragen, Haare sorgfältig verstrubbelt, in der Hand ein Wodkamischgetränk.
»Das ist Kidd Kommander, also Andreas Rockmann«, sagt Annika zu Olaf.
Olaf guckt blöd. Rocky seufzt. Nina knabbert an ihren Fingernägeln.
»Unser Lied, du weißt schon. Aber er will mir kein Autogramm geben.«
»Ach, und wieso nicht?«, fragt Olaf leicht lallend.
»Weil ich keinen Bock habe«, entgegnet Rocky. »Also, tschüss dann.«
»Nee, halt mal!«, sagt Olaf. »Du kannst der ja wohl mal ein Autogramm geben, da ist doch nichts dabei. Die hat ja auch deine CD gekauft.«
»Hab ich nicht«, sagt Annika, »hab ich runtergeladen.«
»Is doch egal«, sagt Arsch Olaf, »du kaufst doch sonst jeden Scheiß von denen und gehst auf Konzerte und so. Jetzt ist der

Typ scheißreich und will nicht mal seinen Willi abgeben. Is ja wohl das Letzte.«

Wann ist denn endlich der verdammte Sack voll? Warum kritzelt Rocky dem Mädchen nicht einfach was ins Gesicht? Oder geht weg? Warum muss denn immer alles so ausarten?

»Ey, sach doch mal«, lallt Olaf in Rockys Richtung. »Is doch Scheiße.«

Nina schnappt sich einen Eiswürfel und steckt ihn sich in den Mund. Rocky steht einfach nur da. Vielleicht fasziniert ihn ja die Situation, sozusagen Sozialstudie. Vielleicht krempelt er aber auch innerlich schon die Ärmel hoch. Er kann sich mit einer Nachhaltigkeit prügeln, davon ahnt der dumme Olaf nichts. Jetzt rollt ein schwarzer Mercedes auf den Platz, Riesending mit Alufelgen und getönten Scheiben, parkt direkt neben uns vor der Waschanlage. Da sitzen entweder Politiker oder Zuhälter drin.

»Jetzt hört mal gut zu«, sagt Rocky ganz ruhig. »Niemand wird gezwungen, meine Musik ...«

Ach du ... Scheiße ... Nein!

Aus dem Auto da, aus der Limousine, steigt der Alte aus, der mit dem Hut, der vorhin in meinem Wohnzimmer, also heute Mittag, meinen Plattenspieler ...

Und da ist dieser Naziwicht.

Das kann doch nicht ...

Wenn jetzt nicht bloß noch ...

Oh Gott.

Der Schneider!

Ohgottohgottohgott.

Eiswürfelautomat. Ich und der Eiswürfelautomat. Sack, Sack, Sack, schnell her mit nem neuen Sack. Münzen, Münzen in die Maschine rein. Jetzt schön mit dem Rücken zur Waschanlage, zum Benz, zum Schneider, zum Oberammeraffengau. Denn der Schneider wird sauer sein, dass ich vorhin nicht ans Telefon gegangen bin. Der macht mir die Finger kaputt. Aber vielleicht

war er das auch gar nicht. Unbekannte Nummer kann ja jeder sein. ›Vielleicht‹ ist mir jetzt aber zu unkonkret. Fallt, ihr Würfel, fallt, und lasst den Schneider an mir vorbeigehen, denn ich bin ja eigentlich gar nicht da, weil unsichtbar.
Zeitstillstand.
Wie lange so ein Würfel plötzlich braucht bis zur Sacklandung. Aber das Prasseln ganz laut, viehmäßig, bestimmt bis München zu hören. Schneider, bitte geh weiter! Die dürfen mich jetzt nicht entdecken, denn wenn die mich entdecken ...
»Ey, ihr Vögel, verpisst euch mal.«
... ist Schluss mit lustig, die Kacke am Dampfen, das ...
»Na, wenn das nicht unser Oskar ist.«
... Spiel aus, Krankenhaus. Und das ohne Krankenversicherung. Lassen die einen dann sterben?
»Hallo Oskar. Hallooo!«
Eine Hand, große Hand, eher Pranke, voller Ringe, fiese Siegelringe.
Ja, gut, okay, danke. So ist das also. Sie haben mich. Scheiß aufs Eis. Jetzt nur die Ruhe, locker bleiben. Aufrichten und Würde bewahren.
»Hallo Karl, du hier? Das passt aber gut. Wollte dich schon anrufen.«
Der Schneider nickt, grinst, und das Eis klack, klack, klackt auf den Asphalt.
»Habe aber deine Nummer nicht. Kannst du mir die mal geben bitte? Für Notfälle?«
Der Schneider zwinkert seinen Schergen zu, die neben Rocky und Nina stehen und merkwürdig gucken, aber nicht so merkwürdig wie Rocky und Nina. Olaf und die beiden Mädchen sind verschwunden. Auch nicht gut.
»Ist alles in Ordnung, Karl?« Ich tue ahnungslos, ich weiß ja gar nicht, was der will, klar. Bin aber leider der schlechteste Schauspieler der Welt.

»Wenn alles in Ordnung wäre«, sagt jetzt der Schneider, »würdest du dann die schönen Eiswürfel in den Dreck fallen lassen?«
Eine Fangfrage. Aber da fall ich nicht drauf rein.
»Ich werde um zehntausend Euro erpresst, da kann ich auf ein paar Eiswürfel gerne verzichten, und sei es nur aus Höflichkeit.«
»Reizend«, sagt der Schneider, »aber lassen wir die Schwulitäten. Du bist nicht rangegangen, also muss ich davon ausgehen, dass du unsere Abmachung nicht einhältst, also haben wir hier ein Problem.«
Ich versuche, eine entspannte Haltung anzunehmen, erschlaffe aber einfach nur.
»So, wir müssen jetzt los«, sagt Rocky, aber sofort schiebt sich die Nazisau vor ihn, zwischen uns, Wut steigt auf.
»Es ist alles in Ordnung«, sage ich. »Geht doch bitte schon mal zum Wagen, okay? Ich bin gleich da.«
Aber Rocky geht nicht. Und Nina auch nicht. Die sind ja nicht blöd. Die sehen, dass hier was los ist. Was äußerst Ungutes. Was direkten Einfluss auf meine Gesundheit haben könnte, im Negativen!
»Bleibt doch hier, wir reden ja nur, alles easy«, sagt der Schneider und legt mir die Hand auf die Schulter. »Stimmt's, Oskar?«
Na klar. Was sonst. Sein Gesicht ist jetzt ganz nah an meinem, und wieder dieser Rasierwassergeruch, Krieg ist schlimmer.
»Also steht unsere Vereinbarung noch?«
»Ja, logo! Selbstverständlich.«
»Dann Hand drauf!«
Da gebe ich ihm gerne die Hand drauf, Riesenerleichterung jetzt. Leider lässt er meine Hand nicht mehr los. Die steckt da fest in seiner Pranke. Und seine Linke liegt tonnenschwer auf meiner Schulter. Jetzt quetscht er meine Finger raus, hält er nur noch meinen Zeigefinger in der Eisenklaue, aber wie. Versuche, mir den Schmerz nicht anmerken zu lassen.

»Wir hatten also vereinbart, dass du immer ans Telefon gehst, wenn ich anrufe, so weit korrekt?«
»Doch, schon«, ächze ich.
»Gut. Ich muss nun also davon ausgehen, dass du mich verarschen willst, also auch unser Geschäft nicht ernst nimmst, und das bringt mich in die unangenehme Lage, dir klarmachen zu müssen, wie ernst das alles wirklich ist. Kannst du mir folgen?«
Nein. Lass meinen Finger los!
»Aber ich musste ...«
»Es geht hier nicht um dich, Oskar. Es geht um unseren Deal.«
Da bin ich aber anderer Meinung, weil – ahhh!
»Weißt du, wie mich die Leute früher genannt haben?«, raunt der Schneider wie der Märchenonkel. »Sie nannten mich ›den Knacker‹. Und weißt du auch, warum? Weil ich jedem, der mich verarschen wollte, ein paar Finger gebrochen habe, und das hat dann immer so schön geknackt.«
Mein Zeigefinger ist plötzlich ganz heiß. Der Druck auf meiner Schulter wird größer, der Druck auf meinen Finger wird größer, und wenn ich mich jetzt einfach losreißen würde, bliebe mein Finger wahrscheinlich in der Schneiderhand. Mir ist schwindlig. Mir ist schlecht. Ich glaub das alles nicht.
»Das ist nicht dein Ernst«, presse ich hervor. »Du wirst mir hier nicht den Finger brechen, weil ich nicht an das Scheißtelefon gegangen bin. Das ...«
»Ganz ruhig«, sagt der Schneider. »Du hast jetzt zwei Möglichkeiten: Entweder, du lässt das über dich ergehen wie ein Mann, oder du schreist rum wie 'ne Tusse. So oder so: Der Finger wird knacken, selber schuld.«
Bitte nicht! Dieser Finger bedeutet mir sehr viel! Wo der schon überall war. Er war zwischen ihren Beinen, in ihr, im Zentrum des Universums. Er war sogar in ihrem Arsch. Es ist ein heiliger Finger! Es muss einen Ausweg geben. Aurel sagt: ›Was dich auch treffen mag, es war dir von Ewigkeit vorherbestimmt. Und

die Verflechtungen der Ursachen verketteten von Ewigkeit her deine Existenz mit diesem Ereignis.‹ Aber wenn nun meine Existenz von Ewigkeit her mit dem Bruch meines Zeigefingers vor der Kieztanke verkettet ist? Ist mir schlecht.
»K... K... Karl.«
»Robert?«
Der Schneider guckt ganz überrascht an mir vorbei. Alles in seinem zerfurchten Walrossgesicht schiebt sich hoch zum Haaransatz. Er lässt meinen Finger los. Mein Finger – ist frei! Ich drehe mich um, hinter mir stehen Nina, Rocky und der tote Elvis, der sich an seinem Sohn abstützt. Der Schneider schiebt mich zur Seite und umarmt den Elvis. Er umarmt ihn! Träum ich? Rocky starrt das Nazischwein zu Boden, das dumm glotzend neben dem Hut-Alten steht. Nina beißt sich auf der Unterlippe rum und schaut mich an, als sähe sie mich zum letzten Mal, während irgendwas wahnsinnig Schweres von mir abfällt und ich aufpassen muss, dass ich nicht gleich in mich zusammensinke. Jetzt legt Nina ihren Arm um mich, Rocky baut sich furchtlos vor den Schneiderschergen auf, und der Schneider und der Elvis reden irgendwas, wie alte Bekannte. Der Schneider kommt auf mich zu, Rockys Vater hält seinen Sohn mit einer Handbewegung zurück, und der Schneider nimmt mein Gesicht in beide Hände, sagt, so nah, dass ich mich beinahe in seine dumme Fresse übergebe: »Da hast du noch mal Glück gehabt, Bürschchen. Der Robert hatte noch was gut bei mir, um der alten Zeiten willen. Bedank dich bei ihm. Und geh ab jetzt verdammt noch mal an dein Telefon, wenn ich anrufe. Wir sehen uns dann später, wie abgemacht. Alles verstanden?«
Ich nicke blöd, der Schneider schnippt mit den Fingern, und die drei verfluchten Arschgeigen gehen doch tatsächlich in den Tankstellenshop.
Ich lebe noch und denke an Mathilda.

DIE CAUSA SCHNEIDER
LÖSUNGSVORSCHLÄGE

1. Die Rockylösung
Schlägertrupp aus Antifakämpfern zusammenstellen und die Schneiderbande mit martialischem Auftreten und notfalls mit Gewalt zur Aufgabe zwingen. Temporäre Ortsumsiedelung der beiden betroffenen Clubbetreiber, bis der Schneider mittels permanenter Einschüchterung vom Vorhaben der räuberischen Erpressung abgebracht worden ist. Zudem: Eine noch näher zu definierende Bestrafung des Oskar Wrobel, weil der so dämlich war, Geld von einem ehemaligen Kiezluden zu leihen.

2. Die Ninalösung
Polizei, Presse und Publikum einschalten, die Nummer an die große Glocke hängen, den Schneider somit ins Rampenlicht zerren und zur Untätigkeit zwingen. Mögliche Nebenwirkungen: Anzeige wegen Rufmord und anhaltender Psychoterror durch Schneidersympathisanten.

3. Die Elvislösung

Die geforderten zehntausend Euro fristgerecht zahlen. Unbedingt zahlen. Gar nicht erst über andere Optionen nachdenken und – zahlen!

Ich verspreche, die Lösungsvorschläge schnellstmöglich zu prüfen und bis zur Klärung der Causa Schneider stets ans Telefon zu gehen, wenn ein Unbekannter anruft. Nina und die Rockmänner geloben im Gegenzug, niemandem von der Sache zu erzählen, um unnötige Aufregung zu vermeiden.

Wir stapeln die Einkäufe vor der Tür, während zwanzig Meter über uns die Scheiben im Rhythmus der Bässe vibrieren. Soundcheck. Das Grollen der nahenden Nacht. Aber das ist jetzt blöd: Ich krieg die Tür nicht auf. Denn im Schloss steckt ja noch ein halber Schlüssel drin. Das muss ein Zeichen sein. Das Schicksal sagt: Geh da nicht rein. Spring in den Wagen und fahr, so weit der Treibstoff reicht, warte dann auf weitere Anweisungen.

»Nun mach schon auf«, sagt Rocky.

Nina zittert, der Elvis zittert, Rocky rubbelt den Elvis. Ich trete gegen die Tür, vielleicht hört uns ja jemand. Ein Tritt gegen die Tür, ein Tritt gegen den Schneider, einer gegen den Schuldenberg, gegen die Hassliste, das Verkehrsamt, Mathildagedanken, schwarze Bilder, Zwänge, Lügen ...

»Oskar.«

... Angst, Schwäche, Dummheit ...

»Oskar!«

... Selbstbetrug, Selbstmitleid, Selbstekel ...

»OSKAR! Hör auf damit.«

Nina zieht mich weg, zieht mich an sich, ins Waschbärenfell, ins Pfirsichfeld. Rockys Hand auf meinem Rücken. Danke, geht schon wieder. Blicke jetzt voll in die Elvisaugen. Was der für Augen hat. Wunderschön. Da ist kein Hirn hinter den Augen, kein Filter, sondern gleich hinter der Netzhaut das offene Herz. Als hätten diese Augen alles schon gesehen, als würden sie alles verstehen, so sehen sie mich an. Erst die Fingerrettung und jetzt seine Augen. Man muss die Menschen ansehen! Wahrscheinlich erkennen wir die Menschen nie wirklich, gucken immer nur durch sie hindurch auf uns selbst und wundern uns dann, dass wir so alleine sind. Jetzt geht doch noch die Tür auf. Und da steht Leo. Zum Totlachen.

Der Krempel ist im Fahrstuhl, Nina ist im Fahrstuhl, Rocky, Leo und der tote Elvis sind auch im Fahrstuhl, und jetzt rattert das Ding hoch, in die Station für Inneres, in den Club, immer tiefer in die Bässe rein.
»Spürt ihr das?«, fragt Nina.
Man muss schon tot sein, um das nicht zu spüren. Der Lift wummert mit jedem gewonnenen Höhenmeter heftiger, als würde er in ein riesiges, viel zu schnell schlagendes Herz gleiten. Aber ich glaube, Nina meint etwas anderes. Jetzt rasselt der Rollladen hoch. Der Wahnsinn ist in vollem Gange. Ein einziges Gewimmel und Gewusel. Wir stolpern hinein in den Tsunami und werden fortgespült von einer:

    Hallöchen! Hey yo.
   Alles cool going? Echt jetzt?
   Wie geht's denn? Yeah, Mann! Komm.
   Tschuldigung. Nimm mal bitte, dahin. Du hier?
   Krasse Beule, Digger.   Wer? Warum?
   Muss, jetzt sofort. Guck.   Selber.
   Weißt du, wo das Ding?
   Essen, wo? Freu mich so.
  Lass dich küssen, Baby. Halt mal.
Du Arsch. Wurde aber Zeit. Ich dich auch. Großartig. Frag mal Benny. Nee, so kann ich nicht auftreten. Wo ist mein Geld? Los!

Wir sind da, wir sind da, wir sind so was von da. Hier kracht morgen die Abrissbirne rein, aber Rasmus und Säge reparieren den Kronleuchter. Hier wird nachher alles leer gesoffen und liegen gelassen, aber Kathrin staubt das Flaschenregal ab. Der Tresen ist eine Spanplatte mit Bootslack, aber Benny wienert ihn, als wär's feinstes Mahagoni. Seit drei Wochen zahlen wir keine Gagen mehr, der Totentanz läuft unter Benefiz, Wege aus der Schuldenhölle, aber die besten Musiker der Stadt stehen vor der Bühne und fragen sich, wie sie da alle raufpassen sollen. Doch da ist ja Sunny, also geht das. Und die da hinten kenn ich nicht, sehen aber aufregend aus. Olli hab ich seit Ewigkeiten nicht mehr gesehen. Erbse ist gerade zurück aus der Reha. Und Paula hab ich vergessen anzurufen, das hat sie nicht verdient. Ich muss hier raus. Ich kann die jetzt nicht alle umarmen. Mir knallt von innen was in den Schädel rein. Das ist das Adrenalin. Das ist gut. Die Begeisterung der anderen erzeugt so eine Stimmung, und die erzeugt Adrenalin, und das haut gerade voll rein. Jetzt schnell nach hinten ins Büro, in die Kommandozentrale, die Lage überprüfen, die nächsten Schritte einleiten, ich bin ein Laserstrahl.
Im Backstage ist irgendwas explodiert. Irgendwas mit Stoff und Holz. Broiler und Hansen versuchen, daraus die Bumsbuden zu bauen.
»Na, alles klar?«
»Geht so. In dieser Gipsscheiße hält einfach nix. Aber der Chilene will die Vorhänge unbedingt an Seilen hängen haben.«
»Wieso tackert ihr den Kram nicht einfach an die Decke und gut?«
»Hab ich auch gesagt.«
Alles klar. Wo zum Henker ist Pablo?
»Melanie, was machst du denn da?«
»Hey Oskar. Ich poliere den Champagnerbrunnen. Pablo meinte, das Ding muss glänzen. Was hast du denn da auf der Stirn?«
»Is doch egal, der glänzt doch.«

»Na ja, wenn man genau hinsieht ...«

Da ist man mal kurz unpässlich, und sofort verwechselt der Typ unseren Club mit dem Schloss Sanssouci. Stiftet die Leute zu völlig sinnlosen Tätigkeiten an, während tausend andere Sachen zu tun sind.

»Scheiße, Bodo, was soll *das* denn?«

»Ich dreh 'nen Joint. Ist das jetzt verboten?«

»Aber da liegen doch schon drei. Wir haben Wichtigeres zu tun!«

»Alter, entspann dich mal. Fünf hat Pablowitsch bestellt für irgendwelche Musikervögel. Und zwei brauche ich, mach doch die Garderobe heute. Geht's dir gut? Siehst irgendwie zermanscht aus.«

Was für ein Chaos. Völlig unklar, wie hier in – oh verdammt – weniger als anderthalb Stunden eine Party steigen soll. Aber so ist das immer. Geht irgendwie nicht anders. Nur die Ruhe.

Pablo sitzt am Schreibtisch und schnippelt an einem Blatt Papier, während aus den Boxen neben seinem Laptop Swingmusik quakt. Er macht nicht gerade den Eindruck, als stünde er unter Hochdruck.

»Ach, der Herr Wrobel beehrt uns heute auch noch mit seiner Anwesenheit«, sagt er, ohne aufzusehen.

Ich antworte erst mal gar nichts und lasse mich ihm gegenüber in meinen Schreibtischstuhl fallen, der eigentlich kein Schreibtischstuhl ist, sondern ein Friseurstuhl, und wenn mich einer fragt, wie der hierhergekommen ist: Weiß ich doch nicht.

»Freut mich, dass du nun da bist«, sagt Pablo, »denn ich muss sagen, du hast mir ein wenig gefehlt. Geht's dir denn gut, mein Lieber?«

Ich versuche, den Sarkasmus aus seiner Stimme herauszuhören, aber da ist nichts, oder vielleicht schnall ich's einfach nicht, und das ist jetzt ein ganz perfider Hinterhalt, aus dem er gleich einen verbalen Guerillaangriff startet, der mal wieder damit endet, dass einer von uns beiden entnervt den Raum verlässt. Er reicht mir ein visitenkartengroßes Stück Papier:

ENDE! 31.DEZEMBER

»Die Eintrittskarte?«
»Dein Kombinationsvermögen ist mal wieder übermenschlich«, läuft er sich langsam warm. »Sind fast alle fertig, fünfhundert Stück. Wir müssen sie nur noch nummerieren. Hast du alles besorgt?«
»Selbstverständlich. Aber irgendwie beunruhigend, dass du hier noch Muße findest für Bastelarbeiten.«
»Gerade diese Details sind es, die aus einem schnöden Besäufnis ein Fest für die Ewigkeit machen. Wo warst du eigentlich so lange?«
»Schneller ging's nicht. Bist du mal vorn gewesen? Weißt du, was da los ist? Und du bastelst!«
»Nun reg dich mal nicht künstlich auf. Das ist doch immer so, und immer kriegen wir's hin.«
»Natürlich kriegen wir's hin«, reg ich mich auf, »weil ich vor Einlass immer rumrenne wie angestochen, und alle anderen schuften wie die Blöden, während du hier ...«
»Und das ist Pablo. Pablo ist Oskars Partner. Die Basis ihrer Partnerschaft ist gegenseitige Verachtung.«

Rocky steht in der Tür, neben ihm sein Vater, sie sehen uns an. Aber erstaunlich: Der Elvis lächelt. Noch ein Lebenszeichen mehr. Vielleicht wird er ja bei uns gesund. Alle anderen gehen kaputt, aber Rockys Vater machen wir wieder heile.
»Dann sind Sie also ...«, Pablo starrt verdutzt den toten Elvis an, »... Robert Rockmann, der Sänger der Rockin' Bees?!«
Der Elvis nickt und lächelt noch ein bisschen breiter. Wenn das so weitergeht, steht er nachher noch auf der Bühne und singt. Ein Stargast mehr, kann ja nicht schaden. Pablo verbeugt sich und schüttelt ihm die Hand. Rocky verdutzt. Ich verstehe das auch nicht.
»Bitte, kommen Sie doch herein.« Pablo tritt Kartons und Fundsachen beiseite und geleitet den Elvis zum Sofa.
»Ich bin mit Ihrer Musik aufgewachsen. Mein Vater war ein großer Fan Ihrer Arbeit. Und Ihre Band war letztlich der Anlass, dass wir in Hamburg gelandet sind. Will sagen, der Anlass war natürlich Pinochet, aber ohne Ihre Band... Und mein Vater... Will sagen, es ist mir eine große Ehre, Sie kennenlernen zu dürfen.«
Das halt ich nicht aus. In neunzig Minuten startet hier die aufwendigste Party, die wir jemals veranstaltet haben, die zufälligerweise auch noch unsere letzte ist, und mein sogenannter Geschäftspartner zeigt zum ersten Mal in seinem Leben Gefühle, weil der halbtote Vater meines besten Freundes...
Ich gehe mal einen Rundgang machen, nach dem Rechten sehen, in den richtigen Momenten die richtigen Entscheidungen treffen und unseren Unterhaltungsdampfer sachte auf Kurs bringen, knapp am Eisberg vorbei, wie sich das gehört.

Zuerst gilt es das ehemalige Studio in Augenschein zu nehmen, unseren neuen, zweiten Dancefloor. Es ist ja ein gewagtes Unterfangen, den Club für die letzte Party zu vergrößern, flächenmäßig quasi zu verdoppeln. Da muss man drauf achten, dass alles stimmt: optisch, soundmäßig, sicherheitstechnisch. Aber schon mit der Optik ist irgendwas nicht in Ordnung. Der ganze Raum ist schwarz. Die Wände und die Decke – schwarzschwarzschwarz. Es besteht kein Zweifel mehr, Nina ist verrückt geworden. Redet davon, dass man sich dem Leben ganz hingeben müsse, ist euphorisch bis zur Hysterie, und das soll jetzt ihr finales Meisterwerk sein? Nachdem sie schon all ihre Bilder in Schwarz ertränkt hat? Als Clubbetreiber muss ich sagen: Keine schlechte Idee, diese Raumgestaltung. An der Decke dreht sich eine Discokugel, alle paar Sekunden blitzt das Stroboskoplicht, und wenn hier nachher die Bässe wummern, fühlt man sich wahrscheinlich wie im Bassbauch der Mutter aller Dinge. Aber als Freund der Künstlerin bin ich zutiefst beunruhigt. Beschließe, sie bei nächstbester Gelegenheit darauf anzusprechen.

Nächste Station des Kontrollgangs: der Backstage, ehemalige Heimstatt reisender Musikanten, Ort stumpfen Harrens und my-

thischer Ausschweifungen, jetzt Durchgang zum zweiten Floor und Fummelparadies mit Saufbrunnen. Die Bumsbuden sind mittlerweile erkennbar, vier Kabinen aus dunkelblauem Stoff vor der Wand zum Fahrstuhlschacht, das wird. Ich halte besser mal die Leiter fest, sonst fällt Hansen runter.
»Geht's denn?«
»Hrmpf«, macht Hansen und lässt die Bohrmaschine brüllen.
Säge und Broiler arrangieren Sofas und Sessel, Kerstin verteilt Teelichter und Aschenbecher, in denen Kondome liegen. Pablos Idee. In seiner Fantasie besaufen sich die Gäste am Champagnerbrunnen, torkeln in die Buden und fallen dort übereinander her wie Bonobos. Aber hier ist keine Idee abwegig genug, als dass wir nicht mindestens versuchen würden, sie umzusetzen. Und darum geht's ja, fällt mir wieder ein. Ums Spielen, Quatsch machen, nicht nach dem Warum fragen. Irgendwo muss ich die Leichtigkeit liegen gelassen haben. Wahrscheinlich im Mülleimer, neben den bunten Briefen.
»Wo ist Rocky?«, fragt Torben, der Manager, Panik im Blick.
»Im Büro«, antworte ich wahrheitsgemäß.
Säge übernimmt die Leiter, blindes Verständnis, und ich gehe in den Hauptraum. Stelle mich an den Tresen. Keiner quatscht mich an. Also alles gut. Zurück ins Büro, die Kassen mit Wechselgeld bestücken, Stempelkissen beträufeln, Zeitplan ausdrucken. Einfache Tätigkeiten für schnelle Erfolgserlebnisse.
Pablo und der Elvis sitzen auf dem Sofa und nummerieren in trauter Zweisamkeit die Eintrittskarten. Erstaunlich, wo die Liebe hinfällt. Weniger herzlich die Konversation zwischen Rocky und Torben.
»Wir haben wochenlang für den Scheiß gearbeitet, haben sogar eine doppelseitige Anzeige geschaltet«, sagt Torben. »Mann, du kommst auf das verfickte Cover!« Die Schlagader auf seinem volltätowierten Hals ist daumendick.
»Mir egal«, sagt Rocky, »hab heut nichts zu sagen.«

Ich stelle die Kassen auf den Schreibtisch, die Kleingeldrollen daneben wie Zinnsoldaten, Kapitalismus ist Krieg.

»Der Typ ist extra aus München angereist«, ruft Torben, als sei München auf dem Mars. Oder die Reise nur im Planwagen zu machen. Ich meine: Hamburg-München, das ist doch heutzutage wie zum Bäcker gehen. Rocky wirkt auch nicht sonderlich entsetzt.

»Zahl dem doch einfach Flug und Hotel«, sagt er. »Das Interview holen wir am Telefon nach, kann doch nicht so schwer sein.«

Find ich auch. Der Managerheini, der mal Hardcorepunker war, soll den Rockmann jetzt in Ruhe lassen. Aber die Managerschlagader platzt gleich. Und das Managergesicht rötet sich, was gut zur Halstätowierung passt, weil Flammen und so.

»Unsere monatlichen Fixkosten liegen bei viertausend«, kommt's jetzt überraschend sachlich aus dem Managermund. »Wir sind mit dreißig Mille in den Miesen. Alles steht und fällt mit dem Erfolg der neuen Platte. Und du weigerst dich, dem auflagenstärksten Musikmagazin des Landes ein Interview zu geben, weil du heute nichts zu sagen hast?«

Rocky nickt. Und seufzt. Und sagt: »Dann hol ihn rein, verdammt.«

Die Kassen sind fertig. Nebenan haut jemand aufs Schlagzeug. Mein Brustkorb vibriert, es ist der Schnorrer. Der Schnorrer will mal wieder auf die Gästeliste, das ist das einzige Ziel seiner unwürdigen Existenz. Niemand weiß, woher er kommt und warum er glaubt, dass gerade er all den mühsam erbrachten Herrlichkeiten gratis beiwohnen muss. Der gemeine Gästelistenschnorrer ist wie ein lästiges Insekt. Doch das Schlimmste an ihm ist das Gift, das er in die Seele der Menschen träufelt. Noch den edelmütigsten Charakter versaut er mit seiner Niedertracht, noch das liebevollste Wesen wird ihm früher oder später eine unheilbare Krankheit an den Hals wünschen. Aber der Schnorrer kommt immer wieder, er kann nicht anders. Immerhin hat er mich soeben daran erinnert, dass ich die Gästeliste zusammenstellen und ausdrucken muss.

Torben tritt ein in Begleitung des Journalisten; eines pummeligen Mittdreißigers mit Arcade-Fire-T-Shirt, Seitenscheitel und nervösem Blick.

»Dann mal los«, sagt Rocky und zündet sich eine Zigarette an, während der Journalist sein Aufnahmegerät auf dem Fensterbrett platziert. Ich ziehe meinen Laptop aus der Reisetasche und widme mich der Gästeliste.

»Andreas, es tut mir leid, wenn ...«

»Schon in Ordnung, bringen wir's hinter uns.«

»Okay, danke. Das neue Kidd-Kommander-Album handelt von Auflehnung und Umsturz. Es ist ein ...«

»Nee, nee, stopp mal, wer sagt denn so was?«

»Na ja, die Songs, das hört man ja. Es geht doch zum Beispiel in ›Alles Nichts‹ um eine totale Negierung der gesellschaftlichen ...«

»Das weiß ich zufälligerweise genau«, sagt Rocky, »das Lied handelt vom Einkaufengehen, ja?! Ich brauchte Klamotten, war einkaufen, und das war nicht schön, davon handelt das. Aber ich will hier nicht meine Texte erklären. Damit kann jeder machen, was er will. Nächste Frage.«

»Okay. Du bist die Stimme einer Generation, die ...«

»Bin ich nicht. Wer sagt das? Meine Generation will sich doch nur in Sicherheit bringen. Mit denen will ich nichts zu tun haben.«

»Aber mir zum Beispiel geben deine Lieder Kraft. Sie machen Mut und schärfen den Blick. Und das geht vielen so, sonst wärt ihr nicht so erfolgreich. Ich meine, es ist ja mehr als nur die Musik.«

»Kann sein. Kann aber auch an meinen Hooklines liegen, die sind doch Bombe. Oder an Millie, unserer Bassistin. Was weiß ich. Aber wenn die Lieder Mut machen, wär das natürlich super, fänd ich geil. Nächste Frage.«

Torben vergräbt das Gesicht in den Händen. Der Journalist blättert hastig durch seine Unterlagen. Ich klicke auf den ›Empfangen‹-Button meines Mailprogramms – sofort rauschen Dutzende Nachrichten ins Postfach. In jeder zweiten Betreffzeile steht das Wort ›Gästeliste‹.

»Deine erste Platte wollte niemand veröffentlichen, also hast du sie selbst rausgebracht. Jetzt hast du deine eigene Plattenfirma, eine Bookingagentur, sozusagen ein kleines Imperium, ihr arbeitet vollkommen unabhängig und sehr erfolgreich. Bist du da auch manchmal stolz drauf?«

»Wer Zeit hat, stolz zu sein, ist eine jämmerliche Wurst. Außerdem wollte ich nie Geschäftsmann werden, ich hatte nur leider keine Wahl. Ich bin Musiker. Dieser ganze Businessdreck treibt mich in den Wahnsinn. Muss mich mittlerweile besaufen, um beim Liederschreiben nicht an die offenen Rechnungen zu denken. Nächste Frage.«

»Du hast das System, in dem wir leben, mal als völlig entmenschlicht bezeichnet. Wie hast du das gemeint?«

»Na genau so! Welchen Teil von ›völlig entmenschlicht‹ verstehst du denn nicht? Das muss man doch alles nicht mehr erklären, das wurde alles schon tausendmal gesagt. Außerdem bin ich kein Politiker. Von mir gibt's kein Statement zur Lage der Nation. Ich bin Musiker. Ich fordere hiermit alle Menschen auf, meine Platten zu kaufen. Mehr will ich nicht.«

»Okay, verstehe, is ja auch 'ne Aussage. Aber wie gehst du mit dem Widerspruch um, der ja da ist, also zwischen den Botschaften in deinen Texten, und der Tatsache, dass deine Mutter...«

»Weiter.«

»Äh. Alles klar. Also dann das: Siehst du dich eigentlich mehr als Solist oder als Teil einer Band?«

»Ich sehe mich überhaupt nicht mehr. Ich bin irgendwo zwi-

schen Tourbus, blöden Fragen, Steuerberatern und Meetings verdunstet. Ich bin am Ende. Schluss jetzt. Danke.«
Der Journalist fällt in sich zusammen. Torben will etwas sagen, aber Rocky hebt nur die Hand, steht auf und verlässt fluchtartig das Büro.
Der arme Schreiberling. Hatte nie eine Chance. Aber was ist denn mit dem Elvis los? Der Elvis guckt, als wäre er soeben Zeuge eines Flugzeugabsturzes geworden; alles brennt, und die Toten liegen auf der Wiese, so guckt der. Pablo sitzt still daneben, und das hat man auch nicht oft, dass Pablo mal keinen Kommentar abgibt, der alles noch ein bisschen schlimmer macht. Ich sorge mich um Rocky, sorge mich um den Elvis, sorge mich um uns alle. Ich habe Angst, aber keine Zeit dafür. Denn wir machen gleich auf. Und dann für immer zu. Da muss man volle Kanne am Start sein.

Eingehender Anruf
Unbekannte Nummer

Hallo Herr Schneider. Ja, Sie kriegen Ihre Scheißkohle. Nein, ich will nicht, dass Sie mir meine Finger brechen. Der Laden läuft, danke der Nachfrage. Sonst noch was? Ich habe zu tun.
Oskar?
Oh, hallo Mutter.
Sag doch nicht Mutter.
Hallo Mutti.
Ich wollte mal anrufen.
Schön. Hallo.
Und, wie geht's dir?
Alles okay.
Ich wollte mal anrufen, weil ja heute Silvester ist und du nachher bestimmt viel zu tun hast, und da wollte ich jetzt schon mal anrufen, um zu hören, wie es dir geht.
Danke, mir geht's gut.
Schön.
Und dir?

Ach, na ja.
Wie ›na ja‹?
Ja, geht ganz gut.
Was macht ihr denn so?
Na, ich sitze hier und gucke Fernsehen, und dein Vater ist im Keller.
Ist er betrunken?
Glaube schon.
Warum zieht ihr denn nicht endlich weg? Ich würde mich auch ständig abschießen in dem Dreckskaff. Noch seid ihr jung genug für einen Neuanfang. Ein Ortswechsel und die Herausforderungen würden Paps auf andere Gedanken bringen. Und für dich ...
Die Frau Schwennicke lässt übrigens schön grüßen.
Mutti, jetzt lenk doch nicht schon wieder ...
Erinnerst du dich denn nicht mehr? Das war deine Kindergärtnerin!
Ja, okay, danke, Gruß zurück.
Und bei dir ist alles gut?
Ja, klar, wir haben halt gleich unsere letzte Party, und dann ist Schluss.
Na, dann guten Rutsch.
Ja, frohes Neues.
Ich hab dich lieb.
Danke.
Oskar!
Ich dich auch.
Ich wollte nur mal anrufen.
Ich weiß. Wir können gerne noch ein bisschen plaudern.
Nein, nein, wollte nur mal anrufen. Da kommt dein Vater.
Willst du ihn kurz sprechen?
Gerne.
Hallo Junge.

Hey Paps.
Und, alles in Ordnung?
Läuft.
Und der Wagen?
Läuft auch.
Wann kommst du denn mal wieder vorbei? Deine Mutter würde sich freuen.
Bestimmt bald. Wir müssen erst mal den Club abwickeln. Da gibt's noch einiges zu tun.
Hast du das mit dem Bausparvertrag geklärt?
Bauspar ... Ach ja, der Brief, denke schon.
Du musst das ausfüllen und abschicken, sonst verfällt die Prämie.
Wird gemacht.
Das sind zweihundertzwanzig Euro. Das ist viel Geld.
Klar.
Also dann, gute Nacht.
Euch auch.

Normalerweise wäre jetzt wieder so ein Riss im Tag. Wenn die Liebe zu denen, die einen gezeugt und aufgezogen haben, kollidiert mit einem Gefühl totaler Entfremdung, dann reißt ja immer was. Aber heute nicht, denn alles ist bereits total zerfetzt. Immerhin die Erkenntnis: Wenn man denkt, das eigene Leben sei ein Irrsinn, muss man nur mal mit den Eltern reden, dann weiß man wieder, wo der Wahnsinn wohnt. Hier ist alles ganz normal. Die Musiker sind gegangen, die meisten Helfer auch; man macht sich hübsch und stärkt sich. Da steht ein Stuhl im Weg, der muss da weg. Der Kabelsalat ist Stolperfalle und gehört beseitigt. Diese Lampe braucht eine neue Birne. Leere Flaschen in die Kisten, alle Flyer in den Müll, Aschenbecher auf die Tische. Im Fensterseparee sitzen Nina und der Elvis. Der Elvis sieht schon wieder ein bisschen besser aus, was sicher am posi-

tiven Einfluss seiner Sitznachbarin liegt, die strahlt so doll, Honigkuchenpferd Hilfsbegriff.
»Brauchst du Hilfe?«, fragt Nina. Genau das wollte ich sie auch gerade fragen.
»Nö, geht schon«, sage ich. »Aber was soll das eigentlich mit dem Studio?«
»Großartig, oder? Schwarz ist ja eigentlich gar keine Farbe, sondern eine Empfindung, weil ein Farbreiz fehlt. Es ist die Antifarbe, das Farbloch, alles und nichts. Es umgibt uns wie das Universum, wie ein Meer. Und wenn nachher alle darin tanzen, dann tanzen sie in der Unendlichkeit. Ist das nicht wunderschön?«
Hm, weiß nicht, müsste ich drüber nachdenken. Ich nicke und beschließe, später auf den Grund ihrer Seele zu tauchen und zu gucken, was da im Argen liegt. Jetzt erst mal Abgang Richtung Tresen, die Zeit rennt – oh! Jetzt hab ich aus Versehen eine Dame angerempelt, die im Halbschatten vorm Mischpult steht und raucht. Diese Dame kenne ich nicht. Sie ist lang und schlank und trägt ein Stückchen Stoff. Sie hat ganz große Augen, eine Nase und darunter einen Mund – das ist ein Mund!
»Bist du eine der Tänzerinnen?«, frage ich und reiche ihr die Hand. »Oskar mein Name, Kollege von Pablo. Herzlich willkommen.«
Das findet sie wohl witzig. Sie lacht, legt ihre kühle Hand in meine, gutes Gefühl.
»Terresa.«
Teresa, das ist ein Name.
»Wo kommt ihr denn her? Seid ihr extra für die Party angereist?«
»Ja, extrra fürr Parrty, aus Danzig. Zehn Stunde, puh!«
Beim ›puh‹ legt sich Teresa den Handrücken an die Stirn, blickt theatralisch zur Decke, jetzt lacht sie wieder, und wie sie lacht.
»Sag mal, wo ist Toilette?«

Ich erkläre ihr den Weg zu den Klos, rate ihr, sich was überzuziehen, denn da unten ist es kalt, kälter als in Danzig. Sie schaut mich mysteriös an, wirft die Haare zurück und stakst zum Fahrstuhl.
»Wo habt ihr denn *die* geile Rumbalotte aufgetan? Der muss ich aber mal ganz dringend meinen Prachtprügel präsentieren.«
»Hallo Erbse.«
Erbse blickt wie gebannt zum Lift und saugt eine Zigarette leer.
»Seit wann bist du denn aus der Reha raus?«
»Heiligabend. Hab die labilen Penner da nicht mehr ausgehalten. Musste mir erst mal 'ne Flasche Whisky verabreichen, um wieder Mensch zu werden. Komm, du Fickamsel, lass mal ins Büro gehen.«
So fängt das immer an: Lass mal ins Büro gehen. Und dann packt Erbse Briefchen, Schein und Karte aus, und im Oberstübchen knistern die Neonlichter an. Das hat mir gerade noch gefehlt – Verstärker.
Jetzt lieber mal die Bar inspizieren. Diese ist, man muss es so sagen, bei aller Zurückhaltung, würdevollen Bescheidenheit, allem Respekt vor der Großartigkeit des Lebens, ein Musterbeispiel gastronomischen Improvisationsgeschicks. Sie glänzt und besticht mit ästhetisch und praktisch durchdachter Anordnung von Getränken und Gerätschaften. Benny sieht trotzdem unglücklich aus.
»Not enough ice, my Freund«, sagt er und deutet auf den Kühlschrank.
Ich werde auf keinen Fall noch mal zur Kieztanke fahren. Nie mehr in meinem ganzen Leben werde ich an die Kieztanke auch nur denken.
»Das wird schon«, sage ich, »nehmen wir halt nur einen Würfel pro Drink.«
Benny schüttelt den Kopf, länger als nötig. Vielleicht wird er ab morgen Vollzeit im ›Alsterpavillon‹ knechten. Vielleicht findet

er etwas anderes. Hoffentlich wird er bezahlt. In der Gastronomie wird ja ausgebeutet, quasi kriminell, immer nach dem Motto: Dabei sein ist alles. Das ist ja nicht wie bei uns, wo der Stundenlohn schon aus Gründen des Anstands zweistellig ist. Bei uns wird selbst mitten in der Abwicklung noch jeder ordentlich bezahlt, bis auf die Künstler und die Betreiber natürlich, während alle anderen Unternehmer ihren Mitarbeitern gerade so viel Geld vor die Füße werfen, dass die sich am nächsten Tag wieder zur Arbeit schleppen können.

»Bitte sag, dass das nicht die Gästeliste ist.«
Pablo hält die Gästeliste hoch und guckt wie ein angeschossenes Reh.
»Das ist nicht die Gästeliste.«
»Was ist es dann?«
»Alles, was du willst.«
»Da stehen mindestens hundert Leute drauf!«
»Dann wirkt der Laden nicht so leer.«
»Und uns bleiben die Schulden.«
»Das sind wirklich nur die wichtigsten. Hast du ernsthaft geglaubt, dass wir sauber aus der Nummer rauskommen?«
»Wie du weißt, war ich sogar mal davon überzeugt, dass wir mit diesem Etablissement Geld verdienen würden, nicht ahnend, dass mein geneigter Geschäftspartner ständig Bands bucht, die keiner sehen will.«
… und rückwirkend von einem Kiezkriminellen um zehntausend Euro erpresst wird, die wir von den heutigen Einnahmen zahlen müssen. Hätte ich jetzt beinahe gesagt. Aber das sage ich nicht. Ich sage:
»Dann bist du eben ruiniert. Das wird dich Demut lehren, Fatzke.«

Die babykopfgroße Leninbüste kommt geflogen, kracht hinter mir in den Aktenschrank, gegen den Tresor, der macht ein Geräusch wie eine kaputte Glocke oder eine leere Öltonne oder irgendwas anderes vollkommen Nutzloses.
Tobi kommt rein, lässt seine Sporttasche fallen, klatscht in die Hände. »Was geht, ihr Pfeifen!«
»Einiges«, sage ich.
»Vermutlich alles den Bach runter«, sagt Pablo.
Tobi reißt sich die Jacke runter, kramt in der Tasche, holt die stichsichere Weste raus, zerrt sie sich um den aufgepumpten Oberkörper, klemmt sich Pfefferspray und Teleskopschlagstock an den Gürtel, schnürt sich die Doc Martens auf und wieder zu. Außenstehenden mag das ein wenig martialisch erscheinen; das bisschen an der Tür Rumstehen und dann gleich Spezialeinheitenoutfit. Aber hauptberuflich jagt Tobi Nazis und tritt in der Provinz bei Freefight-Wettkämpfen an, da kann man im richtigen Leben schon mal überreagieren.
»Rühr mal, ich kipp das Gemüse rein.« Pablo schiebt mir eine Schüssel hin, quasi Babybadewanne, für die Bowle. Andererseits: Naherholung ist das auch nicht, so eine Samstagnacht an der Tür eines Spitzenclubs auf dem Kiez, dann doch eher Nahkampf.
»Wo ist denn die Schale mit den Orangenscheiben?«
Es wollen ja mitunter Leute in den Club, ganz erstaunlich, und die muss der Türsteher dann vom Gegenteil überzeugen. Gleichzeitig muss er die für würdig befundenen Gäste zum geordneten Eintreten anhalten, Konflikte verhindern, die Kasse sichern, Kotzende an die Luft geleiten und die unwürdige Wut jener ertragen, die nicht auf der Gästeliste stehen.
»Ich denke, eine Flasche Wodka dürfte der Bowle nicht schaden.«
Während hier oben alle ihren Spaß haben, kriegt der Türsteher unten den Irrsinn ab, denn nachts vergessen die Leute alles.

»Sieht doch schmackhaft aus. Aber eine MDMA-Bowle ohne MDMA ist irgendwie auch nicht das Wahre.«

Doch statt mit Mitgefühl begegnet man dem Türsteher mit Skepsis, zu Recht, weil Exekutive, da ist Vorsicht geboten. Deswegen muss der Türsteher umso höflicher und geduldiger sein, quasi ein nachsichtiger Onkel, damit die Leute merken, dass er ein Hirn hat und ein Herz, und nicht, wie so viele seiner Kollegen, nur einen Klumpen Hass zwischen den Ohren.

»Und wenn wir einfach *behaupten*, da sei MDMA in der Bowle?«

Es ist unser Glück und das unserer Gäste, dass wir Leo und Tobi an der Tür haben, sozusagen seltenes Spitzenpersonal, da darf man sich vom Spezialeinheitenoutfit nicht verunsichern lassen.

»Sag mal, hörst du mir überhaupt zu?« Pablo boxt mir gegen den Oberarm. »Was sagst du denn zu meiner Idee?«

»Ich sage Hurra«, sage ich. »Hauptsache MDMA-Bowle.«

»Ihr seid echt ein paar Vögel.« Tobi wirft seine Tasche auf den Schrank. »Als wären die Leute nicht schon durchgeknallt genug. Vollmond ist heute auch noch. Samstag, Silvester, letzte Nacht und Vollmond. Und ihr serviert MDMA-Bowle. Schönen Dank auch.«

»Da ist doch gar nichts drin«, versuche ich ihn zu beruhigen. »Außerdem arbeiten Jacques und Annie an der Kasse.«

»Na, das reißt's auf jeden Fall raus. Wenn wir wenigstens stabile Gitter hätten. Was ist eigentlich mit dem Backstage los?«

»Da soll geknutscht werden. Und geh mal ins Studio, das ist jetzt die Darkroom-Disco. Wenn da nachher alle tanzen, ist das Unendlichkeit, weil Schwarz ist eine Nichtfarbe und…«

»Wie, alle tanzen?«, sagt Tobi. »Wer tanzt wo?«

»Na, die Leute, die Gäste. Backstage und Studio sind doch heute auch… Was guckst du denn so?«

»Nein«, sagt Tobi. »Auf keinen Fall! Wir sind zu zweit, Riesenandrang, Vollmond. Ihr macht jetzt nicht noch neue Räume auf.«

»Hat Pablo dir nicht ...?«
Pablo macht ein Gesicht, als hätte er auf eine Zitrone gebissen.
Ich geh mal besser. Noch fünfzehn Minuten.

Noch fünfzehn Minuten, aber Hansen packt sein Werkzeug ein. Noch fünfzehn Minuten, aber Benny bindet sich eine Krawatte um. Noch fünfzehn Minuten, aber Sunny steht am Mischpult und plaudert mit dem Jeans Team, als wäre alles schon vorbei. Normalerweise größte Aufregung, panische Aktivitäten, bevor unten die Tür aufgeht. Aber das läuft alles wie am Schnürchen heute, als hätten wir's professionell vorgeplant und ausgeführt, und daran kann ich mich gar nicht erinnern. Der Club sah noch nie so gut aus. Unvorstellbar, dass hier nachher alles Lärm und Leben ist, aber so soll es sein, alles muss in Flammen stehen. Zum letzten Mal lege ich die Gästeliste auf die Türkasse, hole drei leere Bierkisten aus dem Lager und stelle alles in den Lift. Zum letzten Mal winke ich Benny zu, während der Rollladen runterrasselt und der Lift sich in Bewegung setzt. Zum letzten Mal dieses drückende Gefühl im Magen, wie immer vor Beginn einer alles entscheidenden Veranstaltung; aber heute viel stärker als sonst.

›Die Dinge, mit denen du durch das Schicksal verkettet bist, denen passe dich an. Und *die* Menschen, mit denen dich das Geschick zusammengestellt hat, die habe lieb, aber von Herzen!‹

Schade, der Aurel ist auch zu nichts mehr zu gebrauchen. Ich will mich nicht anpassen, ich will die Ketten sprengen. Und bevor ich alle von Herzen lieben kann, muss ich meine Hassliste abarbeiten.

Mathildas letzte SMS

Mein Herz, Dein Schweigen macht mich krank. Aber vielleicht hast Du Recht. Entweder alles oder nichts. Ich denke jeden Tag an Dich. Ich weiß, dass alles irgendwann gut wird.
In Liebe, M

Vor zwei Jahren kam diese Nachricht. Ich habe sie sofort gelöscht, kann die Worte aber nicht vergessen, dabei vergesse ich sonst immer alles. Weiß noch nicht mal, was ich letzten Dienstag gemacht habe oder Mittwoch oder gestern. Weiß keine Telefonnummer auswendig, nicht mal meine eigene – nur ihre. Manchmal scheint es mir, als hätte ich nie wirklich gelebt, weil ich mich an nichts erinnern kann, außer an sie. Alles, was mit ihr zu tun hat, ist unlöschbar auf meiner Festplatte gespeichert, und nach jedem Systemabsturz gibt es eine Sicherheitskopie mehr. Mein IQ liegt wahrscheinlich irgendwo bei vierunddreißig, ihrer Kleidergröße.

Leo steht vor der Tür und guckt in den Himmel. Er ist ganz allein vor der Tür, hier ist niemand sonst, niemand auf der Straße, niemand auf dem Gehweg, noch nicht mal die zwei, drei Fans, die sonst immer schon eine halbe Stunde vor Einlass vor dem Club rumlungern, um einen Platz in der ersten Reihe zu ergattern, auch wenn es dann mitunter nur eine Reihe gibt, weil außer ihnen keiner kommt. Ein mittlerer Menschenauflauf wäre das Mindeste gewesen, nicht nur wegen der angekündigten Musiker. Das mit Kidd Kommander dürfte sich auch schon rumgesprochen haben unter den Bescheidwissern, aber kein Schwein will hier rein. Haben wir die falsche Uhrzeit auf die Flyer gedruckt? Uns im Tag geirrt? Oder sitzen die Penner alle noch in ihren Ikeabuden, gießen Blei, saufen Schaumwein, checken ihre Facebookseiten und gucken zum hundertsten Mal ›Dinner for One‹?
»Hab ich doch gesagt, das geht heut in die Hose«, sage ich.

»Dreiunddreißig. Leute. Haben nach Tickets gefragt«, sagt Leo.
»Na, immerhin.«
Leo legt mir seine Riesenhand auf die Schulter, quasi beruhigend, aber ich bin die Ruhe in Person. Vielleicht ist das die Müdigkeit oder der Hunger oder das erste Anzeichen von Wahnsinn, aber ich bin jetzt im inneren Kern meiner selbst, quasi buddhistisch. Mich berührt gar nichts mehr.
»Wird alles gut«, sagt Leo.
»Meinetwegen«, antworte ich.
Der Volvo steht auf dem Gehweg zwischen den Säulen, die den Vorbau tragen, es regnet Schnee auf die Straße.
»Was machst du denn, wenn der Club Geschichte ist?«, frage ich Leo. »Wie verdienst du denn dann dein Geld?«
»Ich werde sehen«, sagt Leo. Aha. Auch ein Ansatz. Aber Leo sieht ja ohnehin Dinge, von denen wir keine Ahnung haben.
»Du könntest ja mal verreisen, mit Nina.«
Leo schweigt.
»Sie würde sich bestimmt freuen. Kann sicher auch ein bisschen Abwechslung vertragen. Hier ist ja alles so grau. Und schwarz.«
Leo schweigt.
»Ist mir eh total unklar, was mit euch los ist. Ich meine, wie ihr euch immer anguckt und alles. Was ist denn das Problem?«
Das Problem ist, dass Leo schweigt.
»Du bist echt ein Idiot. Eine Frau wie Nina, aber du zählst immer nur irgendwelchen Mist und kriegst den Mund nicht auf.«
Leo guckt in den Himmel. Was ist denn da oben? Nichts ist da. Noch nicht mal Schwarz. Ich werde noch wahnsinnig mit dem, Buddha abgemeldet.
»Jetzt sag doch mal was!«
»Liebe ist eine Krankheit«, sagt Leo. »Sie macht dich schwach und tötet.«
»Also hast du Angst? Das ist alles? Du hast einfach nur Angst?«
Mein Brustkorb vibriert. Warum könnt ihr mich nicht …

Eingehender Anruf
Unbekannte Nummer

Ja bitte?
Na, Spargeltarzan, wie laufen die Geschäfte?
Nicht so gut, ich glaube, es kommt keiner.
Na, dann hab ich jetzt aber mal ne gute Nachricht für dich.
Schickst du eine Busladung Bordellbesucher vorbei?
Werd mal nicht unverschämt, Bürschchen, sonst kannste dir die Hose bald mit den Zähnen anziehen!
Ich meine...
Schon gut. Also pass auf, Mister Nachtclubbesitzer, ich komme gleich mal mit ein paar Jungs rum. Nichts Wildes, bisschen vorglühen und gucken, was ihr Kinder da so macht. Stellste einfach 'n paar Fläschchen Schampus kalt, schreibst mich plus zehn auf die Gästeliste und gibst den Gastgeber. Das Geschäftliche dann wie besprochen später im ›Rotlicht‹, capito?
Auf keinen Fall. Das geht nicht! Du kannst hier nicht einfach so auflaufen. Das ist echt nicht eure Szene, alles so Kunstkacke, nur Studenten und so. Außerdem hatten wir gesagt...
Jetzt halt mal die Fresse, du Knallfrosch! Warum seid ihr Scheißer eigentlich alle so unglaublich respektlos? Weil eure Eltern Hippies waren?
Meine Eltern...
Sag deinen Aushilfstürstehern, dass sie sich benehmen sollen, sonst atmen die bald durch ihre Backentaschen. Und dass die mir meinen Enrico nicht blöd vollquatschen, die Antifarilaries! Ich ruf noch mal an.
Verdammt, Schneider, das geht nicht. Schneider? Scheiße.

»Wer war das denn?«, fragt Pablo. Wir stehen zu zweit allein vorm Haus.
»Das war Kiezkalle, der ...«
»Trügen mich meine Augen, oder befinden sich hier tatsächlich keinerlei wartende Gäste vor der Tür unseres Etablissements?«
»Tja.«
»Ich hab's gewusst.« Er sieht mich triumphierend an. »Zehn Uhr ist einfach zu früh. Nie hörst du auf mich, was uns immer wieder in Verlegenheit bringt. Auch diese Fehlentscheidung wird uns Geld kosten. Außerdem wird die Bowle warm.«
»Schrecklich. Pass mal auf, ich muss mit dir reden.«
In wenigen Minuten wird sich Pablo in seiner dämlichen Bowle ertränken wollen. Weil der Schneider kommt. Es muss raus.
»Auch ich habe dir etwas mitzuteilen«, sagt Pablo. »Eine wichtige Information, die ich dir leider viel zu lange vorenthalten habe.«
Wahrscheinlich ist ein DJ abgesprungen oder der Champagnerbrunnen defekt, bin jetzt schon untröstlich.
»Komm mal mit«, sage ich.
»Wohin soll ich mitkommen?«
»Komm einfach.«
Ich werde ihm die Causa Schneider grob skizzieren und dann irgendwie beruhigende Worte finden, um seine Panik zu dämpfen. Er muss bei mir bleiben. Allein steh ich das nicht durch.
»Setz dich da hin.«
»Warum soll ich mich denn auf deine Schrottkarre setzen?«
»Weil du sonst umfällst.«
Pablo zieht ein weißes Seidentuch aus der Brusttasche seines Jacketts und wischt damit über die Motorhaube. Wenn er wüsste, wie lächerlich das ist in Anbetracht dessen, was ich ihm zu sagen habe. Ich reiche ihm eine Zigarette.
»Ich will nicht rauchen.«
»Gleich willst du.«

»Du auch«, sagt Pablo.
Ich zünde ihm die Zigarette an. Es wird nicht seine letzte sein.
»Also«, sagt er, »was ich dir zu sagen habe, ist ...«
»Nee«, sage ich, »was ich *dir* zu sagen habe ...«
»... ist jetzt egal. Glaub mir, Oskar«, sagt Pablo. »Ich hätte es dir längst schon erzählen sollen, aber ich wollte nicht, dass du dich unnötig aufregst. Also, es tut mir leid, aber ...«
»Genau«, sage ich, »mir tut es auch leid. Denn heute Mittag ...«
»Mathilda kommt.«
»... klingelte es plötzlich an der Tür, und ...«
Pablo nickt.
»Das ist nicht witzig.«
Pablo schüttelt den Kopf. Warum schüttelt der jetzt den Kopf?
»Kein Witz«, sagt Pablo.
Keinwitz. Keinwitz. Keinwitz.
»Sie hat mich vor zwei Wochen angerufen«, sagt Pablo. Er sagt: »Sie hat mich angerufen und gefragt ...«
Mathilda. Mathilda. Mathilda. Mathilda. Mathilda. Mathilda.
»... ob du heute auch wirklich da sein wirst, und ich musste ihr schwören ...«
Mathilda. Mathilda. Mathilda. Mathilda. Mathilda. Mathilda.
»... bei meiner Ehre schwören, dass ich dir nichts davon sage, weil sie glaubt, dass du sonst sofort ...«
Mathilda. Mathilda. Mathilda. Mathilda. Mathilda. Mathilda.
»Oskar. Oskar! Jetzt warte doch. Bleib hier!«
Mathilda. Mathilda. Mathilda. Mathilda. Mathilda. Mathilda.
Mathilda. Mathilda. Mathilda. Mathilda. Mathilda. Mathilda.
Mathilda. Mathilda. Mathilda. Mathilda. Mathilda. Mathilda.
Mathilda. Mathilda. Mathilda. Mathilda. Mathilda. Mathilda.
Mathilda. Mathilda. Mathilda. Mathilda. Mathilda. Mathilda.
Mathilda. Mathilda. Mathilda. Mathilda. Mathilda. Mathilda.
Mathilda. Mathilda. Mathilda. Mathilda. Mathilda. Mathilda.
Mathilda. Mathilda. Mathilda. Mathilda. Mathilda. Mathilda.

Mathilda. Mathilda.
Fahren, Hauptsache fahren. Bisschen Auto fahren. Nachts Auto fahren ist immer noch das Beste. Das macht einfach Spaß.

DIE BALLADE VON OSKAR & MATHILDA

STROMAUSFALL

An den südlichen Ausläufern des Harzes, wo das Gebirge in Hügeln und Tälern zum Flachland verebbt, gibt es eine Region, die fast vergessen ist. Wie hingewürfelt liegen Dörfer und Städte zwischen Wäldern und Feldern, umgeben von grauen Halden, die wie Pyramiden in den Himmel ragen. Jahrhundertelang krochen die Männer dieser Gegend in Schächte, brachen dunkles Gestein aus der Erde, schleppten es in brüllende Hochöfen und schichteten die geschmolzenen Überreste auf, als würden sie ihr eigenes Grabmal bauen. Generationen starben an Hunger, Ruß und Erschöpfung für ein paar Tonnen Kupfer, dem wertlosesten aller Metalle. Irgendwann wurde der Sozialismus ausgerufen und der Hunger abgeschafft. Dann wurde der Sozialismus abgeschafft und die letzte Grube geschlossen, das letzte Werk, die letzte Fabrik. Seitdem warten die Männer auf Arbeit, die es nicht mehr gibt. Wer kann, zieht weg. Wer bleibt, dem bleiben der Blick auf die Halden und das Leben in einem Land, das in der Zeit versinkt.

Hier sind Oskar und Mathilda geboren. Sie wurden in derselben Nacht gezeugt. Es war Silvester, und die Strommasten brachen unter Schneemassen, wie man sie selten zuvor gesehen hatte. Der darauffolgende September war entsprechend kinderreich. Mathilda kam zwei Tage nach Oskar zur Welt, im selben Krankenhaus, der Kinderklinik ›Glück auf!‹.

SECHZEHN JAHRE SPÄTER

Oskar und die anderen Mitglieder der ›Red Socks‹ hockten in der Halle eines stillgelegten Walzwerkes um eine brennende Tonne und diskutierten die Lage. Die Lage war schlecht. Die Mitgliederzahl ihrer Gruppe stagnierte seit Monaten bei neun. Wahrscheinlich war einfach niemand daran interessiert, sich beim Versuch, Konzerte, Lesungen und Demonstrationen zu organisieren, von Neonazis krankenhausreif schlagen zu lassen. Dann ging die Tür auf. Zuerst sahen sie nur einen Schatten, den das Licht der Werkshoflaterne quer durch die Halle warf. Allzeit in Angst, in ihrem Versteck von ihren Feinden aufgespürt zu werden, griffen sie nach Holzlatten und Äxten. Als Mathilda dann im Schein des Feuers vor ihnen stand, atmeten sie erleichtert auf – und hielten die Luft an. Sie trug einen Trenchcoat, Jeans, Cowboystiefel, einen weißen Schal und die langen schwarzen Haare offen. Sie sah aus wie ein Filmstar. Sie sagte: »Hallo ich bin Mathilda.« Die ›Red Socks‹ sahen einander ungläubig an.

Einige von ihnen kannten Mathilda vom Sehen; die Stadt war klein, und Mathilda war die Freundin von Martin Kretschmar, genannt Gretsch, dem Sänger der lokalen Rockgruppe Deathschmidt. Gretsch war Mitte zwanzig, fuhr einen braunen Benz und sah aus wie Steven Tyler. Seit zwei Jahren waren sie ein Paar.

Mathildas Besuch in der Kommandozentrale der einzigen Antifa-Gruppe der Region war folgender Dialog vorausgegangen:
Gretsch: »Wenn dich das alles so anstinkt, musst du was machen.«
Mathilda: »Ich weiß. Aber was? Soll ich mich ans Asylantenheim ketten?«
Gretsch: »Versuch's doch mal bei diesen Antifa-Heinis.«
Mathilda: »Ich habe aber keine Lust auf Kuchenbasare und Infostände.«
Gretsch: »Jetzt bist du ungerecht. Traust du dich nicht? Soll ich dich begleiten?«
Mathilda warf ihm einen spöttischen Blick zu, zog sich an, sprang auf ihr Moped und rettete den ›Red Socks‹ zwanzig Minuten später den Tag. Mit dem schönsten Mädchen des Landkreises in ihren Reihen schien plötzlich alles möglich, nicht nur politisch. Die allesamt männlichen Mitglieder der Gruppe präsentierten ihre Aktivitäten im schillerndsten Licht – vor allem aber sich. Nur Oskar schwieg. Wie immer, wenn er sich einer Situation nicht gewachsen fühlte, verbarg er seine Unsicherheit hinter geheucheltem Desinteresse. Das Erscheinen der ihm bis dahin unbekannten Mathilda stellte plötzlich alles in Frage, selbst seine erste große Liebe Katja. Mathilda jedoch war derart in das Gespräch mit den anderen vertieft, dass sie Oskar gar nicht wahrnahm. Bis dieser sich aus Versehen in Flammen setzte. Weil er niemanden nach einem Feuerzeug fragen wollte, beugte er sich mit einer Zigarette im Mundwinkel über die brennende Tonne, woraufhin seine schulterlangen Haare Feuer fingen. Die Aufregung war groß, der Brand wurde mit Bier gelöscht, dann brachen alle in Gelächter aus, nur Oskar und Mathilda nicht.
»Alles in Ordnung?«, fragte Mathilda und reichte ihm eine neue Zigarette.
»Das passiert ihm ständig«, sagte Gregor lachend. »Und wo genau wohnst du jetzt noch mal?«

Derart vernichtet widmete sich Oskar stumm den Dosenbieren, unfähig, die Fabrikhalle zu verlassen. Als der Morgen graute und Mathilda sich verabschiedet hatte, löste sich die Versammlung auf. Auf dem Weg nach Hause erbrach er sich, krachte mit dem Fahrrad gegen einen Laternenpfahl und hasste sich dafür, dass er immerfort an dieses Mädchen dachte, sogar, als er halb ohnmächtig auf dem Gehweg lag.
Mathilda besuchte die ›Red Socks‹ nie wieder.

TONLOCH, ZWEI JAHRE SPÄTER

Mathilda stand vor dem Spiegel, trug Lidschatten auf, zupfte lustlos ihre Augenbrauen und wunderte sich, denn sie dachte, warum auch immer, an diesen Oskar. Sie tupfte sich Parfüm auf den Hals, presste prüfend ihre Brüste aneinander und dachte an Oskar. Sie legte die Ohrringe ihrer verstorbenen Großmutter an, nahm sie wieder ab und dachte an Oskar. Natürlich würde er da sein, wie alle Abiturienten der beiden Gymnasien heute am Tonloch sein würden, wie auch an den beiden Samstagen zuvor, aber das war keine Erklärung. Sie drückte ihrem Vater einen Kuss auf die Stirn. Er nickte, ohne den Blick vom Fernseher zu wenden, und sie wusste, dass er genau so dasitzen würde, wenn sie wieder nach Hause kam, und dann würde er ins Bett gehen. Sie umarmte ihre Mutter, die ihr heimlich einen Geldschein in die Jackentasche schob, ging die Treppe runter zum Auto, startete den Motor, drehte das Radio an, drehte es aus und fuhr los. Sie kurbelte das Fenster runter, ließ ihre Hand auf den Wellen des Fahrtwinds fliegen und dachte an die Wohnung in Berlin-Kreuzberg, in die sie mit Gretsch in fünf Wochen ziehen würde. »Da ist die Musikszene, da sind alle«, hatte er gesagt. Irgendwas zog sich in ihr zusammen.

»Weißt du was? Ich hasse dich nicht mal mehr, du tust mir einfach nur leid!« Oskar knallte die Tür zu. Das Willkommensschild mit dem Kranz aus Plastikblumen fiel auf die Fußmatte. Er kickte es die Treppe runter und ging, fünf Stockwerke tief, weg von dem besoffenen Vater und der weinenden Mutter, in den Keller, wo sein Fahrrad stand, das er immer noch brauchte, weil er schon zwei Mal durch die Führerscheinprüfung gefallen war. Aber wohin jetzt? Nicht zum Tonloch, wo sie alle waren und sich feierten, nicht zu Katja, die Fachbücher über Bulimie las, um sich selbst zu heilen, schon gar nicht in die Werkshalle, das war vorbei, wie überhaupt endlich alles vorbei war. Er fuhr einfach los, immer bergab. Die Luft war frisch vom Regen, der am Nachmittag gefallen war. Wie er überhaupt auf die Idee hatte kommen können, sich im Altersheim dieser Elendsstadt für den Zivildienst anzumelden! Wegen seiner Mutter und Katja, vor allem ihretwegen, natürlich. In acht Wochen ging's los, neun Monate Wehrersatzdienst, das nächste Gefängnis. Er raste über den Marktplatz, wo ihm die Faschos unter der Linde Beschimpfungen hinterherbrüllten, den Berg hoch, so schnell er konnte, vorbei am Kino, in dem keine Filme mehr liefen, an der Polizeistation, dem Schützenhaus und dem Schwimmbad, das keines mehr war. Und dann war er am Tonloch.

Er war nicht da. Alle waren da, sogar die Streber, aber ihn konnte sie nirgends entdecken. Das Feuer war riesig, ganze Stämme hatten sie hineingeworfen, die Flammen tanzten über das angrenzende Feld. Aus dem geöffneten Kofferraum eines Kombis dröhnte Franz Ferdinands ›Take Me Out‹ und mischte sich in das Stimmengewirr der Umherstehenden. Mathilda nahm einen Zug von dem Joint, den ihr Ronny vor die Nase hielt. Sie war gleichzeitig erleichtert und traurig und genoss dieses Gefühl. ›Es geht gar nicht um ihn‹, dachte sie, ›sondern darum, dass ab jetzt alles anders wird.‹ Dann sah sie ihn.

Er sah sie näher kommen und wandte sich verlegen ab.
»Hey warte mal! Hey!«, sagte Mathilda.
Oskar blickte sie an.
»Wie geht's denn so?«, sagte Mathilda und hätte sich am liebsten auf die Zunge gebissen.
›Wie geht's denn so‹, dachte Oskar. ›Oh Mann.‹
»Geht so.«
»Nicht gerade die Wahnsinnsparty hier, oder?«
»Vielleicht.«
»Alle reden die ganze Zeit davon, was sie bald alles Tolles machen werden.«
»Ja, nicht zum Aushalten«, sagte Oskar. »Und was wirst du tun?«
»Keine Ahnung«, log Mathilda.
»Na ja, immerhin.«
»Immerhin was?«
»Immerhin besser, als die nächsten fünfzig Jahre schon fertig geplant in der Schublade zu haben.«
»Ich will eigentlich nur weg.«
»Klar«, sagte Oskar. »Überall ist es besser als hier.«

NEUE ORTE

In der darauffolgenden Woche trafen sie sich vier Mal. Sie fuhren in Mathildas Golf an Orte, an denen sie niemand kannte, redeten über Natalie Portman in ›V wie Vendetta‹, über den jüngsten Film der Coen-Brüder, ihre heimliche Leidenschaft für peinliche Hardrockbands aus den Achtzigern und stellten verwundert fest, dass ›Betty Blue‹ von Philippe Djian ihrer beider Lieblingsbuch war. Sie redeten über ihre Familien, über Katja und Gretsch, und manchmal schwiegen sie und fühlten sich gut dabei.
Mit jedem Treffen wuchs Mathildas Nervosität, was sie jedoch gut zu verbergen wusste. Oskar hingegen wurde immer ruhiger.

Er, der sich immer schon fremd gefühlt hatte, unvollständig und verwirrt, empfand sich in ihrer Gegenwart als ein Genesender. Ihre Liebenswürdigkeit, ihre übersprudelnde Art und die Gewissheit, dass ihre Freundschaft rein platonisch war, belebten und beruhigten ihn. Wenn er mit ihr zusammen war, dachte er nicht an seine Unmöglichkeiten, sondern an seine Möglichkeiten. Alles an ihr schien ihm richtig und gut. Er lief beschwingt pfeifend durch eine Welt, die plötzlich farbig war. Bis Mathilda eines Abends die Bombe platzen ließ.
»Ich befürchte, ich habe mich verliebt.«
»Echt? In wen denn?«, fragte Oskar.

OHNE ERWARTUNGEN

Die Wände waren braun getäfelt, aus den Boxen dudelte Sirtakimusik, und auf dem Tisch stand neben einer Platte voller Fleisch ein Adonis aus Gips, der eine Kerze hielt. Mathilda strich mit der Fingerkuppe über den Rand ihres Rotweinglases. Die Haare fielen ihr ins Gesicht, auf ihre weiße Bluse, die so eng anlag, dass Oskar keine Luft bekam. Sie saßen sich schweigend gegenüber, ohne einander in die Augen zu sehen. Plötzlich brach es aus Oskar heraus: »Und wie hast du dir das vorgestellt? Du gestehst mir nach all dem Gerede über Freundschaft mal kurz deine Liebe, ich verlasse meine Freundin und dann ab in die Flitterwochen?«
Sie leerte ihr Glas in einem Schluck. »Ich hätte dich nie ansprechen sollen.«
Oskar entdeckte einen neuen Zug in ihrem Gesicht. Zwei feine Leidenslinien neben ihren Mundwinkeln.
»Du meinst es ernst, oder?«, fragte er.
»Ich knall dir gleich eine«, antwortete sie.
»Aber das geht doch alles nicht. Ich meine, ich kann doch Katja nicht verlassen, nicht jetzt. Wie soll das denn ...«

»Bitte sei still. Ich weiß das alles, verstehst du? Und ich erwarte nichts von dir. Ich weiß ja nicht mal, was ich selber will.«
Oskar griff nach der Weinflasche und streifte dabei ihre Hand. Sie zuckten beide zurück.
»Ich glaube, wir gehen jetzt besser«, sagte Mathilda. »Das bringt doch alles nichts.«

Unten auf dem Parkplatz, neben ihrem Golf, sagte er: »Rauchen wir noch eine letzte Zigarette?«
Sie nickte. Und dann küssten sie sich, ganz kurz, als hätte sie jemand gestoßen. Sie sahen einander fassungslos an. Und küssten sich noch mal, fielen sich in die Arme und küssten sich mit einer Leidenschaft, die an Wut grenzte.

SAN FRANCISCO

Zwei Tage später bestand Oskar die Führerscheinprüfung ohne einen Fehlerpunkt. Er hatte den ersten Gang eingelegt, an Mathilda gedacht und an den Brief, der in seiner Tasche steckte, und plötzlich war die Prüfung vorbei, er hätte nicht mal sagen können, wo sie langgefahren waren. Endlich startete er den klapprigen Mitsubishi, der seit Monaten in der Garage seines Vaters für ihn bereitgestanden hatte. Er fuhr geradewegs ins Tal und steckte den Brief in den Briefkasten.

Liebe Mathilda,
immer denke ich an Dich. Ich denke an Dich, wenn ich aufwache. Ich denke an Dich, wenn ich einschlafe. Und in der Zeit dazwischen denke ich an Dich. Ich denke sogar an Dich, wenn ich schlafe. Nur wenn Du bei mir bist, denke ich nicht an Dich. Dann lebe ich.
Oskar

Sie las die Worte wieder und wieder, dann hörte sie den Motor des Mercedes und schob den Brief vorsichtig unter die Matratze ihres Bettes.

Gretsch war voller Euphorie. Er hatte soeben einen Supportgig für ein Konzert von Gotthard organisiert und drückte Mathilda einen großen Strauß weißer Rosen in die Hand. »Oh, Sweety, und in einem Monat sind wir in Berlin! Freust du dich nicht?« Mathilda wusste nicht, was sie sagen sollte, also küsste sie ihn. Er strahlte sie an. »Bleib genau so stehen, ich geh mal deine Mutter fragen, ob sie Sekt im Haus hat. Bald trinken wir nur noch Champagner!«

Als sie seine Schritte oben in der Küche hörte, holte sie Stift und Papier hervor, rannte ins Badezimmer und schrieb:

Geliebter Oskar,
ich kann dich nie mehr wiedersehen. Es war alles ein furchtbarer Fehler. Bitte vergiss mich. Wirst Du mir jemals verzeihen?
M

Sie zerriss das Papier, warf es ins Klo und ging zurück in ihr Zimmer.

Sie lagen auf dem Dach des Mitsubishis, in der Junisonne, deren Glanz vom Wasser des Sees über die Wände des alten Kalksteinbruchs geworfen wurde. Es roch nach Leben. Mathilda lächelte. ›Das ist das Schönste auf der Welt‹, dachte Oskar, ›ihr Lachen. Nein‹, dachte Oskar, ›das Schönste ist ihr Körper, wenn wir uns lieben, und dann ihr Lachen.‹ Dann dachte er für einen Moment an Katja, mit der er am Vormittag geschlafen hatte, widerwillig, natürlich, aber was hätte er sagen sollen? Doch davon erzählte er Mathilda nichts. Er hatte die Zivildienststelle unter Vortäuschung familiärer Probleme gekündigt, den Dienstantritt verschoben, es war ganz einfach gewesen. Nun musste er nur noch

die Sache mit Katja regeln. Er strich sich mit einer Strähne ihres Haars über die Augen. Er sagte: »In welcher Stadt wollen wir eigentlich leben? Wie wär's mit San Francisco?«
Mathilda erstarrte. Das war der Moment, vor dem sie sich gefürchtet hatte. Jetzt würde sie es ihm sagen müssen. Die Sonne versank hinter der Kalksteinwand, zwei Enten watschelten ans Ufer, eine Drossel piepte, und Mathilda sagte: »Ich ziehe in drei Wochen nach Berlin. Mit Gretsch.«

ALLES EIN EINZIGES VERSPRECHEN

Drei Wochen sind 21 Tage, 504 Stunden, 30.240 Minuten oder 1,814.400 Millionen Sekunden. Oskar und Mathilda sahen sich, sooft sie konnten. Sie gelobten, einander niemals wieder anzulügen. Mathilda aß kaum noch, und Oskar ließ bei seinem Job im Supermarkt derart viele Flaschen fallen, dass man ihn in die Konservenabteilung versetzte. Katjas Zustand verschlechterte sich von Tag zu Tag, und Oskar brachte es nicht über sich, ihr von Mathilda zu erzählen, aus Angst, ihr noch den letzten Halt zu nehmen. Er spielte seine Rolle, und er spielte sie so gut, dass er sich dafür verachtete. Mathilda hingegen hasste sich für ihre Angst. Gretsch ahnte längst, dass irgendwas nicht stimmte, aber sosehr er ihr auch zusetzte, sie reagierte nicht und räumte schweigend ihr Kinderzimmer aus.
Oskar fuhr stundenlang durch die Gegend, hörte nur noch die Tindersticks und Nick Cave und dachte über das Leben nach. Er kam überhaupt nicht auf die Idee, Mathilda ein Ultimatum zu stellen oder zu versuchen, sie vom Umzug abzuhalten, denn er zweifelte nicht einen Moment an der Ausweglosigkeit ihrer Situation. Als sie sich ein letztes Mal am Kalksteinbruch trafen, sagten sie kein einziges Wort. Es fiel ihnen nichts ein.

Am Tag nach Mathildas Abreise vernichtete Oskar alles, was ihn an sie erinnerte, schaltete sein Handy aus, meldete sich krank und blieb im Bett. Am Morgen des zweiten Tages stand Katja in seinem Zimmer. Bevor er irgendwas sagen konnte, schrie sie: »Ich will dein Mitleid nicht!« Dann ließ sie sich in eine Spezialklinik für Essstörungen einweisen. Zur gleichen Zeit packte Mathilda in Berlin ihren Koffer, schrieb Gretsch einen langen Brief und raste zurück zu den Halden.

WARUM DENN AUSGERECHNET DÜSSELDORF?

Es war ein Jahrhundertsommer. Oskar und Mathilda zogen in die Datsche von Mathildas verstorbener Großmutter. Einmal in der Stunde sahen sie die Schmalspurbahn am Fluss entlangfahren. Ansonsten passierte nichts. Sie aßen, was Oskar aus dem Supermarkt mitbrachte, schliefen im Freien, lasen einander Bücher vor und vögelten sich lachend durch das Kamasutra. Sie waren derart besoffen vor Glückseligkeit, dass sie beinahe vergessen hätten wegzuziehen. Zum Glück kam eines Tages ein Brief vom Wehrersatzamt. Oskars Vater hatte ihn in den Supermarkt gebracht, weil Oskar sich zu Hause nicht mehr blicken ließ. In dem Brief erkundigte sich die Behörde, in welcher Stadt und Einrichtung der sehr geehrte Herr Wrobel seine neun Monate Staatsdienst denn nun abzuleisten gedenke. Mathilda umkreiste mit dem Lippenstift einen Fleck im Autoatlas.
»Warum denn ausgerechnet Düsseldorf?«, fragte Oskar.
»Warum nicht?«
»Das ist doch keine Antwort!«
»Selbstverständlich. Eine Frage ist auch eine Antwort. Sogar keine Antwort ist eine Antwort. Alles kann eine Antwort sein.«
»Düsseldorf, wie das schon klingt.«

»Eine meiner besten Freundinnen ist da hingezogen. Außerdem fließt ein Fluss durch die Stadt.«
»Leben da mehr als eine Million Menschen?«
»Ich glaube nicht«, sagte Mathilda.
»Dann ziehe ich da nicht hin.«
»Ach, komm schon.«
»Aber wir werden nicht zusammenwohnen.«
»Natürlich nicht!«
»Ich werde auf der einen Seite des Flusses wohnen und du auf der anderen.«
»Klingt vernünftig«, sagte Mathilda.

AUF DER ANDEREN SEITE

Vielleicht wäre alles ganz anders gekommen, wenn Oskar und Mathilda in eine andere Stadt gezogen wären. Vielleicht spielt der Ort, an dem man lebt, aber auch gar keine Rolle, denn man ist ja überall derselbe. Als sie ankamen, erschien ihnen dieses Düsseldorf wie die schönste Stadt der Welt. Alles war anders; die Häuser, die Menschen, das Leben auf den Straßen, sogar die Vögel an der Rheinpromenade wirkten satt und zufrieden. Mathilda zog in die Wohnung ihrer Freundin Annegret, eine Vierzimmerwohnung in der Altstadt mit Stuck, Dielen, Flügeltüren und einem Balkon mit eisernen Rosenranken. Oskar fand nach langer Suche endlich ein Zimmer auf der anderen Rheinseite; einen möblierten Kellerraum unter einer Doppelhaushälfte in Heerdt. Das Zimmer war dunkel, die Einrichtung bestand aus Presspappemöbeln und einem mit Sonnenuntergängen bedruckten Teppich, und ständig drang das Gekeife der oben lebenden Kleinfamilie durch die Heizungsrohre. Oskar war's egal. Er hatte ohnehin kein Geld für Mobiliar, dafür aber endlich einen eigenen Eingang. Sie wanderten stundenlang durch die Straßen,

entdeckten alles gemeinsam und schliefen fast jede Nacht bei Mathilda, bis Oskar eines Tages beschloss, dass es so nicht weitergehen konnte.
»Es geht mir gut. Aber das kann doch nicht alles sein.«
»Ich weiß nicht, was du willst, mein Herz.«
Das wusste Oskar selber nicht. Aber er ahnte, dass da draußen irgendwas auf ihn wartete. Er öffnete das Fenster. Das Grölen der Altbierbesoffenen schwappte ins Zimmer. Mathilda zog sich die Decke über die Brust. »Okay«, sagte sie, »wir sehen uns jetzt nur noch drei Mal die Woche.« Oskar sah sie ungläubig an.
»Wie soll das denn funktionieren?«
»Du hast ja recht. Wir sind neunzehn, wir können hier nicht die ganze Zeit aufeinanderhocken wie ein altes Ehepaar. Und ich will dir nicht im Weg stehen, sonst verlässt du mich noch.«
»Ich werde dich niemals verlassen.«
»Lass uns ausgehen. Wir betrinken uns jetzt.«

Mathilda schrieb sich an der Uni ein für Kunstgeschichte und Germanistik. Sie jobbte in einem Café, wo sie bald von einer Modelagentur entdeckt und hin und wieder für kleinere Jobs gebucht wurde. Abends traf sie sich mit ihren neuen Freunden. Alle liebten sie, die schöne Mathilda, so voller Leben und Herzlichkeit, aber vergeben an einen, den man nie sah. Oskar hatte nämlich keine Zeit, und wenn er Zeit hatte, hatte er keine Lust auf ihre Bekanntschaften, die ihm alle zu gesund und selbstsicher waren. Außerdem hasste er die Bars und Clubs, in denen sie sich trafen. Sie wirkten auf ihn wie Kulissen einer Vorabendserie. Seine Welt sah anders aus. Von frühmorgens bis nachmittags fuhr er zu seinen Patienten nach Hause, wischte Ärsche, kochte, spritzte und hielt kalte Hände. Staatsdienst für die Sterbenden. Abends arbeitete er in einer Imbissbude am Bahnhof. Und in den wenigen Stunden, die er frei hatte und nicht mit Mathilda verbrachte, zog er durch Kneipen und Clubs. Hier in

Düsseldorf hatte einst die Geschichte des deutschen Punk und New Wave begonnen. Aber der ›Ratinger Hof‹ war nur noch eine Provinzdisco, das ›Zakk‹ wurde Kulturzentrum genannt. »Das gibt's alles nicht mehr«, erklärte Bolle, ein versoffener Mittvierziger in Tarnhose, der den Bands im ›Zakk‹ beim Ausladen der Instrumente half. Oskar half Bolle beim Schleppen, dafür erzählte ihm dieser von früher und schmuggelte ihn über den Hintereingang in die Konzerte. »Alles ist jetzt, verstehst du? Also mach dein Ding.« Dann begann die Band. Sie war sehr laut, und vor der Bühne rempelten ein paar Typen rum. ›Pogo‹, dachte Oskar und sprang wie wild mittenrein. Die Typen gingen zur Seite und glotzten ihn verständnislos an.

Er lag krank im Kellerzimmer. Gegen Abend kam Mathilda und brachte Hühnerbrühe.
»Was hast du denn, mein Herz?«, fragte sie.
»Ekel«, sagte Oskar. »Weltekel. Selbstekel. Könnte die ganze Zeit kotzen.«
»Hier, du musst was essen.« Sie reichte ihm eine dampfende Schüssel. Oskar starrte in die Suppe. Die Suppe starrte zurück.
»Das kann ich nicht essen, da schwimmt Fett drin«, sagte er.
»Komm schon, du siehst furchtbar aus.«
»Du nicht.«
Sie lächelte und zog sich aus.
Oskar ließ den Löffel fallen. »Was machst du?«
»Ich will mit dir schlafen.«
»Nein, lass das, ich kann nicht.«
Sie stand nackt neben dem Bett. Das Licht des Fernsehers zuckte über ihren glatten Körper. Oskar fixierte die Schüssel.
»Okay«, sagte Mathilda und zog sich wieder an, ganz ruhig, ohne Hast.
Sie blickte in den Spiegel, der neben der Tür hing, zog ihren Lippenstift nach, schwang die Handtasche über die Schulter und

sagte: »Ruf mich an, wenn du fertig bist mit deinem Selbstmitleid.« Die Tür fiel ins Schloss. Oskar warf die Schüssel an die Wand. Erbsen, Fleischstücke und Möhrenscheiben rutschten von der Tapete auf den Teppich, auf dem die Sonne unterging.

Eine Stunde später saß er hinter dem Steuer seines Mitsubishis und fuhr durch die Nacht. Er brauchte einen Plan. Irgendwann hielt er an einer Kneipe, setzte sich in die hinterste Ecke und bestellte Wodka und Bier. Mit jedem Schluck wurde er wütender auf sich, auf alles. Er wankte aufs Klo, kotzte, zahlte und ging. Er fuhr die Königsallee entlang, vorbei an Schaufenstern, Platanen, Luxuskarossen, und aus den Boxen des Autoradios brüllte Trent Reznor:

Nothing can stop me now / 'Cause I don't care anymore / Nothing can stop me now / 'Cause I don't care.

Dann sah er die Kelle. Eine rot blinkende Kelle und einen Polizisten, der mitten auf der Straße stand. 1,4 Promille. Plötzlich hatte er keinen Führerschein mehr. Aber einen Plan.

»Sie haben Ihren – was?« Der Chef des mobilen Pflegedienstes ›Aeskulap‹ ließ sein Frühstücksbrötchen fallen. Oskar nickte und versuchte, nicht zu grinsen. Dann erläuterte er seinen Plan: Da er die nächsten sechs Monate kein Auto fahren durfte, war er als mobiler Altenpfleger nicht mehr zu gebrauchen. Er wäre aber bereit, dem Pflegedienstchef all seine Bezüge – Zivildienstsold, Wohn- und Essensgeld – monatlich zu übergeben, unter der Hand, stillschweigend, wenn er dafür nicht mehr zum Dienst antreten müsse. Der Chef rechnete und willigte ein. Oskar ging sofort zur Imbissbude und kündigte auch da. Von allen Verpflichtungen befreit, entwickelte er einen ungeahnten Tatendrang. Fünf Tage lang zog er durch die Stadt, sprach überall vor, wo er sich eine

spannende Anstellung versprach. Er sprach offen und ehrlich, mit einer Selbstverständlichkeit, die ihn selbst überraschte. Fortan arbeitete er freitags und samstags als Barkeeper im ›Unique‹, Mathildas Lieblingsclub. Er hatte eine Halbtagsstelle in einem Plattenladen in der Altstadt, war zwei Mal die Woche Aufpasser in der Düsseldorfer Kunsthalle und verdingte sich hin und wieder als Stagehand im ›Zakk‹. Es lief gut, aber bald schon war ihm langweilig, alles wiederholte sich und schien ihm sinnlos. Er nahm immer neue Jobs an, um zu vergessen, dass er eigentlich gar nicht wusste, was er wollte. Am liebsten hätte er irgendwas mit Kunst gemacht, konnte aber weder gut singen, malen, filmen oder sonst irgendwas. Er trieb sich an der Uni rum, absolvierte Praktika, versuchte sich als DJ, organisierte mit zwei Bekannten ein paar Partys, aber egal in welche Richtung er sich bewegte – schnell war ihm alles öde, sein Aktionismus verkam zum Selbstzweck, er fühlte sich wie eine Ratte im Laufrad, schlief kaum noch und kam nirgends an. Mitunter sah er Mathilda nur zwei Mal die Woche, und jedes Mal war es wie in den ersten Wochen ihrer Liebe – er konnte einfach nicht fassen, dass es sie gab.
Es fühlte sich falsch an.
»Ich liebe dich!«, sagte Mathilda.
»Aber warum?«, sagte Oskar.

NOCH MAL, ICH SPÜRE NICHTS

Das Shooting fand in einem Loft statt, in der siebten Etage eines Bürohauses mit Rheinblick. Mit ihrer Arbeit als Teilzeitmodel verdiente Mathilda ohne großen Aufwand genügend Geld. In den Pausen lernte sie für die Uni, Einladungen zu Partys schlug sie aus. Ihre Zurückhaltung machte sie nur noch begehrter, und so konnte sie es sich mittlerweile leisten, Aufträge abzulehnen. Oskar vermied es, sie bei ihren Jobs aufzusuchen, doch an diesem Tag wollte er sie ins Kino ausführen. Mathilda sprang auf, ließ ihr Buch fallen und warf sich ihm in die Arme. Ungläubige Blicke von allen Seiten. Oskars dünne Beine steckten in zerrissenen Jeans. Seine Haare waren fettig, die Lederjacke zerschlissen und zwei Nummern zu groß. Doch anstatt seinen Triumph auszukosten, küsste er Mathilda nur flüchtig auf die Wange und murmelte: »Ich warte draußen.«

Als sie mit dem Fahrstuhl nach unten fuhren, legte er los.

»Ich verstehe nicht, was du da willst. Das ist doch alles nur widerliche, oberflächliche Scheiße.«

Mathilda lachte. »Süß, wie du dich aufregst.«

»Diese Leute, dieses Getue. Wie hältst du das nur aus?«

»Sei nicht so selbstgerecht. Es ist eine Arbeit wie jede andere auch, sie finanziert mein Studium. Außerdem sind die Leute gar nicht so schlecht, wie du denkst. Sie interessieren sich einfach nur für andere Dinge.«

Oskar schwieg. Mathilda schob eine CD in den Player und kurbelte das Fenster runter. Sanfte Bossa-nova-Rhythmen flirrten durch den Wagen. Mathilda drehte sie lauter. Oskar drehte sie leiser.

»Lass das«, sagte sie und riss den Regler nach rechts.

Der Film war hervorragend. Mathilda liebte Woody Allen und lachte Tränen. Oskar saß dumpf im Polster und empfand nur Hass. Das Gelächter im Saal, die Essgeräusche, die Schauspieler und ihre Erwachsenenprobleme. ›Ihr habt doch alle keine Ahnung‹, dachte er, aber er hätte nicht sagen können, was genau er damit meinte.

Als sie wieder vor dem Kino standen, fragte Mathilda: »Was ist denn bloß los mit dir?«

»Weiß auch nicht, geht mir alles auf den Sack.«

»Was denn?«

»Alles. Lass uns zu dir gehen.«

Sie stand vor der Balkontür und entkorkte eine Weinflasche.

Oskar warf seine Lederjacke auf das Sofa, griff die Flasche, stellte sie auf den Tisch und riss Mathilda die Kleidung vom Leib. Er presste sie bäuchlings auf das Bett, drückte seine Hände auf ihre Unterarme und fickte sie von hinten, hart und schnell, und als er fertig war, drehte er sich zur Wand und schloss die Augen.
»Ich liebe dich«, sagte Mathilda.
»Ja, ja«, sagte Oskar.
Sie schlug ihm ins Gesicht. Er lachte. Er sah ihre Tränen, ihre schreckgeweiteten Augen und spürte, wie alles um ihn herum zusammenbrach, wegrutschte und in die Tiefe gezogen wurde, wie in diesen Träumen, die er manchmal kurz vor dem Tiefschlaf hatte, wenn er endlos fiel und fiel. »Mach's noch mal«, sagte er. Sie schlug ihm mit der flachen Hand ins Gesicht. »Noch mal, ich spüre nichts.« Mathilda schrie und hämmerte ihre Fäuste gegen seine Brust, bis sie schluchzend in das Kissen sank. Er empfand nichts. Keine Reue, keine Scham, keine Liebe, keine Wut – nichts. Er stand auf, zog sich an und ging.

HEY THAT'S NO WAY TO SAY GOODBYE

Über Nacht war der Frühling ausgebrochen. Auf den Bänken saßen die Alten und blinzelten in den Himmel. Vor den Kneipen standen Tische, Stühle, Sonnenschirme. Fenster wurden aufgerissen, der ganze alte Kram flog raus. Oskar stürzte sich in Arbeit, Mathilda sagte alle Termine ab und fuhr zu ihren Eltern. Seit jener Nacht hatte er nichts mehr von ihr gehört, und immer wenn er an ihrer Haustür klingelte, sagte ihre Mitbewohnerin, Mathilda sei nicht da und sie wisse nicht, wo sie hingefahren sei. Am elften Tag setzte er sich in den Mitsubishi, der auf dem Supermarktplatz neben der Polizeiwache stand, und fuhr nach Norden, durch den Harz, vorbei an den Halden in das Tal. Es war mondhelle Nacht, als er auf dem Hof der alten Wassermühle

stand und Steine an ihr Fenster warf. Sie öffnete. Ihr Gesicht war ein Schimmern, umrahmt vom Schwarz ihrer Haare.
»Wir müssen reden«, sagte Mathilda.
»Ja«, sagte Oskar.
»Aber nicht hier«, sagte Mathilda. »Wir treffen uns am Tonloch.«

Dort, wo vor fast einem Jahr das große Feuer gebrannt hatte, war nun ein dunkler Kreis, durchsetzt von Flecken nachwachsender Gräser. Oskar dachte an die Baumstämme, die hier jedes Jahr in Flammen aufgingen, und er dachte: ›Wenn hier wieder was wachsen kann, dann können wir vielleicht ...‹
»Ich weiß nicht, was ich sagen soll«, sagte er, als sie vor ihm stand. »Ich habe alles kaputt gemacht.«
»Es ist nicht kaputt, es geht nur nicht mehr.«
Hoch oben zwischen den Sternen entdeckte er die blinkenden Lichter eines Flugzeuges.
Sie sagte: »Ich habe lange nachgedacht. Es gibt nicht viele Menschen, die das Glück haben, einander so zu lieben wie wir.«
Oskar hätte vor Erleichterung beinahe geschrien.
»Aber es war zu früh. Wir sind zu jung. Wir wissen nichts.«
»Das ist doch egal!«
»Wie sollst du mich lieben können, wenn du dich selber hasst?«
Sie weinte.
Er wollte sie an sich ziehen, sein Gesicht in ihren Haaren vergraben, ihr die Tränen von den Wangen küssen und alles ungeschehen machen.
»Ich werde ein anderer werden. Du musst uns noch eine Chance geben!«
»Es tut mir leid«, sagte Mathilda. »Es geht nicht mehr.« Sie drehte sich um und ging. Ging an den Bäumen vorbei, die das Ufer säumten, über den Acker, dessen aufgebrochene Erde im Mondlicht alle Farbe verloren hatte.

Die Stadt sieht aus wie Sarajewo im Krieg

damals im Fernsehen, nur dass die Raketen über den Häusern explodieren und nicht in den Häusern. Mein Vater hat mir damals eine geknallt, als ich gesagt habe, sieht ja aus wie Silvester, aber jetzt muss ich sagen, sieht ja aus wie Sarajewo hier. Nachher werden viele einfach liegen bleiben, und das ist dann auch wie Krieg, nur dass hier die meisten wieder aufstehen und sich wundern, dass ihr altes Leben weiterläuft, als wäre nichts gewesen.

Vor dem Club eine Massenansammlung, was da wohl los ist, vielleicht ein Unfall. Ich parke den Wagen vor der hintersten Säule; jetzt geht doch mal zur Seite, ich kann doch nichts dafür. Es ist ruhig und warm im Volvo, würde jetzt gerne noch ein bisschen sitzen bleiben, aber die Leute gucken zu mir rein, quasi Zootiersituation. Steige aus, gehe an den Wartenden vorbei zum Eingang, riesiges Gedränge hier, weil alle gleichzeitig reinwollen. Leo stemmt sich mit dem Rücken gegen das Absperrgitter, gegen das von der anderen Seite die Leute drücken, sicherheitstechnisch bedenkliche Situation. »Hört mit der verdammten Drängelei auf«, ruft Tobi, »sonst geht hier gar nichts mehr!«

Die Party wird auf jeden Fall ein Erfolg, besuchermäßig, da wird sich der Schneider aber freuen. Ich gehe an der Schlange vorbei und schwinge mich über das Gitter, hinter mir Protestgeschrei.
Im Eingangsbereich das Empfangskomitee: Jacques und Annie hinterm Kassenpult, nehmen Geld an, verteilen Eintrittskarten und lachen sich über irgendwas kaputt, das sieht man gern als Gast. Dem Erstickungstod entronnen und dann gleich Heiterkeit an der Zahlstation. Auf einem Stehtisch die Wanne mit der Bowle, an der Wand darüber ein Zettel: ›Gratis. Enthält MDMA.‹ Pablo; in der einen Hand eine Suppenkelle, in der anderen die Gästeliste, vor ihm der Schnorrer, der auf ihn einredet.
»Lass ihn rein, ist doch egal jetzt«, sage ich und gehe weiter.
»Oskar«, ruft Pablo, den Rest verstehe ich nicht mehr.
In der Garderobe Bodo, Joint zwischen den Lippen, allein auf verlorenem Posten, aber mit einem Grinsen im Gesicht, das ist ein Grinsen, das sollte ich mir mal ausleihen.
»Herrschaften, die Damen, hereinspaziert! Willkommen zum Totentanz.«
Anselm, der Liftboy, trägt einen schwarzen Frack, einen Zylinder, sein Gesicht ist mit weißer Theaterschminke eingeschmiert. Er macht aus jeder Fahrstuhlfahrt eine Performance, da wurden schon Zeitungsartikel drüber geschrieben. Heute gibt er wohl den Totengräber. Er zwinkert mir zu, dreht den Schlüssel, der Lift rattert los. Jetzt greift sich Anselm an die Brust, schließt die Augen, räuspert sich.

>»An jenes Ding, mein Herz, erinnre dich:
>Der schöne, milde Sommertag –
>Und da, ein Aas am Weg, das widerlich
>Auf einem Bett von Kieseln lag;

Die Beine spreizend wie ein geiles Weib,
Gift schwitzend und vergoren,
Öffnete es den aufgedunsenen Leib,
Nachlässig, unverfroren.

Und Fliegen summten über faulen Därmen,
Daraus wie zähe Flüssigkeiten
Die Larven krochen, sich in schwarzen Schwärmen
Über die Fetzen auszubreiten.

In dieser Welt ertönt' ein seltsam Singen,
Wie Wasser, wie der Wind, der weht,
Oder wie Korn, das rhythmisch auf den Schwingen
Geworfelt wird und umgedreht.

Dann sage dem Gewürm, du Wunderbare!
Das dich verzehrt mit seinem Kuss,
Dass ich Gestalt und Göttlichkeit bewahre
Der so Geliebten, die verderben muss!

Baudelaire«, sagt Anselm sich verbeugend. Der Fahrstuhl stockt. Ein paar Leute klatschen, zwei küssen sich, der Rollladen rasselt hoch und gibt den Blick frei auf den Club. Der Club ist noch nicht mal halb voll. Die Gäste sind festlich gekleidet. Sie lächeln. Halten sich an ihren Getränken fest. Lassen die Blicke schweifen. Niels singt, dass man zu Hause sein muss, wenn es dunkel wird, wenn die Welt untergeht und der Flieder nie mehr blüht. Die Damen vor der Bühne sind den Tränen nahe. Hinter der Bar hält Benny beide Daumen hoch. Nina winkt im Fensterseparee. Irgendwer hat eine Goldkordel davorgehängt, quasi Privatloge, dahinter sitzen, als wär's die Neuauflage des letzten Abendmahls: Rocky, der tote Elvis, Erbse, Tänzerin Teresa und eben Nina, unsere Schwarzmalerin, die sich schon wieder neu ver-

puppt hat. Sie trägt jetzt ein weißes Hemd, eine dunkle Stoffhose und erdbeerfarbenen Lippenstift im blassen Gesicht.
»Wo warst du denn so lange? Komm her zu uns, wir müssen feiern.«
Sie fährt mir durchs Haar und herzt mich, als hätten wir uns seit Monaten nicht gesehen. Rocky schießt ein Foto. Der Elvis deutet ein Kopfnicken an. Teresa klimpert mit den Augen, während ihr Erbse in den Ausschnitt schielt. Ich sitze kaum, da lässt Nina schon den Korken knallen, füllt die Gläser auf, zündet die Kerze an, applaudiert dem Sänger und erklärt unserer Runde den Unterschied zwischen Champagner und Sekt, der sei nämlich einzig im höheren Preis des Champagners zu erkennen, das ganze Champagnerding sei ein riesiger Marketingschwindel, und das glauben wir ihr gern. Trotzdem schmecke Champagner einfach besser, sagt Nina, was soll man machen, wir lachen. Sie wolle mal sieben Kinder haben, eins für jeden Wochentag, das erste Kind solle Sonntag heißen. Ob wir mit ihr im Frühjahr Fallschirmspringen gingen? Irgendwelche Vorsätze fürs neue Jahr verfolgten? Gelesen hätten, dass der Baumhummer noch lebe, das größte Insekt der Welt?
Vorhin ist hinter den Wolken mal wieder die Sonne untergegangen, und da fragt man sich ja immer: Wo geht die denn hin, die Sonne? Jetzt wissen wir's. Zu Nina, mittenrein.
»Auf die letzte Nacht«, sagt sie, »und das, was danach kommt.«
Darauf muss ich nicht trinken, aber trinken muss ich, das ist ganz klar. Wir prosten uns zu. Der Elvis nippt am Wasser. Er sieht jetzt schon viel besser aus, was man von seinem Sohn leider nicht behaupten kann. Rockys Lächeln wirkt, als hätte es ihm jemand ins Gesicht geklebt.
»Diese Nuttenbrause macht mich ganz rammdösig«, sagt Erbse. »Ich brauch mal was Richtiges. Herr Ober, Wodka!«
»Und nachher spuckst du wieder Blut.« Nina zündet sich eine Zigarette an.

Der Champagner reißt meine Magenwände auf, wärmt aber auch. Wir sind ja alle immer am Trinken. Wahrscheinlich weil es so kalt ist in Hamburg. Es ist ja immer kalt, und alle sind immer am Trinken, da wird gar nicht drüber geredet. Spätestens wenn es dunkel ist, wird getrunken.

»Und wehe, am Ende fickt wieder keiner.« Erbse haut auf den Tisch. »Dass ihr mir heute alle schön fickt!«

»Die, die drüber reden, machen's nie«, sagt Rocky gelangweilt.

»Mirr ist heiß.« Teresa fächelt sich Luft zu.

»Ich weiß genau, was du meinst, Schatz«, sagt Erbse.

»Alles in Ordnung, Oskar?« Nina legt mir die Hand in den Nacken. »Wo bist du denn gewesen? Pablo meinte, du seist einfach abgehauen.«

»Musste nur mal kurz raus, den Kopf freikriegen.«

»Und, hat's geklappt?«

Halbe Stunde noch bis Mitternacht. Muss jetzt mal loslegen. Kann hier nicht die ganze Zeit rumsitzen. Bin immerhin der Verantwortliche. Habe schließlich den Hut auf, die Fäden in der Hand, eine Aufgabe. Muss die erste Ladung Scheine aus der Tresenkasse in den Tresor tragen und Münzen aus dem Tresor in die Tresenkasse, vielleicht kommt sie auch nicht. Muss die Musiker mit Getränkebons versorgen, Gastfreundschaft oberstes Gebot, vielleicht hat sie sich's anders überlegt, weil Schnapsidee. Muss mit Sunny den Zeitplan durchgehen, weiß ja gar nicht, wer wann spielt, stehe ja den ganzen Tag schon völlig neben mir, völlig desorientiert, hoffentlich ist sie hässlich. Hoffentlich ist sie dick geworden und dumm. Hoffentlich hat sie Warzen im Gesicht und Wasser in den Beinen, eine Wampe bis zu den Knien und nur noch Kacke im Kopf. Bestimmt habe ich mir das alles nur eingebildet, romantische Verklärung, Vorwand zum Leiden, im Rückblick wird ja immer alles schöner. Sie wird vor mir stehen, und ich werde lachen, weil alles nur ein Irrtum war.

»Was hast du denn da am Kopf?«
»Einen Pickel.«
Julia reckt sich und betrachtet meine Stirn. Hoch konzentriert. Oder auch nicht. Sie ist Schauspielerin, da weiß man nie so genau.
»Das ist kein Pickel.«
»Nein wirklich? Lass mich mal durch.«
»Was bist du denn so kotzbrockig?«
»Bin ich nicht, bin im Stress.«
Kotzbrockig. Dass Pablo seine Verehrerinnen auch immer hinter der Bar parken muss. Das ist hier keine Vorabendserie. Die soll weggehen. ›Und bedenk dabei, dass du ein guter Mensch sein musst. Immer voll Güte und Zartgefühl und ohne Falsch.‹
»Außerdem ist nicht genug Eis da.«
»Wie, außerdem? Außerdem was?«
»Außerdem, dass du unfreundlich bist, ist nicht genug Eis da.«
»Ja, isses denn ... Reich mir doch bitte mal die Tüte.«
»Mach's dir doch selber, du Arsch!« Julia guckt wie zum Äußersten entschlossen. Irgendwie dann doch ganz reizend.
»Alles cool going?« Benny wirft Münzen in die Kasse.
»Dein Chef ist misogyn.«
»Misowhat?«
»Frauenfeindlich.«
Benny lacht und reißt die Kühlschranktür auf.
»Ich bin eher zu frauenfreundlich«, sage ich und stopfe die Scheine in die Tüte. »Meine Verehrung für das weibliche Geschlecht grenzt schon an Selbstauslöschung.«
Julia stößt ein schrilles Lachen aus. »Und was war das mit Billie und Anja und der Kleinen aus dem ›Komet‹? Ich weiß alles!«
Einen Dreck weißt du. Wie das ist, wenn man sich endlich wieder verliebt, aber immer nur *ihr* Gesicht sieht; wie das ist, das weißt du nicht. Und wie man dann Schluss macht mit der Geliebten, weil man sich wie ein Betrüger fühlt, weil man in ihr im-

mer nur *sie* sucht, immer nur die gottverdammte *andere*, das weißt du auch nicht. Aber Julia hat sich schon wieder am Tresen in Pose geworfen. Sofort kriegt der halbe Laden Durst, während ich in Selbstmitleid ersaufe, widerlich.

Der Lift spuckt ständig neue Leute aus, schon wieder eine Fuhre. Da ist Rodion, Wahnsinnstyp, legt später noch auf, und DJ Patex, die spielt heute auch. Die muss ich alle noch aufs Herzlichste willkommen heißen. Und all die anderen auch. Später. Unbedingt.

»Und, wie ist die Lage da unten?«
»Vortrefflich.« Pablo gießt Champagner in den Brunnen. »Der Pöbel drängelt, der Rubel rollt, die Türsteher haben die Lage unter Kontrolle gebracht. Trotz deines unkollegialen Verhaltens, das Totalversagen zu nennen eine Untertreibung wäre, scheint unsere Festivität ein Erfolg zu werden.«
»Du hast es seit zwei Wochen gewusst ...«
»Ich musste ihr Verschwiegenheit schwören. Ich bin ein Ehrenmann!«
»Jetzt nicht mehr. Aber wo wir gerade dabei sind, ich muss dir auch noch etwas sehr Unerfreuliches mitteilen. Es ist nämlich so, dass ...«
»Weiß ich schon. Aber das war ja klar, dass der nicht kommt.«
»Dass wer nicht kommt?«
Wir tragen die Kartons mit den leeren Flaschen ins Büro.
»Na, DJ Koze. Legt Rodion einfach länger auf. Ab fünf merken die Leute ohnehin nichts mehr. Ich habe mir übrigens erlaubt, sie auf die Gästeliste zu schreiben.«
»Wen?«
Pablo wirft mir seinen Wie-doof-bist-du-eigentlich?-Blick zu. Ich krieg sofort einen Würgereiz, und zwar in den Händen.
»Na *sie*«, sagt er, »deine Göttin, dein Fluch, die Frau, die dich zum größten Trottel auf dem Erdenrund macht.«

»Danke, es reicht.«
»Sonst kommt sie am Ende nicht rein.«
»Hm.«
»Wäre ja ein Jammer.«
»Geht so.«
»Oh, Mann, wer bist du eigentlich? Der junge Werther? Seitdem ich dich kenne, trauerst du dieser Frau hinterher. Es wird höchste Zeit, dass ihr das klärt. Am Ende war alles nur Einbildung.«
»Glaub ich auch. Was genau hat sie eigentlich gesagt?«
»Ey, Chiefcheckers, we need Wechselgeld!«
Benny wirft einen Eiswürfel in unsere Richtung. Von nebenan schallt Jubel herein. Ein weiterer Stargast hat die Bühne betreten, und ich bin nicht dabei. So ist das immer. Die größten Momente im Club verpasst der Clubbetreiber, weil er den Club betreibt. Ich tippe den Code in das Zahlenfeld des Tresors. Mathildas Geburtsdatum. Zum Totlachen.

Der Hauptraum ist jetzt drei viertel voll, schät-
zungsweise zweihundert Leute, Fortbewegung ohne Körperkontakt nur noch eingeschränkt möglich. Sunny grinst bis zu den Ohren.
»Unfassbar«, sagt er. »Einfach unfassbar.«
Nehme an, er meint das Bühnenprogramm. Denn da ist der Schlagzeuger von Kante, der Keyboarder von Die Sterne, an der Gitarre Rick McPhail von Tocotronic, und Carsten Meyer singt ›Schickeria‹ von der Spider Murphy Gang in das Mikro rein. Vor zwei Jahren hätte ich diese Typen nicht mal angesprochen vor Ehrfurcht. Und jetzt hier Musikgeschichte auf unserer Minibühne. Aber komisch: Fühlt sich alles ganz normal an. Das ging Neil Armstrong sicher auch so. Da guckt er jahrelang zum Mond hoch, und dann ist er endlich oben, hat aber die größte Mühe, einen Fuß vor den anderen zu setzen.
»Und das ist erst der Anfang«, sagt Sunny.
»Genau, zeig mal den Zeitplan.«

»Versteh ich alles nicht. Was ist denn mit Kidd Kommander?«
»Wüsste ich auch gern.« Sunny dreht an den Knöpfen des Mischpults herum, Reinzeichnung des Klanggemäldes. »Der Manager sagt ›nein‹, die Band sagt ›vielleicht‹, und Rocky sagt ›leck mich doch alle‹.«
»Da brauchen wir aber mal 'ne klare Ansage.«
»Unbedingt, allerschnellstens, und zwar vorgestern«, sagt Sunny über den Knöpfen. Da sind Hunderte Schweißtropfen auf seiner Glatze. Wie ein Perlenpanzer. Stresskäfer.

Jeder spuit an Superstar und sauft Schampus an da Bar /
In da Schickeria / Schick-schick-schick-schick-a-schickeria.

Das Publikum wippt ein bisschen mit den Füßen, plaudert, präsentiert sich und guckt, wer sonst noch alles da ist. Wir befinden uns in Phase zwei auf der Publikumsstimmungsskala nach Knoll & Köhler.

Publikumsstimmungsskala nach Knoll & Köhler

Phase eins

Ankommen. Getränk ordern und gelangweilt in der Gegend rumstehen. Sich ärgern, weil schon wieder zu früh aufgelaufen. SMS an Freunde schicken: Geht voll ab hier. Kommt sofort!

Phase zwei

Verstohlen die eintreffenden Gäste mustern. Frisurencheck im Klospiegel. Sturzbier gegen Unsicherheit. Eventuell Drogenkonsum. Reflexartige Reaktionen auf Musikprogramm wie Fußwippen oder Applaus. SMS-Eingang checken.

Phase drei
Es läuft. Alkohol läuft, Musik läuft, Party läuft. Reden. Tanzen. Freunde umarmen. Fremde anlachen. Handy aus. Arme hoch. Eventuell Drogen nachlegen.

Phase vier
Tanzwut. Enthemmung. Kontrollverlust. Euphorie. Irrsinnig emotionale Musikerfahrung. Der Mittelpunkt des Universums ist *hier*. Alle sind schön. Alle sind glücklich. Alles ist wunderbar. Das ist der Höhepunkt. Man sieht das weiße Licht.

Phase fünf
Erste Ermüdungserscheinungen. Panik beim Anblick der Sonne hinterm Klofenster. Es darf nicht enden, niemals. Unbedingt nachlegen, trinken, weitertanzen. Intensivste Gespräche und/oder extrem triebhaftes Verhalten. Handy an, SMS schreiben: Was geht noch wo?

Phase sechs
Überprüfung der Körperfunktionen. Außerdem: Wo ist der Wohnungsschlüssel? Das Handy? Der Freundeskreis? Die tolle Bekanntschaft von vorhin? Sammeln. Und gehen. Woanders hingehen. Ficken gehen. Traurig allein nach Haue gehen. Hauptsache weg hier, bevor irgendein Trottel das Putzlicht anschaltet.

Jedenfalls jetzt und hier: Phase zwei in der ehemaligen Station für Inneres. Vielleicht auch schon Phase drei, das läuft heute alles ein bisschen flotter an, wegen Silvester, letzte Party und Spitzenbühnenprogramm. Die Leute kommen ja schon mit Rückenwind aus dem Fahrstuhl gerannt. Mit Rückenwind, MDMA-Bowle im Magen und den größten Erwartungen stolpern sie in den Laden rein, rausgeputzt und so was von bereit für eine legendäre Nacht, man muss ja nur mal in ihre Gesichter gucken, ein einziges Glän-

zen. Aber akute Auflösungserscheinungen beim letzten Abendmahl. Hinter der Goldkordel sitzen Rocky und sein Vater, alle anderen sind weg. Der Elvis lächelt, seine Wurstfinger zucken im Takt, Rocky hingegen hackt finster dreinblickend auf seinem Handy rum. In Phase drei beginnt ja langsam das Vergessen, aber Rockys Anblick erinnert mich wieder daran, dass alles im Arsch ist. Jetzt natürlich Skrupel. Alle wollen was von ihm, saugen ihn aus, reißen ihn in tausend Stücke, und jetzt komm auch noch ich daher, wegen des Zeitplans – toller Freund.
»Haste mal 'ne Kippe?«
Ich zünde uns zwei Zigaretten an.
»Hat sich der Zuhälteridiot noch mal gemeldet?«
Ich schüttle den Kopf. Kleine Lügen unter Freunden.
»Ist gleich Mitternacht.« Rocky steckt das Handy weg. »Wir spielen gegen eins. Guckst du dir das an, oder wirst du wieder irgendwo rumrennen?«
»Ich werde genau hier sitzen. Also spielt ihr?«
»Na klar, was denkst du denn?«
Vor der Goldkordel stehen zwei Typen und starren ihn unverhohlen an. Ja sind wir denn hier im Affengehege? Schämt ihr euch denn nicht?
»Sunny meinte, Torben hätte gesagt ...«
»Der hat gar nichts mehr zu sagen«, sagt Rocky, der die Glotzer nicht bemerkt oder nicht bemerken will. »Weiß er nur noch nicht.«
Rodion geht auf die Bühne, die Band spielt schneller. Rodion, ein von der Weltöffentlichkeit noch nicht entdecktes Wunderwesen, brummt auf den Takt ins Mikro: »Der Specht, der Specht, der Specht hackt in den Ast.«
Rocky fingert eine Zigarette aus der Packung und zündet sie an der Kerze an, obwohl die andere Kippe noch am Aschenbecher steckt, die ist nicht mal halb aufgeraucht.
»Ab morgen wird sich alles ändern«, sagt er hustend. »Das geht

so nicht weiter. Ich bin ein beschissener Rockstar, der mit dem Erfolg nicht klarkommt. Gibt es irgendwas Erbärmlicheres auf der Welt?«

»Klar, Rockstars, die keinen Erfolg haben und damit nicht klarkommen.«

Die Finger des Elvis erstarren. Sein Gesicht friert ein. Oh Mist. Das ging nicht gegen ihn. Hat ihn aber voll getroffen, quasi Querschläger.

»Alles in Ordnung, Papa?« Der Elvis nickt. »Wollen wir rausgehen? Willst du was essen? Dich irgendwo hinlegen?« Der Elvis schüttelt den Kopf.

»Vielleicht sind wir früh vergreist, nur gut für einen Sommer«, schlage ich vor, kleine Provokation am Rande. Aber Rocky guckt, als wäre das tatsächlich möglich, als wäre Frühvergreisung eine Option; Hochphase abgeschlossen, Lebensrest nur Leere.

»Keep on keeping on«, sagt jetzt der Elvis. Man versteht ihn kaum. Er sagt: »Du musst w... w... weitermachen, immer weitermachen. Das ist das g... g... ganze Geheimnis.«

Wir stehen unten an der Straße, weil Nina uns genötigt hat. Sie hat uns regelrecht rausgezerrt aus dem Fensterseparee, durch den Laden in den Lift, wo wir dann dicht gedrängt standen mit all den anderen, die sangen und redeten und lachten, nur Anselm war still, runterwärts kein Gedicht.
Der Elvis durfte oben bleiben, aber wir mussten mit zum Silvesterspektakel, wie Nina sich ausdrückte. »Ich will das Silvesterspektakel mit meinen Liebsten sehen«, hat sie gesagt, »also mitkommen, sofort.« Im Lift hat sie sich zwischen uns gezwängt und uns immer wieder geküsst, bis wir unten waren, total übersteuert. Und jetzt stehen wir hier, und das Spektakel besteht aus ohrenzerfetzenden Kriegsgeräuschen, Rauchschwaden, in denen die Häuser verschwinden, und hin und wieder schimmert ein gelber, grüner oder roter Punkt im Nebel, da, wo mal der Himmel war.
Tobi lehnt genervt an der Tür, lässt nur noch raus und keinen mehr rein. Auf dem Dach meines Volvos fackelt irgendein Arsch ein Tischfeuerwerk ab, bin aber zu schwach, um einzuschreiten, trinke lieber einen Schluck aus Leos Flachmann. Der Gehweg ist voller Menschen, sie stehen bis auf die Straße, und auf dem Mittelstreifen hält Hansen sein Zippo an einen Strauß

Feuerwerkskörper, der in einem Papierkorb steckt. Jetzt saust das ganze Gelumpe hoch, explodiert in einem Glitzerchaos und alle so: Oooh!

»Ist das herrlich!«, sagt Nina. »Das ist doch herrlich, oder Oskar? Die ganze Knallerei und alles, als würde man das alte Jahr in die Luft jagen. Jetzt guck doch nicht so. Es wird doch immer alles besser, als man denkt.«

Da bin ich mir nicht so sicher, nicke aber trotzdem.

»Und gleich werden sich alle in die Arme fallen«, sagt Nina. »Das ist überhaupt das Schönste an Silvester, dass sich alle in die Arme fallen, findest du nicht?«

Sie hat definitiv Drogen genommen, eine Ladung Endorphine mitten ins Großhirn, oder eben selbst produziert das Gelumpe, weil Geisteskrankheit, anders ist das nicht mehr zu erklären.

Der Papierkorb brennt. Pablo verteilt Champagnerflaschen. Jetzt ruft irgendwer »zehn, neun«, und alle stimmen ein, zählen die Sekunden rückwärts, als wenn das irgendeine Bedeutung hätte, die Zeit und so – »acht, sieben« –, und sogar Leo schreit Zahlen in die Nacht, Nina umklammert meine Hand, Rocky versinkt in seiner Lederjacke – »sechs, fünf« –, jemand reicht mir ein Glas, Hansen wirft eine Handvoll Böller in den Papierkorb, überall sind Menschen, Autos hupen – »vier, drei« –, eine Möwe kracht auf den Asphalt, Schiffshörner tuten, mein Brustkorb vibriert –

»zwei, EINS!«

Yeah! Hmmm.
Nastrowje. Hugging you.
Glückwunsch. Na, mein Lieber.
Umarmen, bitte. Jetzt aber ich hier.
Küss mich, Penner. Frohes Neues.
Weißte noch ... Dich auch, los.
Es sollen all deine Wünsche.
Ey, werd euch vermissen.
Lass dich drücken.
Hey Süßerr.
Was soll's.
Hach.

Ich nehme alles zurück. Hatte ja keine Ahnung. Diese Umarmerei ist das Beste. Sollte man öfter machen, ständig immer alle in den Arm nehmen.
Die Stadt ist in Rauchschwaden verschwunden, man kann die Häuser auf der anderen Straßenseite nicht mehr sehen. Ich kann Leo und Nina sehen, die da ein wenig abseits stehen, unter der Straßenlampe, ganz nah beieinander, und Leo sagt etwas, und Nina lacht. Jetzt stellt sie sich auf die Zehenspitzen – und küsst ihn. Mein Gott, sie küssen sich, sie küssen sich noch immer! Es gibt sie also doch, die wahre, reine, große Liebe. Jetzt küssen sie sich nicht mehr. Leo schiebt Nina von sich, mit seinen langen Armen schiebt er sie weg. Nina schreit ihm irgendwas ins Gesicht, ich kann es nicht verstehen. Sie geht über die Straße in den Nebel hinein. Leo bleibt im Lichtkegel der Lampe stehen, seine Arme hängen herab, als wären sie nicht mehr Teil seines Körpers. Das ist doch Scheiße alles. Er knallt seine Faust gegen den Laternenpfahl. Und noch mal. Wendet sich ab und verschwindet hinter der Hausecke. Ich starre in den Nebel, der ja eigentlich Rauch ist, der wie eine Wand ist, die so komisch wabert. Ich starre da rein und denke an die Liebe. Nein, ich denke an gar nichts, habe einfach nur so ein beschissenes Gefühl im Magen.

Pablo und die anderen sind wieder hineingegangen, sollte ich jetzt auch mal machen, bleibe aber lieber noch ein bisschen neben dieser Säule stehen.

Aus dem Nebel kommt eine Gestalt direkt auf mich zu, ein schemenhafter Menschenfleck in der Waberwand. Es ist eine Frau, grazile Figur, feiner Gang, lange schwarze Haare. Ich kenne diesen Gang, die Gestalt, woher kenn...

Großer Gott, es ist Mathilda. Mathilda!

Aber sie hat gar keine langen Haare. Sie hat sich die Haare abgeschnitten. Mathilda hat sich ihre schönen langen Haare abgeschnitten. Warum hat sie sich denn...

Es ist gar nicht Mathilda.

Sie ist es nicht.

Es ist Nina.

»Hol den Russen zurück!«, brüllt mir Tobi in den Klogang hinterher, aber ich habe Wichtigeres zu tun, muss Nina zur Toilette begleiten, geht ihr gerade nicht gut. Tobi geht es auch nicht gut, es wollen jetzt nämlich wieder sehr viele Leute in den Club, sie kommen aus allen Richtungen, aber ich bin sicher, dass Leo gleich wieder da ist, er hält sicher nur mal kurz seine Faust in eine Pfütze.
»Wartest du hier bitte?«, sagt Nina. »Dauert nicht lange.«
Sie verschwindet in einer der Klokabinen. Versuche, mein Gesicht im Spiegel zu finden, das ist aber gar nicht so einfach, denn der Spiegel ist über und über mit Aufklebern bedeckt; Sticker von Bands, der Antifa, Clubs, Plattenläden, Klamottenlabels und dann diese Paketzettel mit den Filzstiftgraffitis drauf. Weil man ja heutzutage gleich eingesperrt wird, wenn man mal eine graue Wand verschönert. Nehmen sie halt diese selbstklebenden Paketzettel für ihre Tags. Ist doch wirklich eine Supersache mit den Paketzetteln und so. Man muss sich nur zu helfen wissen. Dann wird das schon.
Meine Beule ist irgendwie blau angelaufen. Nina kotzt. Ich kann quasi hören, wie ihr die Tränen aus den Augen schießen, so heftig würgt sie in der Klokabine. Wenn Mädchen kotzen, muss ich

immer an Mathilda denken. Wie ich ihr damals die Haare zurückgehalten habe, als ihr schlecht war nach diesem Theaterstück in Köln. Sie hat sich hinterher natürlich geschämt, dabei habe ich mich in keinster Weise geekelt. Im Gegenteil. Hatte noch nie jemanden so elegant und würdevoll kotzen sehen, und es war mir eine Ehre, ihr dabei –
Da fällt mir ein, mein Handy. Zwölf neue Nachrichten und – Kackmist – ein Anruf in Abwesenheit, unbekannte Nummer. Muss es endlich Pablo sagen, dass die Schneidergang im Anmarsch ist. Pablo, Leo und Tobi. Kann ja jeden Moment so weit sein. Und dann wird's hier ungemütlich.
»Typ, wo ist hier das Mädchenklo?«
Zwei Mädchen stehen in der Tür, sie sind höchstens achtzehn, eine von ihnen trägt ein Kidd-Kommander-Shirt.
»Das hier ist das Mädchenklo.«
»Und was machst du dann hier?«
»Das ist auch das Jungsklo, unisex und so.«
Die Mädchen gucken cool und stolpern in die hintere Kabine. Nina sieht nicht gut aus. Wie man eben aussieht, wenn man sich gerade das Innerste aus dem Leib geröchelt hat. Ist nur ungewohnt, sie so ernst zu sehen, ohne Lächeln und alles.
»Tut mir leid«, sagt sie und dreht den Wasserhahn auf.
»Was tut dir leid?«
Sie wirft sich Wasser ins Gesicht, fährt sich mit den Händen durchs Haar.
»Dass du das eben mit anhören musstest.«
»Macht doch nix, klang wie eine deiner usbekischen Grindcorebands.« Aber Nina lacht nicht. Sie steckt sich vier Tabletten in den Mund, hält ihren Kopf unter den Wasserhahn und trinkt, trinkt, trinkt.
»Was sind denn das für Tabletten?«
»Kopfschmerztabletten.« Sie trocknet sich die Hände ab.
»Vier?«

»Gibst du mir bitte eine Zigarette?«
Ich zünde ihr eine an. Nina inhaliert und schließt die Augen, eins, zwei, drei, vier, fünf, sechs Sekunden lang. Jetzt schiebt sie mit der Zunge zwei perfekte Rauchringe gen Decke. Und lächelt. Endlich wieder.
»Komm.« Sie nimmt meine Hand. »Ich will jetzt feiern.«

Leo ist wieder da, steht mit Tobi vor der Tür und checkt den Rucksack eines jungen Mannes, ob da zum Beispiel eine Bombe drin ist, ein Kasten Bier oder ein zweiter Mann, man kann nie wissen. Die Gäste werden stoßweise reingelassen, damit Jacques und Annie in Ruhe kassieren können, alles hochprofessionell durchorganisiert, Pyramidenbau nix dagegen.
»Monsieur Wrobel«, ruft Jacques, »Fünfeuroscheine, s'il vous plaît!«
Daumen hoch. Da wird sich sofort drum gekümmert, gar kein Problem. Würde unseren Pariser Exilanten jetzt auch mal gerne fragen, ob er sonst noch was braucht, ob auch alles in Ordnung ist, geht aber nicht, denn Nina zieht mich weiter, an der Garderobenschlange vorbei zum Lift, wo wir jetzt jedoch warten müssen, weil Lift gerade nicht da. Nina trippelt auf der Stelle wie ein Boxer beim Aufwärmen.
»Dreck! Dreck! Dreck!«
Das kam aus der Garderobe. Ach herrje. Garderobe zusammengebrochen. Also die Stangen, an denen die Kleiderbügel hängen, die Stangen, die wir dereinst so schön an der Wand befestigt haben, etwas unbeholfen, wie mir jetzt einfällt – diese Stangen hat's wohl aus dem Mauerwerk gerissen. Und jetzt ist da ein Berg aus Jacken, Taschen, Bügeln, Stahl, davor Bodo, nicht so gut gelaunt.
»Da.« Er zeigt auf den Berg. »Ich kündige!«
Die Wartenden, mit Mänteln und Mützen, wirken beunruhigt.
»Kriegen wir wieder hin«, sage ich. »Mach doch erst mal Pause.«

»Macht ihr mal Pause!«, schreit Bodo. »Wo kommen denn die ganzen Leute her? Stapelt ihr die da oben, oder was? Wie soll ich denn in dem Scheißhaufen jemals irgendwas wiederfinden?« Jetzt sind die Wartenden froh, dass sie ihre Mäntel und Mützen noch in der Hand haben und nicht in dem Scheißhaufen.
»Oskar, komm«, sagt Nina.
»Rettung naht«, rufe ich Bodo zu. »Entspann dich einfach!«

»Verehrte Biomasse, ein herzliches Willkommen im Fahrstuhl zum Schafott.« Jemand hat Anselm bunte Papierschlangen um den Hals gehängt. Auf seiner Wange ein Kussmund. Die Fahrt geht los.

»Als ich in Jugendtagen
Noch ohne Grübelei,
Da meint ich mit Behagen,
Mein Denken wäre frei.

Seitdem hab ich die Stirne
Oft auf die Hand gestützt
Und fand, dass im Gehirne
Ein harter Knoten sitzt.

Mein Stolz, der wurde kleiner.
Ich merkte mit Verdruss:
Es kann doch unsereiner
Nur denken, wie er muss.

Dies war von Wilhelm Busch. Verlustieren Sie sich nun bitte ausgiebigst.« Anselm verbeugt sich. »Spinner«, murmelt einer. Ein anderer schüttelt dem Liftboy die Hand. Nina verpasst ihm einen zweiten Kussmund und zieht mich ins Gewühl. Was soll denn das Gezerre? Ich kann doch wohl noch selber gehen. Nämlich schnurstracks ins Büro jetzt. Die Kasse braucht Fünfeuroscheine, die Garderobe ist ein Trümmerfeld, also weiter, schnell weiter, doch kaum ein Durchkommen hier. »Wahr ist, was wahr ist, dass das, was war, nicht mehr daaa ist«, singt der Spilker auf der Bühne. Die Band spielt einen Discobeat. Stimmung noch in Phase drei, wahrscheinlich wegen der Enge, wir müssen dringend den Einlass stoppen.

Im ehemaligen Backstage jetzt Hochbetrieb, vielfaches Rumgesitze und Rumgestehe, einige bekannte Gesichter, aber ich darf nicht bleiben, Nina will weiter, will's krachen lassen, und ich habe zu tun. Muss unbedingt jemanden finden, mit dem sie feiern kann. Kann mich hier nicht um alles kümmern. Schließe die Bürotür auf. Schocksekunde. Aber nicht bei uns, sondern bei denen, die im Büro sind. Erbse zieht hastig eine Zeitschrift auf den Schreibtisch. Rocky, Julia und Hansen starren uns an, das schlechte Gewissen von Menschen im Blick, die an halböffentlichen Orten illegale Drogen konsumieren.

»Könnt ihr nicht anklopfen?«

»Tschuldigung, ich wohne hier.«

»Ihr kommt gerade richtig«, sagt Erbse und hebt vorsichtig die Zeitschrift hoch, wirft sie aufs Sofa und bearbeitet mit seiner HSV-Mitgliedskarte das Häufchen weißen Pulvers, das vor ihm auf dem Schreibtisch liegt. Hinter ihm die Fensterfront und auf der anderen Straßenseite das Hotel, von da aus hat man den perfekten Büroblick, quasi Schaufensterkoksen.

Pablo sitzt verdrießlich dreinblickend auf seinem Stuhl. »Könnt ihr bitte woanders euer Resthirn vernichten? Ich muss Geld zählen.«

»Warum musst du denn jetzt Geld zählen?«

»Das beruhigt mich.«

»Schieb mal 'nen Schein rüber, Kassenwart«, sagt Erbse. »Einen großen.«

Pablo wirft ihm einen Fünfziger zu, und in dieser Geste liegt

eine Verachtung, er könnte ihm genauso gut vor die Füße spucken. Erbse ist das natürlich einerlei. Er streicht mit einer Zärtlichkeit Bahnen aus dem Pulverhaufen, als würde er einem Zweijährigen einen Scheitel ziehen. Julia kaut auf einer Strähne ihres Haars. Hansen kaut auf einem Zahnstocher. Rocky beißt sich die Haut von den Fingerkuppen, und beim Gitarrespielen blutet's dann wieder. Es gibt ja dieses Foto: Rocky mit der Gitarre rücklings auf dem Bühnenboden, und das Griffbrett der Gitarre ist blutverschmiert. Da dachten natürlich alle, er hätte zu doll in die Saiten gedroschen und deswegen Blut. Voller Körpereinsatz, Leben am Limit, Kurt Cobain Kindergarten. Aber in Wirklichkeit frisst sich Rocky vor jedem Auftritt die Haut von den Fingerkuppen bis zum Fleisch. Auf Tour wickelt er dann immer weiße Pflaster um die Wunden, wie Michael Jackson. Dummerweise muss er sie zum Gitarrespielen wieder abnehmen.
»Wenn ihr euch sehen könntet«, sagt Pablo mit Ekel im Blick.
»Und warum das alles? Damit ihr für ein paar Stunden die Jämmerlichkeit eurer Existenz vergessen könnt.«
Das lässt sich Erbse nicht zweimal sagen und knallt sich zwei Bahnen rein, in jedes Nasenloch eine. Dass da überhaupt noch was durchkommt: Wunder der Biochemie. Mir wird allein vom Zusehen kribbelig. Außerdem verspüre ich wie immer kurz vor der ersten Nase akuten Stuhlgangdrang.
»Gibt's eigentlich noch Champagner?«, fragt Nina.
Pablo greift hinter sich und reicht ihr eine Flasche. Wahrscheinlich übersteigen unsere Schampusschulden die Schneiderschulden bei Weitem.
»Wir machen gleich den zweiten Dancefloor auf. Bist du bereit?«
»Kann's kaum erwarten«, sagt Nina und lässt den Korken fliegen. »Ihr lasst mich da aber nicht allein, ja?«
Rocky atmet tief durch und reicht ihr den Schein. Gleich bin ich an der Reihe. Hätte ja lieber was Beruhigendes, vielleicht ein

bisschen Morphium in die Halsschlagader oder einfach nur einen schönen Eimer auf den Kopf.

»Wow«, sagt Nina. Reibt sich die Nasenlöcher. Boxt in die Luft.

»Hansen, wir haben da übrigens ein kleines Problem mit der Garderobe«, sage ich.

»Wie klein?«

»Eher nicht so klein.«

Hansen schnappt sich seinen Werkzeugkoffer und geht. Ein Mann der Tat, kein Wort zu viel. Voller Bewunderung schließe ich hinter ihm die Tür zu. Julia reicht mir den Schein, ohne mich eines Blickes zu würdigen. Tu ich's, oder tu ich's nicht? Das Kokain verstärkt ja nur die Stimmung, in der man sich gerade befindet, dazu kommen Egomanie und Energieüberschuss. Ich entscheide mich für den Energieüberschuss.

Immer noch alles schwarz hier, geradezu er-schütternd schwarz, aber Ninas Plattenkoffer kommt mir plötzlich so leicht vor. Die Spiegelkugel lässt Lichtsplitter über die Wände kreisen. Vielleicht dreht sich aber auch der Raum, das Haus, die Welt. Nina schaltet die Lampe am DJ-Pult an, öffnet die Koffer, blättert durch die Platten und zieht eine raus; die Hülle so schwarz wie die Wände. Sie lässt das Vinyl in die Hand gleiten, legt die Scheibe auf den Plattenteller, hebt vorsichtig die Nadel drauf. Ein Knacken, ein Klavierakkord, ein langer dunkler Ton, der wie Lava aus den Boxen tropft. ›Maximum Black‹ von Bohren & Der Club Of Gore. Die langsamste Musik der Welt.
»Na, hier kommt Stimmung auf«, sagt Rocky. »War das Nina? Mit den Wänden und so?«
»Unbeirrt ihre neue Stilrichtung verfolgend.«
Wir rauchen und beobachten Nina, die mit geschlossenen Augen hinterm DJ-Pult an der Wand lehnt. Rauchen ist überhaupt das Beste. Rauchen ist besser als Atmen. Hier in der Dunkelheit versinken und in den Tönen und rauchen ist das Allerbeste für immer.
»Hey geil, was ist das denn für'n Zimmer? Darf man hier rein?«
Hinter uns steht einer, den kenne ich. Woher kenn ich den denn?

»Ach, du bist's, Oskar«, sagt er. »Hallöchen.«
»Hey hallo. Na, alles klar?«
Schlimm, dieses Menschenvergessen. Aber es gibt fast zwei Millionen in dieser Stadt, Gedächtnisschwäche quasi Selbstschutz.
»Super Party, Mann. Echt. Gutes Programm und so. Is 'ne Schande, dass sie euch abreißen. Und alles nur wegen... Ey, hallo Andreas! Spielt ihr heute? Stimmt das? Das wär ja der Oberhammer!«
»Ja, bis später dann«, sagt Rocky, tritt seine Kippe aus und geht. Der Mensch, dessen Gesicht mir bekannt vorkommt, den ich aber nicht zuordnen kann, schaut ihm empört hinterher.
»Wie geht denn der ab? Ich kenn den von früher, da war der in Ordnung. Voll der Arsch geworden. Von da oben sieht man wohl keinen mehr. Hab dem sogar mal einen ausgegeben, in der ›Mutter‹. Was für'n Arsch.«
»Nee, nee«, sage ich, »das täuscht. Der is nur nervös, weil er ja gleich spielt. Der kennt dich garantiert noch. Aber vor 'nem Auftritt hat der voll den Tunnelblick. Künstler und so, darfste nicht persönlich nehmen.«
Der Mensch, wer ist das doch gleich, will das nicht glauben. Er schüttelt den Kopf. Sein Weltbild ist erschüttert. Die Oberflächlichkeit unserer Gesellschaft hat ihn niedergestreckt.
»Aber du bist in Ordnung.« Er haut mir auf die Schulter. »Geiler Club und so, aber du bist der Alte geblieben.«
»Na, ich hoffe nicht«, sage ich und lache zu laut. »Muss dann aber mal weiter, bisschen was regeln.«
»Kein Problem, Mann. Bist 'n Feiner. Bis später dann.«
Ein Feiner. Der Alte geblieben. Mir ist schlecht. Und das liegt nicht nur an der bitteren Soße, die mir von hinten in den Rachen läuft. Was daran gut sein soll, wenn man der Alte bleibt? Das ist doch nur für die anderen gut, damit sie nicht merken, dass in ihrem Leben nichts passiert. Nur die Verweser wollen, dass alles beim Alten bleibt. Die Gemütlichen, die Bequemen, die

Jasager und Nachmacher wollen das Alte, immer nur das Alte, und nicht etwa alte Häuser, Musiken, Filme oder Bücher, sondern ihr Leben so, wie sie es kennen. Damit sie nicht merken, dass sie stillstehen. Weil sie Angst haben. Sie haben Angst, Angst vor allem, vor allem vor ihren Lügen und davor, eines Tages aufzuwachen und zu erkennen, dass sie alles verpasst haben, dass alles an ihnen vorbeigezogen ist, dass sie immer noch da sind, wo sie immer schon waren. Vielleicht ist mir schlecht, weil ich das alles nur denke. Ich hätte es dem Typen einfach sagen müssen.

Rocky kauert auf dem Sofa, in der einen Hand eine Kippe, die andere Hand am Mund. Pablo schaut aus dem Fenster und telefoniert. »Auf keinen Fall, immer weiter reinlassen. Wir haben soeben den neuen Raum aufgemacht, das verteilt sich gleich.«
»Ist fast eins«, sage ich zu Rocky und gehe vor ihm in die Hocke. »Aber du musst nicht, wenn du nicht willst.«
»Ich will aber«, sagt er und lutscht das Blut vom Zeigefinger.
»Nur bisschen später, halbe Stunde oder so. Weiß auch gar nicht, wo die anderen sind. Aber wir prügeln das durch.«
Er sieht so richtig scheiße aus, vollkommen fertig, schlimmer als sonst kurz vorm Auftritt.
»Lass das doch mal«, sage ich und ziehe ihm die Hand vom Mund. Aber sofort ist der Finger wieder zwischen den Zähnen. Das liegt sicher auch an dem Typen, den keiner kennt. Obwohl Rocky ja gar nicht mehr da war, als der so entrüstet getan hat. Aber Grundkonflikt spürbar. Die Entfremdung. Weil alle was von ihm wollen, zieht Rocky sich zurück. Und weil er sich zurückzieht, denken alle, er würde sich für was Besseres halten. Und dann sofort Kränkung und Misstrauen und Stille in der Bar, in der er früher immer war, in die er jetzt nicht mehr gehen kann, weil immer diese Stille und diese Blicke und die unausgesprochenen Vorwürfe. Es redet ja auch niemand offen. Es will

sich ja keiner die Blöße des Gekränkten geben. Und dann noch der Neid und die Missgunst und der Generalverdacht: Wer Erfolg hat, hat die Ideale verraten. Was auch immer die Ideale sind. Sollen sie sich doch einfach mal freuen, dass es einer von ihnen geschafft hat! Aber sie freuen sich nicht. Sie suchen den Verrat.

Die Leute haben die Hinterzimmer unseres Etablissements jetzt vollständig erobert, alles voller Menschen hier, stehe mit dem Rücken zur Wand. Im schwarzen Raum läuft Joy Division. Ian Curtis' Grabgesang mischt sich in das Stimmengewirr, alles ist in Bewegung. Die Leute sind wie frei schwebende Elektronen, treiben scheinbar ziellos umher, bleiben aneinander kleben, verharren kurz und treiben weiter. Alles scheint einer höheren Ordnung zu folgen, dem Gesetz der Party, dem Drang nach Geschwindigkeit und Verschmelzung. Jetzt bloß kein Neutron sein. Näher zu den Menschen. Und scheiß auf die Teilchenphysik.

»Hallo Andrea, du bist ja auch da.«
»Schnuckie! Wo soll ich sonst sein? Alle sind da. Es ist großartig. Darf ich dir meinen neuen Freund vorstellen? Ingo, das ist Oskar. Oskar, Ingo.«
»Was'n mit dir passiert? Abrissbirne gegen die Stirn geknallt?«
»Genau, aber du solltest die Birne sehen!«
»Ein Wahnsinn. Trinken wir später einen?«
»Unbedingt. Hey Frank, danke für den Auftritt.«
»Keine Ursache. Wie geht's?«
»Spitzenmäßig. Und dir?«
»Ich dachte immer, ich würde mit vierzig tot sein, aber das ist schon in zwei Tagen.«
»Glückwunsch.«
»Selber.«
»Herr Wrobel.«

»Hallo Wiebke.«
»Ist alles sooo schön hier. Habt ihr gut gemacht.«
»Danke. Aber das waren vor allem unsere ...«
»Alter, komm mal mit.«
»Tschuldigung. Was'n los?«
»Ich brauch was. Haste was?«
»Nee, frag Erbse.«
»Der Penner gibt mir nichts mehr, wegen der Sache neulich, als ...«
»Warte mal. Greta, hey Greta, alles gut bei dir?«
»Die Luft. Muss nur mal sitzen.«
»Soll ich dich rausbringen? Willst du Wasser?«
»Ich will hier einfach mal in Ruhe sitzen, okay?!«
»Ist ja gut. Hansen, warte mal.«
»Yo.«
»Und?«
»Hängt wieder.«
»Wie das denn?«
»Wie immer. Ich bring mal den Kram weg.«
»Danke.«
»Yo. Hallo Dirk.«
»Schananah.«
»Was?«
»Schananah.«
»Okay. Weitermachen. Oh, Clara.«
»Oh, Oskar, du weißt ja plötzlich, wie ich heiße.«
»Also, das tut mir wirklich leid wegen heute Morgen. Ich war ...«
»Schieb dir deine Entschuldigung in den Arsch, du Drecksack.«
»Warte doch ... mal.«
»Autsch.«
»Niels.«
»Na, mein Lieber. Komm her.«
»Das war toll vorhin. Schön gesungen.«

»Findest du? Na, ich weiß nicht.«
»Weißt du ja nie. Glaub's einfach.«
»Wo willst du hin?«
»Zum Tresen, Fünfeuroscheine besorgen.«
»Ich geh tanzen. Bis später.«
»Bitte.«
»Ey, warte mal, du bist doch hier Dings.«
»Wie meinen?«
»Hier, du bis doch hier Veranstlaltler, so Dings.«
»Ja.«
»Pass auf. Die Bowle, ja? Das mit der Bowle ... Das is ... Schtudio Fiffdiefor, weißde? Un jetzt alle so ... Oh Mann. Love, vahschdehsde? Ich bin ...«
»Verzeihung. Oskar, wir brauchen Bons.«
»Im Büro. Und Rocky sucht euch, der ist da drin. Ihr spielt halb zwei.«
»Wir spielen?«
»Ja klar.«
»Ups.«
»Darf ich mal durch bitte?«
»Du darfst mal die ... Ach, der Oskar!«
»Atze. Wie geht's?«
»Wie Salpetersäure. Man frisst sich so durch.«
»Und die Geschäfte?«
»Beschissen. Der Tag? Beschissen. Mein Leben? Beschissen. Aber weißte was: Is mir scheißegal.«
»Okay.«

Fucking Hell! Der Laden ist bummsknüppelknallvoll. Ein wogendes Menschenmeer, das vor der Bühne Wellen schlägt. »Ich singe keine Melodien, ich singe eins zwei drei vier«, schreit Franz vom Jeans Team. Die Boxen knarzen, Leute hüpfen, Hände oben, Haare fliegen, hier geht's ab, das geht so ab, so muss das sein.

Zum Glück kann niemand umfallen, weil viel zu eng hier alles. Rette mich hinter den Tresen, quasi Schutzwall, aber hinterm Tresen auch nicht besser. Vor mir eine Wand aus Gesichtern und Mündern und Händen, die Getränke fordern. Benny knallt drei Astra auf die Theke, wischt eine leere Wodkaflasche in den überquellenden Mülleimer, kickt einen Karton unter die Spüle, rennt ins Getränkelager. Matthias schüttet Tonic in Gläser, während ihm ein Typ irgendwas ins Ohr brüllt. »Mehr Gemüse«, ruft Matthias und wirft Orangenscheiben in die Drinks. Kerstin schmeißt Scheine in die Kasse, greift Münzen aus der Einlage, springt zurück an die Menschenwand, aber keiner hier will Wechselgeld, alle wedeln mit Scheinen, und Kerstin verharrt für einen Moment in ihrer schweißgetränkten Bluse, als hätte jemand auf Pause gedrückt. Auf dem Boden Scherben, Münzen, schmelzende Eiswürfel.
»Aus'm Weg«, sagt Julia. »Was machst du hier? Wir brauchen keine Hilfe.«
Ja, was mache ich hier eigentlich? Ich muss doch was machen. Fülle vier Schnapsgläser mit Wodka, während mir die Leute Bestellungen zurufen, aber die Leute sind jetzt egal, jetzt trinkt das Personal. Wir prosten uns zu, stürzen den Wodka runter, nur Benny nicht, der kippt sich Wasser über den Kopf, und bevor ich was sagen kann, wirbeln alle wieder weiter. Fünfeuroscheine aus der Kasse, zwei Flaschen Bier aus dem Kühlschrank und rein in die Menge, muss zum Mischpult und dann zur Tür. Bis zum Pult sind's nur zehn Meter, aber das Ding könnte genauso gut am anderen Ende der Welt stehen, so voll ist der Laden. Gehe in Gedanken die Notausgänge ab. Beruhigendes Gefühl. Man sollte immer ein paar Notausgänge parat haben.
Sunny steht schief lächelnd hinterm Mischpult, der Schweiß läuft in Bächen über sein Gesicht, er ist ein wenig blass um die Nase, vielleicht liegt's aber auch am Licht.
»Hier, Bier.«

»Wasser wäre besser gewesen«, sagt er und trinkt.
»Kidd Kommander spielen so gegen halb zwei.«
Er winkt ab. »Weiß ich, weiß ich. Informationsfluss eins a.«
»Kein Gott. Kein Staat. Keine Arbeit. Kein Geld. Mein Zuhause ist die Welt«, singt das Jeans Team. Die Leute singen mit.
Sunny schwankt.
»Du brauchst mal 'ne Pause. Geh doch mal an die Luft.«
Er schüttelt den Kopf und deutet auf das Mischpult oder die Bühne. Pause machen is nich. Wie soll der auch Pause machen, würde ja sofort alles zusammenbrechen. Ist doch alles nichts ohne Sunny und die anderen. Habe plötzlich ein warmes Gefühl im Magen, schätze mal Welle der Dankbarkeit. Oder Übelkeit, eher Übelkeit. Trinke mein Bier aus, quasi Gegenbewegung, aber hilft nicht. Muss hier raus. Straight outta Notausgang.

Die Stangen in der Garderobe hängen wieder, wenngleich windschief, aber alle Jacken wieder an der Wand, erstaunlich. Bodo diskutiert mit Gästen.

»Ist alles voll, das sieht man doch. Ich schmeiß das Zeug nur noch auf Haufen, müsst ihr dann selber raussuchen.«

»Dann zahl ich aber keinen Euro. Höchstens fünfzig Cent«, sagt ein Gast.

»Zehn Euro zahlst du! Zehn! Spezialservice. Aber dalli.«

Annie hat ihren Kopf gegen Jacques' Schulter gelehnt und schläft, während Jacques unbeirrt weiterkassiert.

»Hier sind Fünfeuroscheine.« Ich lege das Bündel neben die Kasse. »Aber die braucht ihr nicht mehr, ist nämlich Schluss jetzt, wir sind voll.«

Jacques kriegt einen Lachanfall. Die Kasse quillt über, und ich stopfe mir die Einnahmen in alle verfügbaren Taschen.

Annie gähnt. »Können wir jetzt endlich feiern gehen?«

Tobi und Leo stehen Seite an Seite in der Tür. Vor ihnen Menschen, Menschen, Menschen, die Schlange geht schon wieder runter bis zum Volvo.

»Sechsundachtzig«, sagt Leo.

»Was?«

»Leute. Wollen rein.«
»Wir machen jetzt aber dicht, Einlassstopp, nur noch Gästeliste.«
Als hätte er nur auf diesen Satz gewartet, steigt Tobi auf das Gitter, formt die Hände zum Trichter und brüllt: »Ausverkauft! Nichts geht mehr. Keine Diskussion. Keine Geldgeschenke. Das war's für immer. Danke.«
Entsetzen bei den Wartenden. Fassungslosigkeit. Sofort drängen alle nach vorn, winken, schreien durcheinander, als sei dieses Haus die Arche Noah und hinter ihnen Sturmflut, Weltuntergang. Tod. Tobi verschränkt die Arme, schüttelt den Kopf, setzt sein Nur-über-meine-Leiche-Gesicht auf. Leo reicht mir seinen Flachmann. »Siehst du, alles gut.«
Ich nicke. Trinke. Und spucke alles wieder aus. Leos lauwarmer Fusel ist zu viel für meinen Magen. Ich werde mich jetzt übergeben müssen. Renne durch den Gang zu den Klos. Spüre, wie sich der Magensack umkrempelt, alles nach oben drückt. Mein Handy vibriert. Jetzt nur nicht... Nur nicht...
Den Schneider verpassen.

Eingehender Anruf
Unbekannte Nummer

Hallmpf.
Wrobel! Bist du lebensmüde? Warum gehst du nicht an dein scheißverdammtes Kacktelefon!
Karlmpf. Ich. Tschulmpf. Is schlecht. Wartmpf. Bitte.
Ich reiß dir jeden Finger einzeln aus, du dummer kleiner Spasti. Ahh!!!
Warte. Wartmpf. Hrmpf.

Nur nicht in den Gang kotzen. Nicht vor all den Leuten. Würde bewahren. Da vorne sind die Klos. Stürze in die Kabine, auf die Knie, linke Hand am Beckenrand, in der rechten das Handy, in dem der Schneider schreit. Ein Schwall Flüssiges schießt mir aus dem Mund in das Klo, in dem ein benutzter Tampon liegt, oh Gott. Ich würge, breche auseinander, es hört gar nicht mehr auf. Was ist denn da noch drin? Hab doch vergessen zu essen. Kommt gleich das Herz? Das Handy quakt. Das muss der Schneider doch hören, dass ich gerade sterbe, kann der nicht einfach mal die Fresse halten? Fuck. Au! Fuck. Irgendein Idiot hat die Kabinentür aufgestoßen, mir voll ins Kreuz. Das Handy.

        Wo ist das Handy?

Die Haut ist schon ganz rot, der Seifenspen-
der leer, aber ich kann einfach nicht aufhören, Unterarm und Hand zu schrubben, es ist alles so würdelos. Andererseits: Was ist denn Würde? Ein abstrakter Wert, der die Qualität des Handelns eines Menschen bezeichnet. So gesehen ist ein beherzter Griff ins Klo ein würdevoller Akt, wenn man damit sich und die Seinen vor drohendem Unheil zu bewahren hofft. Trotzdem treibt mein Handy nun durch die Hamburger Kanalisation, während der Schneider die Truppen zusammentrommelt.
Epilog: Hier liegt Oskar Wrobel. Er hat's versucht.
Ich hole Aurels ›Selbstbetrachtungen‹ hervor und schlage eine Seite auf.

›Bald klopft der Tod bei dir an‹, steht da, ›und noch immer bist du nicht schlicht und natürlich, nicht seelenruhig, nicht frei von Angst, durch äußere Dinge geschädigt zu werden, nicht freundlich gegen alle Menschen, und noch immer hast du nicht begriffen, dass Einsicht und gerechtes Handeln ein und dasselbe sind.‹

Plötzlich Glockenläuten. Die Wolkendecke reißt auf. Zwei blond gelockte Engel schweben herab und setzen sich auf Steve McQueens Schultern.

Ich weiß jetzt, was zu tun ist. Der Schneider wird kommen, und ich werde ihm das Geld geben, auf dass er uns in Ruhe lässt. Meine Taschen sind voll, addiert mit den Treseneinnahmen mindestens zehntausend; nicht mal ein Meter Autobahn. Wenn er mir dann trotzdem noch den ein oder anderen Finger brechen möchte: bitte schön. Ich habe keine Angst. Unter Umständen wird auch noch Mathilda auftauchen, der schöne Geist. Reinen Herzens werde ich ihr gegenübertreten. Ich werde ihr mit meinen gebrochenen Fingern durchs Haar fahren und sagen: Mathilda, wie schön, dich so unverhofft zu sehen. Nein, ich bin dir nicht böse, dass du all die Jahre mein Herz in einen glühenden Klumpen Schmerz verwandelt hast. Dass die Sehnsucht nach dir mein Leben versaute, dass die Gedanken an dich meine Geliebten vertrieben, dass du dich mit irgendwelchen Surfern amüsiertest, während ich hier im Regen deinen Namen brüllte; all das verzeihe ich dir, denn du bist unschuldig. Ich habe nämlich nicht dich geliebt, sondern die Erinnerung. Nicht dich, sondern den Schmerz. Nicht dich, sondern die Idee einer Liebe, die so stark ist, dass sich Zweifel, Selbsthass und jede Verwirrung in ihr auflösen wie Kopfschmerztabletten im Wasserglas. Aber das war falsch. Du kannst nicht meine Rettung sein und hast es immer gewusst. Gehe nun und werde glücklich. Ich komme schon klar.

Es gilt nun, diese letzte Nacht zum größten Fest aller Zeiten zu machen. Um einen reibungslosen Ablauf zu gewährleisten, sind die Türsteher auf das Eintreffen der Schneiderbande vorzubereiten. Hierbei ist größtes taktisches Geschick gefragt. Ich sause durch den Klogang wie ein Laserstrahl. Rufe Tobi und Leo im

Vorbeigehen zu, dass gleich dieser Kiezkalle mit ein paar Kumpels vorbeikommt, sie möchten ihn doch einfach passieren lassen – trallala und hopsassa, super Überrumpelungstaktik.
»Nee, halt mal!«, sagt Tobi.
Nicht gut. Die Engel verpissen sich.
»Das war doch ein Witz jetzt.«
»Keineswegs. Ist ein Bekannter von mir, der will nur mal kurz Hallo sagen.«
Tobi sieht mich an, als hätte ich den Verstand verloren. Draußen stehen immer noch Leute. Der Himmel zieht zu. Tobi schließt die Tür.
»Niemals wird der über diese Schwelle treten, das Ludenschwein.«
»Der ist doch jetzt Musikmanager. Der macht so was nicht mehr.«
»Und wenn der Priester wär! Der hat damals mit 'ner Horde Nazis den ›Onkel Otto‹ gestürmt. Der Professor hat dabei sein Auge verloren.«
»Warum hat der denn den ›Otto‹ gestürmt?«
»Weil wir diese Nazikneipe in der Gerhardstraße plattgemacht hatten, und in die hatte der investiert, das war, kurz nachdem er aus dem Knast gekommen ist. Und warum war dein lieber Kiezkalle im Knast? Weil er ...«
»Danke, will ich gar nicht wissen. Lass den Typen und seine Leute einfach kurz rein. Ist was Geschäftliches, okay?«
Der Türsteher spannt die Muskeln an. Setzt sein Nur-über-meine-Leiche-Gesicht auf. Sagt: »Niemals. Nur über meine ...«
»Jaja, Leiche. Habe ich hier gar nichts mehr zu sagen?«
»Jetzt nicht mehr.«
»Leo, sag du doch mal was.«
Leo lässt die Fingerknöchel knacken.
Ich verzichte aus strategischen Gründen auf den Hinweis, dass das immer noch unser Club ist und unsere Tür und überhaupt. Strategiewechsel. Ich erzähle ihnen alles. Die komplette Schnei-

dergeschichte. Vom Klingelsturm bis zum Klogriff. Leos Zornesfalte wird tiefer und tiefer, Marianengraben nix dagegen. Tobi geht im Kreis wie ein Löwe im Käfig, schlägt sich gegen die Stirn. Tritt den Papierkorb zu Klump. Wirft einen Barhocker um. Jetzt zieht er sein Handy aus dem Gürtelholster.

»... und deswegen lasst ihr die Typen einfach rein, der Schneider kriegt sein Geld, die hauen wieder ab, und fertig ist die Gartenlaube«, beende ich meinen Vortrag.

Tobi, plötzlich ganz ruhig, hält sich sein Handy ans Ohr.

»Was machst du denn da?«

»Ich hol meine Jungs ran, die werden sich freuen.«

»Bist du bescheuert? Wir haben fünfhundert Gäste da oben, die alle denken, sie seien auf MDMA. Das gibt ein Blutbad!«

»Halt die Kappe, halt einfach die Klappe! Wer hat denn die Leute hier reingequetscht? Und sich mit diesem Typen eingelassen? Das war der beste Club der Stadt, und in der letzten Nacht holst du uns so 'nen Dreck ins Haus. Willst dem auch noch tausend Euro geben.«

»Zehntausend.«

»Ich dreh durch«, schreit Tobi und boxt eine Delle in die Stahltür. »Mach, dass du hochkommst! Wir holen dich, wenn's so weit ist.«

Ich will gerade noch was sagen, die Autoritätsverhältnisse klarstellen, aber Leo zieht mich weg, drückt mich an die Wand mit seinen Riesenhänden, sieht mich an mit großen traurigen Leoaugen.

»Warum hast du nichts gesagt?«

»Wollte euch nicht in Schwierigkeiten bringen.«

Er schüttelt den Kopf. »Ich bin dein Freund.«

»Ja, eben, darum geht's doch.«

Er murmelt irgendwas auf Russisch und geht vor die Tür.

Ich muss jetzt seelenruhig sein, frei von Angst, muss gerecht handeln und freundlich sein gegen... Werfe den Aurel in die Überreste des Papierkorbs und schleppe mich zum Fahrstuhl, den Fahrstuhl zum Schafott. Hätte ich doch nur irgendein anderes Buch neben dem Klo liegen gehabt, zum Beispiel eines von Sartre, der sagt: »Es ist sinnlos, dass wir geboren werden; es ist sinnlos, dass wir sterben.« Aber nein, ein römischer Kaiser neben dem Abort. Heute ist einfach nicht mein Tag. Immerhin sind die von den Toiletten kommenden und wieder nach oben fahrenden Gäste gut drauf. Eine Hochstimmung hier im Lift, geradezu absurd in Anbetracht der Gesamtsituation. Begrüße ein paar Bekannte, nehme Glückwünsche und Beileidsbekundungen entgegen. Ja, war ein toller Club. Klar, Spitzenparty, freut mich sehr, dass ihr alle da seid. Versuche einen entspannten Eindruck zu machen. Gastgeberpflicht. Es ist alles in bester Ordnung!
»Herr... hicks... Herrschaften.«
Anselms Gesicht ist mit Kussmündern übersät, sein Zylinder zerknautscht. Er schwankt, presst die Hand aufs Herz und schließt die Augen.
»Hören Sie jetzt ein, äh, Gedicht von Rambo, äh, Rimbaud.

> Komm, die Weine und Wellen fließen
> Millionenfach hin zum Strand!
> Sieh, hoch von den Bergverliesen
> Rollt wilder Bitter ins Land!
> Lasst, fromme Pilger, uns grüßen
> Den Absinth mit den grünen ...

... wie auch immer. Hat noch jemand 'n Schluck Bowle?«
Die Passagiere stürzen sich lachend ins Getümmel. Torben balanciert eine Kiste Wasserflaschen über die Köpfe der Tanzenden zur Bühne, woraus ich messerscharf schließe, dass Kidd Kommander jeden Moment ihr Konzert beginnen werden. Was ich sehen muss, unbedingt. Zwänge mich durch die Vergnügungssüchtigen zum Fensterseparee, gegen den aufsteigenden Ekel ankämpfend, gegen die verschwitzten Körper, die Enge und das Bedürfnis, mich einfach irgendwo hinzulegen und zu warten, bis alles vorbei ist. Überall bekannte Gesichter jetzt, die freundlich nicken, mir etwas zurufen, mir ihr strahlendes Lächeln schenken. Das Grinsen, das ich aufgesetzt habe, um meiner Rolle gerecht zu werden, fühlt sich an wie eine Maske, die nicht passt. Am Tisch im Separee sitzen der tote Elvis, Erbse und Nina, die meine Hand nimmt, mich zu sich nach oben auf die Sitzbank zieht und aufgeregt auf mich einredet. Sie sagt, sie habe mich gesucht, es gehe gleich los, Rodion vertrete sie hinterm DJ-Pult, ich solle mir keine Sorgen machen, es sei alles einfach nur wunderbar.
»Mir egal.«
»Ach Oskar, jetzt sei doch nicht so. Guck, da ist er schon. Herr Rockmann, Ihr Sohn!«
Der Elvis nickt und nippt am Wasserglas. Unklar, ob er sich freut, Angst hat oder gar nichts empfindet. Wenigstens kein falsches Grinsen.
»Rocky«, schreit Nina. »Rockyyy!!!«

Der so Genannte hat soeben die Bühne betreten, in der Hand die heilige Gitarre des Vaters. Die Musik verstummt. Die Tanzenden erschlaffen, gucken irritiert, andere drängen zur Bühne hin, der Journalist ist auch dabei, wo wohl auf einmal die ganzen Leute in den Kidd-Kommander-Shirts herkommen? Rocky schaltet den Verstärker ein, Ratte sinkt auf den Schlagzeugschemel und starrt auf die Toms, die Bassdrum und die Becken, als sähe er den Krempel zum ersten Mal. Millie hängt sich den Bass um den Hals, die Haare fallen ihr ins Gesicht; sie sieht aus wie ein Kind mit einer überdimensionalen Waffe. »Kommander!«, ruft ein Mädchen, aber es klingt, als sei es sich nicht sicher, ob da jetzt wirklich Kidd Kommander stehen oder eine Schülercombo aus Buxtehude. Normalerweise braust vor den Auftritten der Band wagnerianisches Getöse aus den Boxen, und erst Minuten später kommen die Musiker auf die Bühne, Einmarsch der Gladiatoren nix dagegen. Aber heute eher Proberaum. Sparprogramm. Vielleicht wegen der Krisenstimmung.

Rocky steht mit der Gibson in den Händen hinterm Mikroständer. Er, der normalerweise mit seiner schieren Präsenz eine Tausenderhalle entzündet, sieht aus, als warte er auf seine Hinrichtung. Der Elvis seufzt. Vor der Bühne jetzt dicht gedrängt die Fans, dahinter mit verschränkten Armen die Skeptiker. Pfiffe, Johlen, Protestgeschrei.

»Was bummeln die da rum? Ich will Schädeldecken fliegen sehen, aber dalli«, sagt Erbse und zündet einen Joint an, Marke Ofenrohr.

Das Licht geht aus. Und nichts passiert. Wahrscheinlich will Rocky noch ein bisschen im Unmut der Gäste baden, wie ein Boxer, der sich erst mal ein paar Kinnhaken verpassen lässt, um auf Betriebstemperatur zu kommen. Plötzlich: Explosion! Ein Gitarrenriff rattert durch den Raum, gefolgt von einem stoischen Bass und Rattes Schlagzeugbeat, der immer so herrlich holpert. Stroboskoplicht schneidet die Silhouetten der Musiker

aus dem Dunkel. Der Lärm presst uns ins Polster. Nina hält sich die Ohren zu. Dem Elvis knallt die Kinnlade runter. Erbse lässt den Joint fallen.
»Heute darfst du lachen, jede Sache machen«, bellt Rocky in das Mikro. »Heute darfst du fressen, ich lass mich von dir fressen. / Mach doch bitte mit, so mach doch bitte mit.«
Vor der Bühne zuckende Körper im zuckenden Licht, die Bewegungen merkwürdig gebrochen. Daumenkino. Die Musik und Rockys Stimme, die Texte und das Licht; das ist alles so heftig, quasi Stromstoß; eintausend Volt, die ungesichert in die Körper fahren. Ich reiße die Faust hoch. Kriege eine Gänsehaut. Schreie, bis ich keine Luft mehr hab. Ja! Ja! Ja! Das Hier und Jetzt ist endlich alles. Es gibt kein Außen mehr. Wir sind unsterblich.
Das Lied ist zu Ende, und Rocky drischt sofort den nächsten Akkord in den Jubel, ob seine Finger schon bluten? Das hätte sich der Elvis sicher nicht träumen lassen, dass sein Sohn mit der Gibson in einer Silvesternacht in einem alten Krankenhaus die Welt aus den Angeln hebt. Aber so ist das! Und niemals darf es aufhören. Ich glaube an das Gute.
Ich muss Rocky nur ansehen, um zu wissen, dass alles gut werden wird. Den ganzen Dreck werden wir wegfegen, wie Rocky jetzt gerade all seinen Verdruss. Nach dem Konzert werden wir im Büro ein Bier trinken, und er wird mir atemlos berichten, was er gesehen hat und was gedacht. Er wird Pflaster um seine blutigen Fingerkuppen wickeln, euphorisiert und erschöpft, wird über die Endzeitgedanken lachen, die ihn den ganzen Tag über quälten – Auferstehung.
Nina springt hoch, reißt die goldene Kordel weg und stürzt sich in die Menge. Erbse knallt die Faust im Takt auf den Tisch, reißt den Kopf vor und zurück, Schweißtropfen fliegen herum. Dem Elvis laufen die ganze Zeit Tränen über die Wangen; es ist, als würde das Wasser, das er in einem fort in seinen Mund kippt, aus den Augen wieder herausschießen. Er starrt gebannt

zur Bühne und weint und lacht, das ist schön, alles so schön gerade.

Jetzt hüpft ein Typ auf die Bühne, reißt die Arme hoch, die Stimmung steigt. Plötzlich ist der Bass weg. Kabel rausgerissen. Millie geht in die Knie und steckt es wieder in den Rumpf ihrer viel zu großen Bassgitarre. Brüllt dem Typen irgendwas ins Ohr, aber der lacht nur und tanzt weiter, knallt gegen den Bassamp, merkt aber offensichtlich nix. Rocky kennt das schon, von früher noch, als sie in kleinen Läden gespielt haben, Läden wie diesem hier, wo weder Graben noch Securitys die Musiker entfernen. Er schiebt den Wildgewordenen rücklings von der Bühne, während er weiter in die Saiten der Gibson drischt. Die Leute schreien. Kidd Kommander!

»Untergang im Abendland / Wir werden auf den Trümmern tanzen / Jeder Morgen ein Gedicht«, singt Rocky. Der Hit. Wahnsinnsstimmung jetzt, quasi Massseuphorie. Wieder entert jemand die Bühne, noch einer, jetzt die beiden Mädchen aus dem Klo, die sich an den Händen halten, ihr Glück offensichtlich nicht fassen können. Das läuft hier aus dem Ruder, und immer mehr Leute klettern auf die Bühne, sie lachen, die Musiker nicht. Rockys Stimme schwindet, er kommt nicht mehr ans Mikro ran. Der Mikroständer kippt um – bumm. Die Band rettet sich in einen stoischen Rhythmus, die Leute drehen durch. Jemand kracht ins Schlagzeug, der Rhythmus verrutscht. Der Bass ist wieder weg, die Gitarre jault, das Schlagzeug nur noch Scheppern, und Rocky und Millie rempeln die Leute runter, sieht gar nicht mehr lustig aus, eher wie Nahkampf, Kacke, was machen wir denn jetzt? Die drehen ja alle vollkommen durch! Ratte wirft die Trommelstöcke weg und presst sich an die Wand. Millie rammt einem Typen den Bass in den Bauch. Eines der Mädchen klammert sich von hinten an Rockys Hals, jemand zerrt an seinem T-Shirt, Rocky schwankt, stolpert, jetzt haltet ... Scheiße! Rocky ist gerade von der Scheißbühne gefallen!

Plötzlich Stille. Überall laufen die Bewegungen ins Leere. Nina und ein paar andere helfen Rocky auf die Beine. Er schüttelt sie ab und stolpert auf die Bühne, starrt fassungslos auf die Gitarre, die er in den Händen hält. Der Hals ist abgebrochen, baumelt an den Saiten wie ein abgestorbener Ast. Holzsplitter ragen aus dem Rumpf der Gibson. Der Elvis lässt sein Glas fallen. Wasser läuft über die Tischplatte und tropft mir auf die Hose. Alle Blicke auf Rocky. Der jetzt die Gitarre auf die Bühne schmettert. Mir ist kotzübel. Was soll ich machen? Was ist hier los?
»Das war das letzte Konzert von Kidd Kommander«, sagt Rocky, seine Stimme erfüllt den ganzen Raum.
»Die Band ist tot. Tanzt auf den Trümmern.«
Niemand sagt was. Die Leute gehen zur Seite, bilden eine Gasse, er geht hindurch wie besiegt, am Tresen vorbei in den ehemaligen Backstage, aus dem Gelächter schallt und Bass. Überall fragende Blicke. Nina schaut entsetzt zu uns herüber. Auf der Bühne jetzt nur noch Ratte und Millie mit Schrecken im Blick und den Überresten der Gibson zu ihren Füßen.
»Ey, Alterchen, alles in Ordnung?«
Der Elvis sitzt mit aufgerissenen Augen da. Die Hände vor der Brust verkrampft, der Mund ein stummer Schrei. Erbse verpasst ihm eine Ohrfeige. Der Elvis röchelt und wirft seinen Kopf hin und her.
»Kacke, ich glaube, der verreckt gerade.«

Jetzt natürlich Glück gehabt, dass alle hier noch unter Schock stehen und keine Musik läuft und nichts.
»Wir brauchen einen Arzt«, brülle ich in den Club. »Ist hier ein Arzt?«
Der Schnorrer schiebt sich winkend durch die Menge.
»Was willst *du* denn? Wir brauchen einen Arzt!«
»Ich war Sani«, sagt der Schnorrer. »Hab beim Zivildienst …«
»Scheiße, ist denn hier niemand Arzt?«

»I'm a doctor.«

Vor mir steht einer der polnischen Tänzer. Er ist nackt. Er ist beinahe nackt. Sein Körper ist mit roter Farbe beschmiert. Er trägt einen Tanga, zwei Teufelshörner auf der Glatze, Kriegsbemalung im Antlitz.

»Da, er atmet nicht mehr! No air!«

Der Nackte springt an mir vorbei zum Elvis, reckt mir seinen haarigen Hintern entgegen. Der Elvis schlägt um sich. Er röchelt.

»Heart attack«, sagt der Tänzer. »We have to get him out, now!« Ich reiße den Tisch weg. Die Leute springen zur Seite. Erbse und der Tänzer heben den Elvis herunter.

Der Elvis japst. Er stirbt! Ich fuchtel herum, damit die Leute zur Seite gehen, doch sie haben bereits eine Autobahn aufgemacht bis zum Fahrstuhl, Riesengasse für den zweiten Rockmann.

»Notarzt! Ruft einen Notarzt!«

Aber jeder Dritte hier hat schon ein Handy am Ohr.

Jetzt kommt natürlich der verdammte Lift nicht. Wir können den Elvis doch nicht durch den Notausgang, Treppenhaus ... Wenn unser Club doch nur nicht im vierten Stock, in der Station für Inneres, wäre, sondern zum Beispiel im Keller, in der Pathologie, bei den Toten, dann kämen die Sterbenden schneller raus.

Der Tänzer haut dem Elvis immer wieder ins Gesicht, schreit:

»Look at me! Cough! Cough! Look at me!« Der Elvis reißt seinen Kopf panisch weg. Könnte daran liegen, dass unser Notarzt aussieht wie ein irrer Satanistenfreak in einem Horrortrip von Albert Hofmann.

»Husten«, sage ich. »Cough means husten.«

»Husten!«, brüllt der Teufel. »You have to husten!«

»Jetzt hör mal mit der Schreierei auf, du Klappskallie«, schreit Erbse den Teufel an. Der Fahrstuhl ist da. Anselm sinkt uns entgegen. Die Leute im Lift lachen. Ja ja, ganz lustig. Aus dem Weg! Der Lift ruckelt los. Anselm hält sich schwankend den Zylinder vor die Brust. »Soll ich ein Gedicht ...«

Der Elvis schließt die Augen, schnappt wie ein an Land Gespülter nach Luft, umklammert seinen linken Oberarm.
»Husten! Husten! Come on«, ruft der tanzende Arztteufel.
»Jetzt halt doch mal den Rand, du Brüllmücke! Und nimm die Hörner ab«, sagt Erbse. Der Teufel sieht ihn ratlos an. »Shut the dings up«, sagt Erbse.
»But we have to talk to him«, sagt der Teufel. Anselm starrt auf die riesige Beule zwischen dessen Beinen.
»Herr Rockmann, hallo Herr Rockmann, hören Sie mich?«
Der Elvis nickt. Sabber rinnt ihm aus dem Mund.
»Es ist alles gut. Wir sind gleich an der frischen Luft. Sie müssen husten. Bitte husten Sie!«
Der Elvis röchelt.
»Ihrem Sohn geht's prima, das macht der immer so. Und die Gibson kriegen wir wieder hin. Kann man kleben.«
Der Elvis schüttelt den Kopf. Aber er atmet. Er atmet!
»Wir sind gleich da. Wir bringen Sie in ein Krankenhaus.«
Der Elvis knallt wie bescheuert seinen Kopf gegen die Wand. Wir versuchen ihn festzuhalten. Sein Gesicht ist dunkelrot.
»K...«, ächzt er. »Kein K.... Kein K... K...«
Der Rollladen rasselt hoch. Leo. Neben ihm zwei Sanitäter. Sie legen den Elvis auf eine Trage, dieselbe Trage, auf der heute Mittag Herr Müller ... Die Tür zum Treppenhaus fliegt auf. Rocky stürzt heraus. Hinter ihm Nina.

Drei Krankenwagen parken vor der Tür. Leute stehen herum und gaffen. Tobi tranchiert mich mit Blicken. Die Sanitäter schieben die Trage zum mittleren Wagen, dessen Hecktüren offen stehen; man kann im grell erleuchteten Inneren die Flaschen, Schläuche und Apparaturen sehen. Rocky hält die Hand seines Vaters und redet auf ihn ein. Ein Sanitäter drückt dem Elvis eine Sauerstoffmaske auf den Mund. An der Säule stehen die beiden Paparazzimädchen von der Kieztanke, Arsch Olaf und sein Kumpel.

Was machen die denn hier? Woher wissen die denn, dass Kidd Kommander ... Heutzutage lässt sich auch wirklich gar nichts mehr geheim halten.

Die Sanitäter schieben die Trage in den Krankenwagen. Rocky will gerade mit einsteigen, da springt dieser Arsch Olaf herbei und greift seinen Arm.

»Ey, halt mal«, sagt Arsch Olaf.

Ich gehe dazwischen, aber Rocky hält mich zurück.

»Wir ham noch 'ne Rechnung offen, du Penner«, lallt Olaf.

»Stimmt«, sagt Rocky und rammt ihm die Faust ins Gesicht.

Arsch Olaf stürzt zu Boden und hält sich die Nase. Rocky steigt in den Krankenwagen. Die Türen knallen zu.

»Ich hab alles im Handy!«, kreischt Annika, das Paparazzigirl.

Leo schnappt sich das Handy und wirft es in eine Pfütze.

»I like Hamburg«, sagt der Tänzer, der aussieht wie der Teufel. Die Ringe in seinen Brustwarzen leuchten im Blaulicht des abfahrenden Krankenwagens.

»Will he survive?«, frage ich.

»Of course«, sagt der Teufel und lacht. »Just a little heart attack. The air up there is like shit, you know? Like eating shit.«

Ich schüttel ihm die Hand. »Oskar.«

»Dzidek«, sagt der Teufel, der kein Teufel ist, sondern ein polnischer Arzt, der in seiner Freizeit als perverser Tänzer auftritt und merkwürdigerweise nicht friert.

»So, ihr Vögel, ab ins Büro, Lagebesprechung«, sagt Erbse.

Rocky hat eben auf der letzten Party unseres Clubs seine Band aufgelöst. Sein Vater hatte einen Herzanfall, und jeden Moment taucht der Schneider auf, im schlimmsten Fall auch noch Mathilda. Unbedingt müssen wir im Büro die Lage besprechen. Nina kommt mit.

Oben jetzt wieder Bombenstimmung, als wäre nichts gewesen, das ist schon erstaunlich. Haben diese Menschen keine Gefühle? Warum läuft hier Discofunk und nicht Gustav Mahlers ›Trauermarsch‹? Wer hat die Gibson an die Bühnenwand gehängt wie eine Trophäe? Warum weint denn keiner?
»Wrobel, setz die Stelzen in Bewegung, das Leben ist kurz«, sagt Erbse. Aber schon im Backstage geht's nicht weiter. Die Leute stehen dicht gedrängt im Stimmengewirr. Eine der Bumsbuden ist zusammengebrochen, aus der zweiten ragen Füße, in der dritten sitzt Teresa wie Cleopatra, umgeben von jungen Männern. »Dzidek!«, ruft sie und winkt, wobei eine Brust aus ihrem Kleidchen hüpft. Die jungen Männer werden von Stromstößen durchzuckt. Teresa springt auf, wirft sich Dzidek um den Hals. Die jungen Männer reißen sich die Pulsadern auf.
»Jetzt aber Schluss hier mit dem Rumgebuffe«, sagt Erbse.
»Teresa, du gehörst mir. Vergiss den Tangavogel. Alle mitkommen. Wir verengen unsere Blutgefäße. Vorwärts!«
Pablo sitzt vergnügt pfeifend am Schreibtisch und schichtet Scheine auf. Ich lasse den Inhalt meiner Taschen herabregnen. Herbststimmung. Heiterkeit. Pablo reibt sich die Hände.
»Zähl mal bitte zehntausend ab«, sage ich.
»Warum denn dies, Ihro Rätselhaftigkeit?«
»Frag nicht, tu's einfach.«
»Ihre Ungehobeltheit vergreifen sich mal wieder im Ton. Nichtsdestotrotz bin ich mir nicht zu schade, Ihrer barschen Bitte nachzukommen. Wie geht es denn dem geschätzten Erzeuger Ihres humorlosen Freundes?«
»Kann der Vogel auch mal reden wie ein Mensch?«, sagt Erbse.
»Außerdem brauchen wir hier Platz für den Straßenbau. Saustall.«
Ich fege den ganzen Scheiß vom Schreibtisch. Verträge, Flyer, Rechnungen, CDs, Bittbriefe verzweifelter Bands – gutes Gefühl. Pablo hebt die Augenbrauen. Erbse packt seinen Kram aus. Nina

bläst den Rauch ihrer Zigarette zur Decke, als wolle sie einen Waldbrand löschen.

»Wo ist der Champagner? Wir sollten feiern«, sagt sie. »Für Rocky.«

Pablo greift hinter sich und stellt zwei Flaschen auf den Tisch. Ab morgen eröffnen wir einen Champagnerhandel, so geht das.

»Löst der einfach seine Band auf, der Nuttenpreller.« Erbse lässt Pulver aus dem Briefchen rieseln. »Dem hat's doch in den Kopf gekackt.«

»Ich versteh das alles nicht«, sagt Nina. »Was soll er denn machen ohne seine Musik?«

»Was machst du denn ohne deine Bilder?«, sage ich.

»Das ist was anderes.« Teresa fängt den Korken auf.

»Nee, hört mal zu«, sagt Erbse und legt eine laaange Straße.

»Das mit dem Rockmann is nämlich alles Quatsch, Taktik. Der Spinner haut in' Sack genau zur Albumveröffentlichung. Das gibt mehr Presse als ein Rudelfick im Reichstag. Und in einem halben Jahr dann – huch, na so was! – das große Comeback. Der ist schneller wieder am Start, als ihr diese Straße planiert habt. Und der Alte wird auch wieder. Ich hatte schon drei Schlaganfälle, war zwei Mal klinisch tot. Und? Hat's mir geschadet?«

Er reicht Teresa den halben Trinkhalm. »Hier, Täubchen.«

Teresa macht einen Knicks. »Danke. Mein errrstes Mal.«

»Wie? Du hast noch nie deine Gefäße verengt, die Hirnrinde bestäubt, dem Onkel aus Kolumbien Guten Tag gesagt?«

Sie schüttelt unsicher lächelnd den Kopf.

»Dann nicht.« Erbse nimmt ihr den Halm wieder weg. »Wer noch nie hat, kriegt es nicht von mir.« Teresa zieht eine Flunsch.

»Hier, Elender, zehntausend«, sagt Pablo.

Ich stecke das Bündel in die Innentasche, dahin, wo mal das Handy war.

»Dürfte ich nun endlich erfahren, was Ihro Undurchsichtigkeit mit unserem schwer verdienten Geld vorhaben?«

Darf er, muss er, Schonfrist abgelaufen. Ziehe nur mal kurz Energie, weil gleich Zusammenbruch des Geschäftspartners, Laserstrahl Notausrüstung. Pablos verächtlichen Blick muss man gesehen haben.
»Also ...«
Ich erzähle alles.
Erbse fällt die gute Laune aus dem Gesicht. Er rennt zum Fenster, guckt auf die Straße, während Teresa heimlich den Kokainrest wegrüsselt und Dzidek ihr die Hände unters Kleid schiebt. Pablo hört mir aufmerksam zu, als würde ich ihm einen Vortrag halten über den Verlauf der napoleonischen Kriege oder so.
Hat der gehört, was ich gerade gesagt habe?
»Hast du gehört, was ich gerade gesagt habe?«
Nicken. Grinsen. Daumen hoch.
»Und was sagst du dazu?«
Er springt auf, wirft sich seinen Kamelhaarmantel über, klatscht in die Hände. »Wir haben keine Zeit zu verlieren. Ich gehe runter zu Tobi und entwerfe einen Schlachtplan. Halte du hier so lange die Stellung.«
Jetzt fängt der auch noch an. Kann hier bitte auch mal jemand sachlich bleiben?
»Das sind keine eingeturtelten Bullen, die ein bisschen Straßenkampf spielen. Das sind Kriminelle. Aus dem Milieu ... 'ne ganz andere Liga!«
Pablo winkt ab. »Das Überraschungsmoment ist auf unserer Seite.«
»Die sind zu zehnt, zu zwanzigst. Die haben Waffen!«
»Wir haben die Antifa.«
»Mitten in der Nacht? An Silvester?«
Er wirft einen Blick in die Spiegelscherbe, die neben der Tür hängt, fährt sich mit der Hand übers pomadisierte Haar.
»Die Antifa schläft nie.«

Der Wirt tanzt nicht im eigenen Wirtshaus.
Der Wirt muss gucken, dass die Wirtschaft läuft. Dass die Wirtstiere ihr Pläsierchen haben. Sonst Wirtschaftsflucht wegen Unwirtlichkeit in der Wirtsstube. Das wird schon wieder. Jetzt lass doch mal den Wirt in Ruhe. Aber der Wirt wird in das Dunkel gezerrt, in den Körperdschungel, ins Gewummer. Weil Nina Bredow tanzen will. Wem will sie denn hier was beweisen? Wo soll das denn noch enden? Was, wenn jetzt der Schneider kommt, während wir hier oben am Rumhopsen sind? Aber gut sind die geraden, fetten Bässe jetzt. Die zimmern eine Zinkrinne in den Blutkreislauf, alles Blut rauscht runter in den Bauch, in die Beine – ooh. Schotten dicht und abtauchen. Immer tiefer in die Bässe rein, nur noch Bass sein. Alles fließt geradeaus.
Nina drückt mir den Champagner in die Hand, reißt die Arme hoch und lacht mich an. Neben ihr dreht Tanzteufel Dzidek Pirouetten. Teresa hüpft auf und ab, ihr Kleid kommt kaum hinterher. Kann es sein, dass sie kein Höschen trägt? Die Spiegelkugel wirft weiße Flecken in den Raum, die über die Gesichter gleiten. Irgendwer hat zwei Baustrahler auf die Boxen gestellt, die alle paar Sekunden aufflackern, als stünde das Kohlekraftwerk auf der anderen Elbseite unter Artilleriebeschuss. Schöne Szenen in den

Augenwinkeln. Nina, die sich selig im Rhythmus verliert. Rodion, der sich mit einer Schallplatte hinterm DJ-Pult Luft zufächelt. Erbse, wie er das T-Shirt auszieht und es um seinen Kopf bindet. Da ist Ari, die sich im Tanz die Haare zerwühlt. Siggi, der zwei Typen gleichzeitig knutscht. Da sind Erik und Marlene, Chrisso und Laura. Pascal, Robert, Atze und Katja. Isabella, Jakobus, Greta, Axel, Schacke und Säge. Claudi, Franz, Mathilda, Urs, Niels –

Mathilda.

Mathilda lehnt an der Wand. Sie sieht mich an. Plötzlich ist die Musik weg, das Bild friert ein, ich stehe eine Ewigkeit so da – sie lächelt. Hat ihre langen schwarzen Haare hochgesteckt, trägt ein grünes T-Shirt, und ich glaube, sie hat ein Bäuchlein bekommen. Gott sei Dank hat sie ein Bäuchlein bekommen. Wir stehen uns gegenüber, ganz nah, es ist Mathilda. Plötzlich ist die Musik wieder da und um uns alles in Bewegung. Sie sagt irgendwas.
»Was?«, brülle ich.
»Schön, dich zu sehen.«
Ich nicke und versuche zu lächeln, aber ich glaube, ich fletsche die Zähne.
Sie umarmt mich. Ich spüre ihre Brüste und bin wie gelähmt. Ihr Geruch, es ist derselbe Geruch wie früher, der Mathildageruch, es gibt ihn wirklich. Die Wassermühle. Der Kalksteinbruch. Die Datsche im Tal. Der Wagen am Abgrund. Die ...
Sie reicht mir eine brennende Zigarette.
»Du siehst gut aus«, ruft sie.
Ich nicke. Ich nicke!
»Toll, das alles.« Sie segnet den Raum mit einer lässigen Handbewegung.
»Ach, na ja ...«
»Was?«
»Bist du allein hier?«

»Jetzt nicht mehr.« Sie weicht einem Typen aus, der an ihr vorbei zum Ausgang stolpert. Ich starre auf die Champagnerflasche in meiner Hand, stelle sie auf den Boden, auf dem Kippen liegen und ein zerknüllter Geldschein. Richte mich wieder auf, und Mathilda ist immer noch da. Es ist ganz eindeutig Mathilda, aber ich freue mich gar nicht.
»Lass mal rausgehen«, brülle ich.
»Gute Idee«, sagt sie.

So ist das also, wenn man nach zweitausend Jahren die Liebe seines Lebens wiedersieht. Man erleidet einen Hirnschlag und brüllt sich ein bisschen an. Sie hat ein Bäuchlein bekommen, sieht sich im Büro um, und ich betrachte ihren Hintern; vielleicht ist der ja auch ein bisschen dicker geworden, das kann gut sein, ihre Jeans sind weit geschnitten.
»Hier wird offensichtlich hart gearbeitet«, sagt Mathilda, steigt über einen Karton und geht zum Fenster. Mist, ihr Hintern ist *nicht* dicker geworden.
»Tolle Aussicht.« Sie setzt sich auf das Fensterbrett. Mathilda.
»Ich war noch nie in Hamburg.«
»Das Wetter ist beschissen.«
»Davon habe ich gehört. Aber das Entscheidende sind ja die Menschen.«
»Ja, die sind super. Ich stell dir nachher alle vor.«
»Mach dir aber bitte keine Umstände. Ich bin entspannt.«
»Und ich erst.« Ich reiche ihr ein Glas Champagner.
Mathilda lacht. Das hatte ich vergessen. Wie schön Mathildas Lachen ist. War auch besser so.
»Auf dich und deinen Club.«
»Auf dich.«
Wir lassen die Gläser sachte aneinanderstoßen.
»Ich hoffe, du bist nicht sauer, dass ich hier so unangemeldet aufkreuze. Aber ich dachte, es wäre besser, wenn …«

»Nee, alles gut. Ich mag Überraschungen.«
»Du wirkst aber gar nicht überrascht.«
»Man tut, was man kann.«
Sie lacht schon wieder. Muss mich auf ihr Bäuchlein konzentrieren.
»Hat's wehgetan?«
»Überhaupt nicht«, sage ich. »Alles gut. Heute ist so viel Scheiße passiert, da ist dein plötzliches Erscheinen eine Wohltat.«
»Ich meinte die Beule.«
»Ach so, ja, nee. Kleiner Betriebsunfall.«
»Hab auch eine. Vorhin an der Raststätte zu schnell ins Auto gestiegen. Ist ein richtiges Horn.«
»Dreckskarre.«
»Hier, fühl mal.«
»Nein, danke. Und sonst so?«
»Ganz okay.« Sie zieht einen Joint aus ihrer Zigarettenschachtel und zündet ihn an. »Fahre eine Woche ans Meer, um mir über ein paar Sachen klar zu werden. Willst du?«
»Hab schon. Deswegen bist du also hier?«
»Ja«, sagt sie und bläst den Rauch seitlich weg. »Unter anderem.«
»Und was ist das andere?«
»Dreimal darfst du raten.«
»Hamburg?«
»Nein.«
»Spitzenparty in 'nem Spitzenclub zu Silvester?«
»Nein.«
»Du warst dir nicht sicher, ob ich wirklich existiere, und dachtest, den Wahnsinnstypen, mit dem du die schönste Zeit deines Lebens verbracht hast, gibt's vielleicht gar nicht?«
»Ich wollte dich einfach nur wiedersehen. Muss eine wichtige Entscheidung treffen und ...«
»Da wolltest du mich mal kurz um Rat fragen.«
Sie hält die Feuerzeugflamme an den Joint, zieht und pustet mit

dem Rauch die glimmenden Papierreste weg, bis die Spitze des Joints ein formschöner Glutkegel ist. Draußen Explosionen.
»Du bist ein Teil meines Lebens, und in den letzten Jahren warst du einfach weg. Wie der Umriss eines Bildes, das jemand von der Wand genommen hat. Ich wollte nichts Neues beginnen, ohne zu wissen, wie es dir geht. Furchtbar egoistisch, oder?«
»Na ja, wortlos den Kontakt abzubrechen war auch nicht sonderlich selbstlos von mir.«
»Das war fies und gemein. Aber an deiner Stelle hätte ich vielleicht auch so gehandelt.«
An meiner Stelle ... Hervorragend. Ich bin hier also der verliebte Vollidiot, der unfähig war, seine Lebensliebe in eine Freundschaft zu verwandeln, was ihr offensichtlich ein Leichtes gewesen ist. Aber ich *bin* gar nicht mehr verliebt. Wir können gerne Freunde sein. Überhaupt kein Problem. Vor mir sitzt nämlich nicht die Frau meiner Träume, sondern die kleine Schwester der Frau meiner Träume. Und die hat ein Bäuchlein.
Aber halt mal! Neues beginnen, wichtige Entscheidung, Bäuchlein ... Es ist zwar nur ein kleines Bäuchlein, aber ... Sie ist schwanger. Irgendein Penner hat meine Mathilda befruchtet! Und jetzt sagt sie mir Lebewohl, bevor sie das Kind ausscheidet und den Rest ihres Lebens als Mutter dahinsiecht, zwischen Kita und Waschmaschine, mit treu sorgendem Ehemann und noch mehr schreienden Kindern und stinkenden Haustieren in einem widerlichen Eigenheim mit Pool und Carport in einer verfickten Vor...
»Oskar, bist du noch da?«
»Ja ja. Was Neues also. Das ist immer gut. Ich möchte heute nur mal jemanden treffen, dem nicht gerade das Leben um die Ohren fliegt.«
»So schlimm ist es gar nicht, im Gegenteil.«
»Verstehe. Was hast du denn jetzt vor?«
»Sehen, wie's dir geht. Mit dir reden. Dann ans Meer.«

Irgendwer klopft an die Tür.
»Mir geht's gut. Und jetzt?«
»Weiß nicht. Fühlst du dich unwohl?«
Irgendwer hämmert an die Tür.
»Nein, Blödsinn. Neues immer super. Vor allem wenn das Alte im Arsch ist. Noch 'n Schluck?«
Irgendwer versucht, die Tür einzutreten.
»Ich glaub, da will jemand rein«, sagt Mathilda.
»Das ist nur irgendein Besoffski, der denkt, hier sei das Klo.«
Fläze mich betont entspannt ins Gestühl, quasi Übersprungshandlung, um hier nicht alles in Trümmer zu treten.
Sie will mir Lebewohl sagen.
»Jedenfalls Gratulation, Neustart und so. Auf zu neuen Abenteuern. Das Meer ist auch spitze um diese Jahreszeit. Bisschen windig vielleicht.«
»Lass uns lieber über dich reden«, sagt Mathilda.
»Da gibt's nichts zu erzählen. Ich mach halt den Quatsch hier.«
Ihre Augen, diese Augen, die sollte man verbieten.
»So was hast du dir doch immer gewünscht.«
»Kann sein. Und du? Was geht denn bei dir so, äh, ab? Ich meine, geht es dir gut?«
»Ja. Doch. Willst du nicht doch mal aufmachen? Vielleicht ist es wichtig.«
Es ist wichtig. Benny sieht aus, als wolle er mich erwürgen.
»Wechselgeld! We need Wechselgeld! What the ... Oh, sorry.«
»Darf ich vorstellen? Das ist Mathilda. Benny, unser Tresenchef.«
»Du bist Frau Oskar!«, ruft er, Wechselgeld plötzlich Nebensache. Mathilda rutscht vom Fensterbrett und reicht ihm die Hand.
»What a Beauty!« Benny verbeugt sich.
»Freut mich, dich kennenzulernen.« Mathilda strahlt ihn an.
»Wir haben gehört so viel von dir! Oskar hat so oft ...«

»Benny, könntest du bitte ...«

»Wechselgeld«, sagt Benny und drückt mir ein Bündel Scheine in die Hand. Sie setzen sich aufs Sofa, in einer Selbstverständlichkeit miteinander plaudernd, als würden sie sich seit Jahren kennen, als wären sie zwei alte Bekannte, die sich gerade zufälligerweise über den Weg gelaufen sind, voller Neugier aufeinander.

»Glaub ihm kein Wort«, rufe ich und tippe Mathildas Geburtsdatum in das Zahlenschloss des Tresors. Aber die beiden beachten mich gar nicht. Mathilda hatte immer schon diese Gabe, die Leute sofort für sich einzunehmen, sie, ohne es darauf anzulegen, zu bezaubern, vielleicht sind es ihre Augen. Die Leute vertrauen ihr vom ersten Augenblick an, immer gleich totale Nähe und Urvertrauen, was für die Leute spricht und ihre Instinkte. Sie ist immer voll Güte und Zartgefühl und ohne Falsch. Ich übertreibe. Benny würde ihr sogar zu Füßen liegen, wenn sie eine rechtsradikale Hasspredigerin wäre. Weil sie Mathilda ist, der schöne Geist, das Phantom, die Frau, die ich heiraten, der ich mindestens fünf Kinder machen soll. Leider ist Mathilda schon schwanger. Und wahrscheinlich ehelicht sie bald einen bongospielenden Supersurfer. Aber das ist okay. Ich frag mich nur, was sie hier will. Sie soll weggehen. Einfach nur weg.

»Hier, Wechselgeld.«

»See you later, Frau Oskar.« Benny küsst ihr die Hand, entreißt mir die Münzrollen und geht.

»Was hast du ihm erzählt?«

»Er hat mich gefragt, warum ich nicht schon früher hierhergekommen bin, und ich hab's ihm erklärt. Großartiger Typ. Er wollte wissen, wann wir heiraten. Ich meinte, dass ich nicht an die Ehe glaube. Da war er traurig.«

»Hat er dir gesagt, dass wir schnellstens drei Kinder machen sollen?«

»Fünf.«

»In seiner Welt haben Männer, die sich nicht fortpflanzen, ihr Leben vertan.«
»Und ich soll mit dem Rauchen aufhören, wegen der Kinder.«
»Bist du schwanger?«
»Wie kommst du denn darauf?«
»Äh, keine Ahnung.«
»Hast du was gegen mein Bäuchlein oder was?«
»Natürlich nicht. Ich vermute, es ist das schönste Bäuchlein der Welt.«
»Richtige Antwort. Da hast du noch mal Glück gehabt.«
»Kann man wohl sagen.«

Mathilda möchte, dass ich ihr den Club zeige, wenn ich nichts Besseres zu tun habe. Ich habe nichts Besseres zu tun und zeige ihr den Club.

Es ist voll und heiß, die Luft ist schlecht, und die Leute arbeiten an Phase vier. Wir werden immer wieder aneinandergedrückt, und ich stecke meine Hände in die Hosentaschen, um ihre nicht zu berühren. Mathilda fährt mit den Fingern über den Rand des Champagnerbrunnens, in dem Flaschen schwimmen, Kippen und Papier. Mathilda lacht, als ich ihr Sinn und Zweck der Bumsbuden erkläre. Mathilda schiebt einen der Vorhänge zur Seite, sagt: »Es funktioniert.« Wir zwängen uns in Richtung Tresen. Ich grüße nach links und rechts, jemand ruft mir irgendwas zu, und ich nicke und gehe weiter. Ich sage Mathilda, dass ich gleich wieder da bin, gehe hinter den Tresen, nehme zwei Bier aus dem Kühlschrank, und als ich mich umdrehe, sehe ich Mathilda an der Wand lehnen, während ein Kerl, den ich nicht kenne, auf sie einredet. Ich reiche ihr die Flasche, nehme ihre Hand und ziehe sie durch die Menge vor die Bühne. Auf der Bühne: Dzidek auf allen vieren, eine Frau in einem grünen Latexkostüm steckt ihm eine brennende Wunderkerze in den Arsch. Dahinter steht Teresa, als Nonne verkleidet, sie hält ein hölzernes Kreuz, und aus

den Boxen tosen gregorianische Choräle, die mit billigen Beats unterlegt sind. Mathilda hält sich die Hand vor den Mund und sieht mich mit aufgerissenen Augen an. Jetzt steht Dzidek auf, breitet die Arme aus, aus seinem Tanga lugt sein halbsteifer Schwanz, und Teresa stößt das Holzkreuz an die Decke. Putz rieselt auf ihren schwarzen Umhang, die Leute johlen. Erbse rempelt mich an. Sein Oberkörper glänzt. Er brüllt mir irgendwas ins Ohr, das klingt wie ›endlich mal Leben in dem Speckladen hier‹. Dann sieht er Mathilda, seine Oberlippe zuckt, und er fragt, ob wir zusammengehören. Ich weiß nicht, was ich sagen soll. Mathilda schaut gebannt zur Bühne. Erbse leckt mir über die Wange und schiebt sich nach vorn. Es ist ein ziemliches Gedränge. Mathilda lehnt sich an mich, ihre Haare an meinem Mund, ihre Schultern an meiner Brust. Ich atme tief, schließe die Augen und weiß nicht, ob sie sich absichtlich an mich lehnt oder gedrückt wird von den Leuten; will sie von mir stoßen und an mich ziehen, muss hier dringend raus. Mathilda nickt, und wir gehen zum Lift und warten mit ein paar anderen, die aufs Klo wollen oder weg, werden immer wieder aneinandergedrückt von den Menschen, die sich an uns vorbeischieben, Mathilda und ich.
»Tolles Publikum«, sagt sie. »Ich bin stolz auf dich.«
Ich würde ihr gerne sagen, dass es das alles ohne sie nicht geben würde, dass *sie* dieser Club ist, weil ich ohne sie nie dazu in der Lage gewesen wäre, aber ich sage gar nichts und trinke mein Bier aus. Jetzt kommt der Lift. Leute drängen heraus, wir drängen hinein, der Rollladen fährt runter, und Anselm hält sich am Schlüssel fest. Sein Hemd ist bis zum Bauchnabel aufgeknöpft, der Zylinder verschwunden, das Gesicht rot verschmiert, aber seine Augen blicken listig in die Runde. Die Leute im Lift reden wild durcheinander. Timo begrüßt mich, ich nicke kurz, atme wütend Mathildas Geruch ein. Aber was habe ich erwartet? Habe ich wirklich geglaubt, sie würde mir nichts mehr bedeuten?

»Was hat sie gesagt? Habt ihr geknutscht? Ist jetzt endlich alles gut? Du siehst vollkommen fertig aus. Du hast es vermasselt, nicht wahr?«

Pablo ist bester Laune. Immer wenn ich leide, muss er lachen. Außerdem kassiert er Geld, da kommt Freude auf. Für jeden Gast, der mit Jacke im Arm nach draußen wankt, darf ein neuer hier am Pult den vollen Eintritt zahlen, obwohl es schon halb vier ist oder später, alles muss rein.

»Es ist okay«, sage ich. »Hab's mir schlimmer vorgestellt.«

»Jetzt lass hier mal nicht den coolen Larry raushängen. Seit ich dich kenne, ist diese Frau dein inneres Stalingrad. Jetzt erbarmt sie sich endlich deiner, und es ist okay? Lächerlich.«

»Sie ist auf der Durchreise.«

Mathilda ist aufs Klo gegangen, und das hatte ich auch vergessen: wie sie geht. Mit leicht schlenkernden Armen und einem süßen Schwung in den Hüften, als wäre die Welt eine Wiese und immer Sommer.

»Durchreise ist also das Wort, mit dem du versuchst, dir dein Versagen schon im Vorfeld schönzureden.«

»Halt doch einfach mal die Fresse. Was weißt du schon von der Liebe?«

»Also, wenn das die Liebe ist, bin ich froh, kein Teil davon zu sein.«

Draußen vor der Tür steht Leo wie ein Leuchtturm, umspült von den Wartenden, während sich Nina am anderen Ende der Nacht besinnungslos tanzt. So viel zur Liebe. Neben uns stecken Tobi und drei dunkel gekleidete Antifatypen die Köpfe zusammen, sozusagen schwarzer Block.

»Ist das unsere Armee gegen Kiezkalle?«

»Ja, die kenn ich noch aus Florazeiten«, sagt Pablo. »Tobi musste nur Kiezkalle sagen, und schon waren sie da. Angetrunken, aber hoch motiviert. Ich hoffe, der Wicht kommt gleich. Wie läuft unsere Festivität?«

»War zu voll, konnte nichts sehen. Was ist der Plan? Brennende Mülltonnen?«
»Ein ausgeklügeltes Meisterwerk der taktischen Kriegsführung«, sagt Pablo triumphierend. »Leo lässt den Erpresser und seine Begleiter passieren, und sobald sie drin sind, werden wir sie hinterrücks überwältigen und mittels dieser Hilfsmittel« – er hält einen Packen Kabelbinder hoch – »blitzschnell fesseln, um sie hernach in den Keller zu werfen, wo sie dann verwesen.«
»Was für ein Schwachsinn. Das klappt nie.«
»Nicht, wenn du hier rumlungerst.«
»Ich warte auf Mathilda.«
»Das ist nichts Neues.«
Erbse torkelt vorbei, Flasche Wodka in der Hand. Ich schnappe mir die Flasche, trinke nachhaltig, gebe ab an Pablo, der den Pegel ebenfalls beträchtlich senkt, bevor er sie an Tobi weiterreicht, der den Arm ausstreckt, quasi Pipeline in den schwarzen Block. Die Flasche kracht in den Papierkorbrest. Erbse stampft fluchend Richtung Abort. Wir hätten ihm was übrig lassen sollen. Wir hätten Leo auch was geben sollen. Die Revolution wird an unserem Egoismus ersticken. Und die Liebe verschimmelt im Museum. Wir müssen ...
»Was guckst du denn so nachdenklich?«, fragt Pablo.
»Ich gucke immer so, wenn mir gerade nichts einfällt, das wirkt interessanter.« Aber in meinem Kopf singen die Wildecker Herzbuben: »Herzilein, du musst nicht traurig sein. Ich weiß, du bist nicht gern allein. Und schuld war doch nuuur der Wein.«
»Wann kommt denn jetzt dieser Kinderficker?«, blafft Tobi. »Ruf den mal an!«
»Hab seine Nummer nicht, außerdem Handy weg. Der läuft aber jeden Moment hier auf. Und er wird nicht allein sein.«
»Na hoffentlich«, sagt einer aus dem schwarzen Block. »Mein Babysitter bleibt nur bis fünf.«

Mir ist das jetzt alles zu blöd hier. Was soll das denn bringen, Ströme von Blut und Panik und Gewalt, nur um zehntausend Euro zu sparen? Das führt doch alles zu nichts. Und mittendrin Mathilda. Ich muss rauchen, durch den brennenden Hals in die wunde Lunge, das Karzinom füttern. Aber ich werde nicht an Lungenkrebs sterben, ich werde:
a) vom Neonazi Enrico erstochen, was mich ins Jenseits und ihn für fünf Jahre in den Knast befördern wird.
b) irgendeinen beschissenen Job annehmen, um meine Schulden abzuarbeiten, werde alt, krank, alles vergessen und eines Tages einfach nicht mehr aufwachen.
c) frühmorgens in der Dusche ausrutschen und mir das Genick brechen.
d) auf dem Weg nach Hause (welches Zuhause?) von einer Kehrmaschine überrollt.
e) Mathilda sehen, wie sie durch den Klogang auf mich zukommt, hin zu mir, mir, mir – mit ihrem süßen Bäuchlein und diesem Blick, für den ich keine Worte finde, und ich werde ganz lässig irgendwas extrem Charmantes sagen, wie:

»Hey Baby, wie geht's denn so?«
»Hey Baby? Niemand darf mich Baby nennen.«
»Ich schon.«
»Wer sagt das?«
»Hey Baby.«
»Hey.«
»Wenn ihr jetzt bitte mit dem Süßholz aufhören würdet«, sagt Pablo. »Warum macht ihr nicht einfach oben weiter. Hier wird's nämlich gleich ein wenig ungemütlich, und wir wollen das zarte Pflänzlein eurer neu erw...«
»Ich mache, was ich will«, sagt Mathilda. Wie schön sie das sagt.
»Das ist eine durchaus löbliche Einstellung, die unter normalen Um...«

Leo stößt einen Pfiff aus und schlägt drei Mal gegen die Tür.
Pablo erstarrt. Der schwarze Block zuckt zusammen.
Eine dunkle Limousine rollt auf den Gehweg.

Die Leute vor der Tür springen protestierend
zur Seite.
Tobi und die Antifatypen gehen links und rechts hinter der Tür auf Position.
Pablo verschwindet hinterm Kassenpult. »Haut ab, weg hier! Es geht los.«
Mathilda sieht sich ratlos um. Es ist so weit, Baby. High Noon. Der Showdown. »Geh bitte nach oben, wir sehen uns später, ich erklär dir dann alles. Aber du musst hier schnell weg jetzt, bitte!« Ich taste nach dem Geldbündel in meiner Innentasche und gehe zur Tür.
Pablo ruft meinen Namen. Tobi packt mich am Arm. Reiße mich los, lasse die Zigarette fallen und trete hinaus in die Stadtnacht.
Die Luft ist kalt. Das Wummern der Bässe über mir wie ferner Donner. Ich bin bereit.
Leo starrt mich an. Nein! Doch, Leo. Es ist nur Geld. Und die letzte Nacht.
Aus dem Fond der Limousine steigen zwei Männer in schwarzen Anzügen.
Sie sehen aus wie Berufskiller. Wo zum Teufel sind Enrico und der Alte? Es ist schlimmer als gedacht. Kiezkalle bringt Elite-

truppen. Nur die Ruhe. Das kann ich alles regeln. Der Inhalt meiner Innentasche bringt Frieden.
Einer der Berufskiller öffnet die hintere Tür des Wagens. Gleich erscheint dort ein Cowboystiefel aus Krokodilleder, sinkt auf den Gehweg, zermalmt ein paar Steinchen, während in der Ferne eine Mundharmonika jault und die Sekunden sich ins Endlose dehnen – jetzt steig schon endlich aus, du Sau!
Aber die Sau trägt gar keine Stiefel.
Sie trägt Damenschuhe. Strumpfhose. Einen grauen Rock.
Aus dem Wagen steigt jetzt gar nicht der Schneider, sondern eine Frau. Interessant. Aber noch interessanter: Die kenn ich irgendwoher. Das ist doch ... Ist das nicht? Krass, sie ist es! Die Rockmann. Rockys Mutter. Die Innensenatorin dieser sterbenden Stadt. Jetzt natürlich Verwirrung. Was hat die denn mit dem Schneider zu tun? Hinter ihr erscheint noch ein Typ, aber das ist auch nicht der Schneider und nicht der Alte und nicht dieser Enrico; es ist so ein Bürohengst mit akkuratem Scheitel, Krawatte und randloser Brille. Er hält der Rockmann eine Zeitung hin, zeigt auf die Zeitung und dann auf mich. Die Berufskiller, die vielleicht doch keine Berufskiller sind, scannen die Umgebung ab, als erwarteten sie jeden Moment ein Attentat. Die Leute stehen herum und glotzen. Ich könnte schreien vor Freude.
»Guten Morgen. Ich bin Margarete Rockmann. Sind Sie Herr Wrobel?«
Könnte sie küssen, ihr verkniffenes Bulldoggengesicht in die Hände nehmen und abschlecken. Verzeihe ihr hiermit all ihre Untaten.
»Schön, Sie zu sehen. Frohes Neues!«
»Sparen wir uns die Höflichkeiten. Wo ist mein Mann?«
Angenehmer Kasernenhofton. Viel besser als Kiezkalles hinterfotzige Päderastenstimme.
»Weiß ich nicht.«
»Und mein Sohn?«

»Keine Ahnung.«
»Sind sie da drin?«
»Ist das ein Verhör?«
»Haben Sie etwas zu verbergen? Ich weiß, dass mein Sohn heute Nacht hier gespielt hat. Und mein Gatte seine Gitarre mitgenommen hat, die ... Sagen Sie mir doch bitte einfach, wo er ist.«
»Das geht leider nicht.«
»Herr Wrobel, ich bitte Sie«, sagt die Rockmann, Stimme jetzt eher Kinderhospiz statt Kasernenhof. Überprüfe meine Körperfunktionen. Zähle bis zehn, geht. Diese Situation ist real. Das ist die Innensenatorin.
»Vergessen Sie für einen Moment, wer ich bin. Mein Mann ist verschwunden. Er ist krank und braucht Hilfe.«
Ein weniger gut informierter Mensch würde jetzt vielleicht weich werden. Ich aber kenne die Hintergründe. Vor mir steht unser aller größter Feind. Vor mir stehen Hunderte abgeschobene Flüchtlinge, Dutzende verprügelte Demonstranten, geräumte Häuser, die verkaufte, desinfizierte Stadt, das Böse, die Frau, die meinen besten Freund verstoßen und ihren Ehemann erst zum Süchtigen und dann zum Gefangenen gemacht hat. Und die verlangt Verrat. Aber den gibt's nicht. Und auch kein Verzeihen.
»Nun sagen Sie mir doch endlich, wo sie sind!«
»Ich habe Ihnen nichts mitzuteilen.«
»Sind Sie sicher? Das ist hier kein Spiel, Herr Wrobel.«
Sofort wieder stimmlicher Truppenaufmarsch und bohrender Blick. Ja, ich bin sicher. Wie immer totale Entschlossenheit.
»Wissen Sie eigentlich, mit wem Sie hier reden?«, bellt der Adjutant.
»Hab ich vergessen.«
»Sie machen sich der unterlassenen Hilfeleistung schuldig. Wenn Sie uns hier Informationen vorenthalten, die ...«
»Ist klar. Ist eh alles im Arsch.«

»Lassen Sie's, Herr Meiersdorf«, sagt die Rockmann. »So kommen wir nicht weiter. Herr Wrobel, dürfen wir uns wenigstens mal bei Ihnen umsehen?«
Sie sieht verzweifelt aus. Aber sie sorgt sich natürlich nicht um ihren Mann, sondern um ihren Ruf. Nicht das Leben ihres Mannes ist in Gefahr, sondern ihre Karriere. Hoffentlich sitzt der Chefredakteur der Bildzeitung schon beim Elvis am Krankenbett und schreibt fleißig mit.

SIE WOLLTE MICH TÖTEN!
EHEMANN DER INNENSENATORIN PACKT AUS.
SIBYLLE ROCKMANN LEGT ALLE ÄMTER NIEDER.
BÜRGERMEISTERKANDIDATUR ZURÜCKGEZOGEN.
ALLES ÜBER DEN SKANDAL,
DER DIE STADT ERSCHÜTTERT!

Der Adjutant brabbelt seiner Herrin aufgeregt ins Ohr. Die Rockmann scheucht ihn mit einer ungeduldigen Handbewegung weg.
»Sie müssen nichts sagen, Herr Wrobel. Aber bitte lassen Sie mich rein.«
Was für eine Sensation: Die Innensenatorin in unserem Club, während wir den Untergang feiern! Und gleich kommt der Schneider zum Abrechnen. Eine Herrlichkeit.
»Ich geleite Sie gerne nach oben«, sage ich. »Aber Ihre Wachhunde müssen draußen bleiben. Wir möchten unsere Gäste nicht erschrecken.«

Niemals in meinem ganzen Leben werde ich
die Gesichter vergessen, die Tobi und die drei Antifas machen, als ich mit der Rockmann und ihrem Adjutanten an ihnen vorbeimarschiere, vorbei an Pablo, der mir die Freundschaft kündigt, vorbei an Mathilda, die mir einen Blick zuwirft, in dem Folgendes zu lesen ist: Ich weiß zwar nicht, was du da tust, mein Herz, aber ich bin froh, dabei zu sein.
»Das werde ich dir niemals verzeihen«, brüllt mir Tobi hinterher. Ich grinse. Statt des Mädchenhändlers und Nazikollaborateurs Schneider geht da plötzlich die von allen gehasste Innensenatorin Rockmann an ihnen vorbei, also Hitler persönlich, und sie sind unfähig, etwas dagegen zu tun. Sie halten ihre Teleskopschlagstöcke, als wären es verstopfte Trompeten. Und sie halten sie fest.
Rockys Mutter – ich muss es mir immer wieder sagen, dass das ja Rockys Mutter ist, weil es so unwahrscheinlich und absurd erscheint, dass er, der aufrührerischste Musiker seiner Generation, dereinst aus dem Schoß dieser bösartigen Polizeistaatbefürworterin gepresst worden ist, die jetzt gar nicht so bösartig wirkt, aber Hitler soll ja im Privaten auch nicht die Bestie gewesen sein, die er in Wirklichkeit war, »zu mir ist er jedenfalls im-

mer sehr nett gewesen«, hat Rosa Mitterer gesagt, Hitlers ehemaliges Hausmädchen – Rockys Mutter also lehnt am Treppengeländer und atmet schwer, während sich ihr Adjutant die Krawatte vom Hals zerrt und ängstlich nach oben guckt, wo es dumpf und stampfend grollt. Der Typ hat seine musikalische Sozialisation wahrscheinlich im ›Pupasch‹ erlebt und wähnt sich nun auf dem Weg in den neunten Kreis der Hölle nach Dante Alighieri.

»Wir hätten vielleicht doch den Fahrstuhl nehmen sollen«, sage ich. »Aber stellen Sie sich unsere Gäste vor, eingesperrt in einem Eisenkasten mit der Frau, die an jeder Ecke Kameras anbringen lässt.«

»Ich verstehe Ihre Verachtung«, sagt die Rockmann erstaunlich gefasst. »Als ich in Ihrem Alter war, habe ich auch so gedacht. Aber in ein paar Jahren werden Sie erkennen, wie selbstgerecht Sie sind. Für Sie ist das alles ein Spiel zwischen Gut und Böse, aber es gibt kein Gut und Böse. Das Leben und vor allem die Politik bestehen aus Kompromissen. Was Sie für richtig halten, ist nur die Meinung einer kleinen Gruppe in einem komplexen Geflecht, das wir Gesellschaft nennen. Sie halten sich vielleicht für fortschrittlich, aber wie die meisten Ihrer Art sind Sie in Wirklichkeit rückständig. Sie wollen doch nur, dass alles so bleibt, wie es ist. Wir aber handeln. Vielleicht schießen wir dabei zuweilen über das Ziel hinaus. Aber was tun Sie?«

»Wir wehren uns. Wir besetzen die Freiräume, die Sie vernichten. Wir schaffen Platz für eine Gegenkultur, ohne die diese Stadt nur ein seelenloses Unternehmen wäre, eine totreglementierte Melkmaschine, in der die Leute brav ihrer Arbeit nachgehen, ihr Geld ausgeben und die Fresse halten. Wir haben keinen Bock auf Ihre Welt.«

Die Rockmann lacht. »Sie haben ja so recht, Herr Wrobel. Wir brauchen Leute wie Sie. Wenn Sie nur nicht so überheblich wären. Sie machen es sich dadurch nur schwerer. Denn in ein paar

Jahren werden Sie in einem unserer Theater arbeiten oder städtische Kulturveranstaltungen organisieren und mit Ihrer jungen Familie in einem Hundertquadratmeterpenthouse mitten in St. Pauli wohnen. Dann können wir dieses Gespräch gerne fortsetzen...«
»Nein, danke.«
»... aber im Moment habe ich andere Sorgen. Ich suche meinen Mann.«
»Viel Erfolg.«
»Wollen Sie mir nicht einfach sagen, wo er ist, und uns und Ihren Gästen die Aufregung ersparen?«
»Nein. Vielleicht ist er hier, vielleicht auch nicht. Sehen Sie sich doch in Ruhe um, genießen Sie es, denn morgen wird das alles nicht mehr da sein, weil hier nämlich ein neuer Büroturm gebaut wird oder irgend so ein Mist, Sie wissen schon.«
Ich öffne die Tür, und die Rockmann und ihr Adjutant weichen zurück vor einer Wand aus Lärm, Menschen und subtropischer Hitze.
»Bitte, Herr Wrobel«, sagt die Rockmann, und ein klein wenig tut sie mir jetzt leid. »Tun Sie mir das nicht an.«
Ich halte ihr lächelnd die Tür auf, voll Güte, Zartgefühl und ohne Falsch.

Wow, volle Kanne Phase vier hier, alle Arme
oben, Schweiß tropft von der Decke, eine Wahnsinnseuphorie – alle, wirklich alle sehen aus, als hätten sie gerade die beste Zeit ihres Lebens, als wäre hier der Mittelpunkt des Universums, das wild schlagende Herz dieser Stadt, des Landes, ach, der ganzen verdammten, kranken Welt!
Auf der Bühne Jimi und Mense am Steuer ihres mit Höchstgeschwindigkeit durch die Nacht rasenden Egoexpress, an den Knöpfen ihrer Geräte reißend, manische Blicke in die Meute werfend; ein irrer, wundervoller Wahnsinn. Ich zwänge mich in die Menge. Rodion küsst mich auf den Mund. Niels drückt mir ein Bier in die Hand. Ich tanze, weil es gar nicht anders geht, will aber nicht tanzen, will mir das ansehen, lasse mich nach hinten drücken, hin zum Mischpult ins mittlere Separee, stolpere die beiden Stufen hoch und blicke direkt in Sunnys kalkweißes Antlitz. Er taumelt an die Wand, schließt die Augen, sackt zusammen.
»Sunny, hey Sunny«, schreie ich und klatsche ihm mit der flachen Hand gegen die Wangen. »Sprich mit mir!«
»Ucker«, stammelt Sunny. »Ucker.«
»Was? Was sagst du?«

»Zucker, Blutzucker. Cola. Brauche Cola.«
Okay! Ramme mich durch bis zur Bar, dränge die Leute beiseite, werfe mich auf den Tresen, greife über die Arbeitsplatte nach einer Colaflasche. Benny schlägt mir instinktiv auf die Hand, grinst, ruft irgendwas.
Wieder hinterm Mischpult: Sunny immer noch zusammengekauert in der Ecke, völlig fertig. Halte ihm die Flasche an den Mund. Er trinkt sie aus. Ein Liter Cola, zack weg. Langsam kriegt er wieder Farbe im Gesicht.
»Kippe, bitte.«
»Nee, du gehst jetzt mal raus, an die Luft«, schreie ich.
Er schüttelt den Kopf, steht schwankend auf.
»Alles okay. Unfassbar.«
»Was?«
»Alles.«
Kann man so sagen. Nina zum Beispiel im tobenden Pulk vor der Bühne. Die kleine, zarte Nina springt am höchsten, wirft alles von sich, zuckt und windet sich, als hätte sie einen epileptischen Anfall, taumelt immer wieder gegen die Leute, die sie auffangen, sanft von sich stoßen und lachen; Nina, die sich immer schneller dreht, vollkommen entfesselt, quasi Tornado, Brutaltanz und nur noch mit Drogenkonsum und fortschreitender Geisteskrankheit zu erklären – was ist nur mit unserer Nina los, das ist doch alles viel zu viel. Aber vielleicht sind wir, die anderen, auch nur zu wenig. Auf dem Tresen tanzt Franz mit nacktem Oberkörper, jetzt zieht er Paula hoch zu sich, die schöne Paula, die ja so beweglich ist. Sie kann Spagat und noch ganz andere Sachen. Nur leider dann wie so oft nach der dritten oder vierten Nacht die vernichtende Frage: »Und was ist das jetzt mit uns?«
Links neben dem Tresen, neben der Tür zum ehemaligen Backstage steht die – ich glaub es nicht – Innensenatorin mit ihrem Adjutanten an der Wand, aber niemand scheint sie zu bemerken,

sie stehen da einfach nur rum und gucken. Ob sie die zerstörte Gitarre des Elvis entdeckt haben, die hinter Jimi und Mense an der Bühnenwand baumelt? Ob sie begreifen, was hier vor sich geht? Dass hier keine Firmenlogos den Raum verschandeln? Dass ein Bier nur zwei Euro kostet? Dass die Stundenlöhne über den Tarifen liegen? Ob die auch nur ansatzweise ahnen, dass beinahe alle hier ihr Leben einer fixen Idee verschrieben haben, Selbstausbeutung betreiben für eine höhere Sache, für die Kunst, das Abenteuer, den anderen Weg? Aber wahrscheinlich sehen sie nur die Joints, die geweiteten Pupillen, diese unkontrollierbare Energie und haben Angst. Sollten sie auch. Denn wir fangen gerade erst an.
Sunny dreht das Licht runter, schaltet das Strobo ein, und alle schreien. Ich massiere ihm durch sein klitschnasses Tocotronic-Shirt hindurch den eisenhart verspannten Nacken. Wir haben noch mindestens vier Stunden, bis es wieder hell wird und ein neues Jahr beginnt. Ich will in eine Zeitschleife fallen, in der dieser Moment immer und immer wieder abläuft.

Die Tanzenden.
Die Euphorie.
Die Musik.
Liebe.

Und Mathilda, wie sie aus dem Fahrstuhl kommt und lacht, als könne sie nicht fassen, was hier los ist. Mathilda, die ihren Blick durch den Raum schweifen lässt, bis sich unsere Blicke plötzlich treffen. Sie wirft mir einen Kuss zu. Ich schenke ihr ein Steve McQueen'sches Mikrolächeln. Sie streicht sich das Haar aus dem Gesicht wie Ali McGraw. Und all das geschieht immer und immer wieder, bis in alle Ewigkeit.

Die Scherbe ist durch die Sohle ihres Tennis- schuhs hindurchgegangen und zwei, drei Zentimeter in den Fuß hinein, richtig fies rein, und aus der Wunde sprudelt jetzt wie bescheuert das Blut raus. Ich presse Klopapier drauf, werfe es auf den Haufen mit den anderen blutigen Klumpen, drücke die ganze Rolle an ihre Fußsohle.
»Ich glaube, du musst zum Arzt, das hört gar nicht mehr auf.«
»Ich gehe hier nicht weg«, sagt Nina. »Ich will keinen Arzt.«
»Wir fragen Dzidek, den Tänzer, der ist Arzt.«
»Lass mich.«
»Oder Leo. Der kennt sich aus mit Fleischwunden.«
»Ich hasse Leo.«
»Jetzt halt doch mal still! Was ist denn überhaupt los mit dir und Leo?«
»Er sagt, er braucht noch Zeit. Immer sagt er das, immer! Ich hasse ihn.«
»Tut's weh?«
»Nein.«
Ich lege eine Kompresse auf die Wunde, fixiere sie mit einem Pflaster und wickle Mullbinde um Ninas schmalen, glatten, marmorweißen Fuß.

»Kann sein, dass das durchsuppt. Und es gibt bestimmt eine Narbe.«
»Ich will wieder tanzen.«
»Schätzchen, du kannst nicht mal mehr laufen mit dem Fuß. Der passt auch gar nicht mehr in den Schuh rein, guck.«
Nina zerrt den Schnürsenkel raus, zwängt ihren bandagierten Fuß hinein und wickelt schwarzes Gaffa Tape um ihren ehemals weißen und jetzt blutig roten Drecksschuh mit den viel zu dünnen Sohlen, bis das Ding vollkommen verschwunden ist unter schwarzem Klebeband.
»So, lass uns gehen. Weitermachen.«
Sie geht zur Tür, schreit kurz auf, hält sich das rechte Bein. Ich setze sie wieder auf den Stuhl.
»Jetzt beruhig dich doch mal. Sieh mich an. Nina, sieh mich an! Du bist vollkommen überdreht, den ganzen Tag schon. Dieser ganze Quatsch mit den Bildern, dem Meer und der Feierei. Morgen ist doch auch noch ein Tag. Willst du was trinken? Bisschen Wasser?«
Tränen laufen über ihre Wangen, aber sie schaut mich an, als würde sie gar nicht merken, dass sie weint. Wahrscheinlich ist sie einfach nur müde.
Ich streichle ihr über den Rücken. »Das wird schon wieder, Ninotschka. Aber Tanzen ist heute nicht mehr. Ich stelle dir einen Stuhl hinters DJ-Pult.«
Sie presst ihr Gesicht an meinen Hals und fängt furchtbar an zu schluchzen, zittert am ganzen Leib. Drücke sie fest an mich, während die Bässe brummen und das Stimmengewirr zu uns hereinschwappt. Keine Ahnung, wie lange wir hier sitzen. Habe schon seit heute Morgen kein Zeitgefühl mehr. Nina hört gar nicht mehr auf zu schluchzen. Sie hat einfach einen Zusammenbruch. Früher oder später brechen wir alle mal zusammen. Das geht vorbei.
»Hast du eine Zigarette?«

Zünde uns zwei Zigaretten an und setze mich ihr gegenüber auf eine Kiste. Nina schnäuzt sich die Nase in einen Fetzen Klopapier.

»Ich muss dir was sagen, weil ich es jemandem sagen muss, weil ich sonst platze. Aber du darfst es niemandem erzählen.«
»Niemals.«
»Schwör's!«
»Ich schwöre beim Leben aller, die ich liebe.«
»Ich habe Krebs.«

...

»Da ist ein Tumor an meinem Hirnstamm, der drückt aufs Atemzentrum, und es ist zu spät, um was dagegen zu tun. Er ist so groß wie ein Golfball. Ich habe noch drei oder vier Monate. Wahrscheinlich werde ich ersticken.«

...

»Ich weiß es seit zwei Wochen. Tagsüber geht's mittlerweile, aber nachts habe ich eine Scheißangst. Na ja, immerhin ist jetzt endlich klar, wo meine Kopfschmerzen herkommen.«

...

»Oh Oskar, guck doch nicht so, bitte! Es tut mir leid. Jetzt hab ich dir die Party versaut. Alles ist total kaputt.«
»Sag doch so was nicht. Das stimmt doch nicht!«
»Du hast recht. Lass uns wieder reingehen. Komm. Vergiss das alles. Es geht mir schon wieder viel besser, wirklich.«
»Nein, wir bleiben hier. Nina. Nina!«
»Willst du mir den Stuhl hinters Pult stellen? Das ist eine wunderbare Idee. Vielleicht gibt's noch irgendwo Champagner. Komm schon, es tut gar nicht mehr weh.«

Es tut gar nicht mehr weh.
Gar nicht mehr weh.
Nicht mehr.
Weh.

Sie hinkt zur Tür. Was geschieht hier? Was soll ich tun? Ich packe den Stuhl, kriege ihn kaum hoch. Nina dreht sich zu mir um und lächelt schief.
»Zu niemandem ein Wort, okay?«
Du hast Krebs, Nina. Du stirbst, Nina. Aber das kann nicht sein. Das muss ein Irrtum sein. Das passiert gerade alles nicht wirklich, und gleich wachen wir auf, wischen uns den Schlaf aus den Augen, gehen an den Strand, und du redest über die Farben der Wellen und sagst, dass du das Bild schon sehen kannst, brauchst es nur noch auf die Leinwand zu bringen, gar nicht groß drüber nachdenken, sagst du, einfach nur machen.
Die Musik muss aus, das Licht muss an, die Leute müssen raus, sofort alle raus hier, geht weg und hört auf, so dumm zu grinsen. Nina, warte doch! Du kannst doch gar nicht laufen. Du hast ein Loch im Fuß. Du hast einen Golfball im Kopf. Du musst zum Arzt, Nina! Sie müssen dich wieder heile machen.

Sie umarmt DJ Superdefekt, zeigt auf ihren Fuß, und sie lachen. Was mache ich mit dem Stuhl? Warum habe ich diesen Stuhl in den Händen? Warum ist es hier so dunkel? Warum ist alles schwarz? Sie nimmt mir den Stuhl ab, stellt ihn hin. Ich ziehe sie an mich, schlinge meine Arme um ihren mageren Oberkörper und drücke mein Gesicht in ihre kurzen Haare, die sie sich immer selber schneidet, mit einer alten Schere, die an einem Nagel neben dem winzigen Spiegel hängt, über dem Waschbecken in ihrem überheizten Badezimmer. Muss mich zusammenreißen. Sie schiebt mich von sich, knufft mich in den Oberarm.
»Alles okay?«
...
»Champagner!«
»Okay.«
Sie sinkt auf den Stuhl, zieht einen ihrer Plattenkoffer heran und kramt darin herum. Kann mich nicht bewegen. Starre auf

ihren Kopf, in dem ein Golfball ist, an dem sie in drei Monaten erstick ...

Muss mich zusammenreißen.
Champagner.
Für Nina.

Vielleicht im Büro. Vielleicht ist im Büro noch Champagner, das kann gut sein, da muss ich mal nachschauen, im Büro jetzt, Champagner. Plötzlich ist alles klar. Die brennende Tonne, die Bilder, das Gerede vom Meer und das Schwarz überall, die Tabletten auf dem Klo und ihre Lebenshysterie die ganze Zeit. Wir haben sie für verrückt erklärt, aber Nina hat Krebs. Wir jammern über unsere Problemchen, und neben uns Nina, lachend, strahlend und Krebs. Alle kriegen Krebs, ständig hat irgendwer Krebs, aber doch niemand von uns, schon gar nicht Nina. Sicher gibt es dafür eine einfache Erklärung, und es bringt jetzt überhaupt nichts, panisch zu werden. Immer einen Schritt nach dem anderen. Erst mal diese Tür aufschließen, den Schlüssel da reinstecken und drehen. Seit zwei Wochen weiß sie es, hat's niemandem gesagt, ist da allein in ihrem Keller und redet mit niemandem darüber, das ist doch ungesund.
Leer, leer, leer, die verfickten Scheißkartons sind alle leer, muss mich beruhigen, einen klaren Kopf kriegen. Champagner. Flaschen auch leer, alles ist leer. Die Tür knallt auf. Erbse mit Anselms zerknautschtem Zylinder auf dem Kopf und Schaum in den Mundwinkeln.
»Wrobel, alter Muschikaiser, gut, dass du da bist. Ich fress gleich meinen Eigenpansen vor Freude. Lass mal ...«
»Raus, das geht jetzt nicht. Mach's auf'm Klo.«
»Was bist du denn so hibbelig, mein Mümmelmann? Musst doch keine Angst haben. Die bauen da unten schon Barrikaden auf. Komm, ich hack dir jetzt mal ne schöne ...«

»Nein, hau ab mit dem Scheiß!«
Schiebe ihn zurück zur Tür, aber der denkt, das sei ein Spiel oder so, völlig weggeschossen der Typ, merkt überhaupt nichts mehr.
»Gib dem Erbsenkönig wenigstens ein paar Bons, ja? Hab Rachengobi.«
Renne zum Schrank, greife in den Plastiksack mit den Getränkechips, drücke ihm in die Hand, was ich fassen konnte, zerre ihn raus.
»Du bist einfach der Beste, weißt du das?«
Auf dem Weg zum Tresen kommt mir Pablo entgegen, packt mich.
Hinter ihm steht Anselm, hält sich an der Wand fest.
»Wir haben ein Problem«, sagt Pablo.
»Ach, sag bloß.«
»Der Fahrstuhl ist stecken geblieben.«
»Ruf den Notdienst an.«
»Hab ich schon, geht keiner ran.«
»Ist denn jemand im Lift? Anselm ist doch hier.«
»Weil, weil«, lallt Anselm. »Weil ich mach das nich, ey. Weißde? Mach ich einfach nich.«
»Was machst du nicht?«
»Ich fahr die nich, hier, dideldum, die Dings.«
»Wen?«
»Na, die Dingsbums!«
»Könnt ihr mir bitte mal sagen, was los ist?«
»Der Fahrstuhl ist stecken geblieben«, sagt Pablo.
»Ja, das hab ich begriffen. Ist doch egal, wenn keiner drin ist, machen wir halt die Treppe auf.«
»Es ist aber jemand drin.«
»Ja aber wer denn, verdammt noch mal!«
»Die Innensenatorin.«
»Jenau«, sagt Anselm.

Jetzt müsste man natürlich wissen, ob auch alle notwendigen Maßnahmen unternommen worden sind. Ob das Problem mit größter Sorgfalt von allen Seiten betrachtet worden ist, ob es nicht doch eine Lösung gibt, weil irgendwer ein Detail übersehen oder ein Zeichen falsch gedeutet, in der Hektik den entscheidenden Lösungsansatz vielleicht gar nicht bedacht hat, aus Dummheit, Faulheit oder Ignoranz. Ob es sich hierbei nicht doch um einen Irrtum handelt, ein grausames Missverständnis, quasi Kunstfehler. Derartige Dinge geschehen ja tagtäglich. Flugzeuge stürzen ab, Häuser brennen nieder, ganze Hochzeitsgesellschaften werden ausgelöscht, weil Menschen versagen, weil sie an anderes denken, müde sind oder einfach nur faul. Die größten Dramen der Menschheitsgeschichte waren überhaupt nur möglich wegen Menschenversagen, Naturkatastrophen ausgenommen. Man müsste dem behandelnden Arzt den Lauf einer Schrotflinte gegen die Stirn drücken: Sind Sie sicher, wirklich sicher, dass es keine Rettung gibt? Man müsste ihn erschießen, wenn er Ja sagt, um Druck aufzubauen, und dann zum nächstbesseren Arzt gehen und immer so weiter, bis man bei der größten Krebskoryphäe angelangt ist, und erst wenn die auch Nein sagt, kann man sicher sein, dass es keine

Rettung gibt, aber noch nicht mal dann. Man müsste eine Milliarde Dollar haben. Die Menschen laufen über den Mond, erzeugen den Urknall, sie können mit einem Knopfdruck die Welt zerstören, dann muss es doch möglich sein, einen Golfball aus dem Kopf eines Mädchens zu schneiden. Sie hat doch noch nicht mal eine Krankenversicherung!

Der Fahrstuhl hängt im dritten Stock. Wir stehen im Treppenhaus und hören sie klopfen. »Wir lassen sie einfach da drin«, sage ich.

»Ein interessanter Gedankengang, der sofort meine Unterstützung finden würde, wenn vor unserer Tür nicht der Staatsschutz stünde«, sagt Pablo.

»Kricht Bowle, der Schdahdsschuss, dann sinn die ganz lieb«, lallt Anselm.

»Da war überhaupt kein MDMA in der Bowle«, seufzt Pablo.

»Ha ha, du bis lustig! Is so total schön. Ich liebe euch.«

»Das ist der Placeboeffekt. Da war nichts drin, nur Wodka.«

»Awer ...«

»Ist doch egal jetzt«, sage ich. »Versucht einfach weiter, den Notdienst zu erreichen.«

»Wieso ich?«, ruft Pablo. »Du hast Eva Braun in unseren Club gelassen.«

»Mein Handy ist weg.«

»Was will die eigentlich hier? Und wo bleibt dieser Kiezkalle?«

Mir fallen da auch gerade noch ein paar Fragen ein, auf die ich dringend eine Antwort bräuchte. Haben wir jetzt aber keine Zeit für. Champagner.

»Du bist der unfähigste Trottel, der mir jemals begegnet ist«, ruft mir Pablo hinterher. »Immer lässt du mich allein mit dem Chaos, das du angezettelt hast. Warum hilfst du mir nie? Was ist nur los mit dir? Wann ist das endlich alles vorbei?«

Einen Packen alte Flyer als Keil unter die geöffnete Tür zum Treppenhaus, falls hier mal jemand rauswill, hier geht's lang. Aber draußen ist es auch nicht besser, das sag ich euch gleich. Nein, der Aufzug kommt nicht mehr. Nein, das ist kein Witz. Doch, du kannst noch laufen. Gib mir mal deinen Lippenstift. Guck, was ich hier jetzt dran schreibe: Geht nicht. Treppe geht.

»Digger, Wahnsinnsparty!«
»Toll.«
»Willste was trinken?«
»Nein.«
»Was denn?«

Hinterm Tresen nur noch Chaos, quasi Kriegsgebiet, neue Freiwillige ballern die Getränke raus, damit die Stellung nicht überrannt wird. Lange können sie sich nicht mehr halten, sind alle ganz nass. Claudi ist knallrot im Gesicht, Säge leichenblass, Benny brüllt Befehle. Im Regal tanzen die Flaschen, weil die Wände unter den Bässen beben, und in jedem Kopf ein Tumor.
»Wir brauchen Gläser!«, ruft Säge.
Niels wuchtet eine Bierkiste voller schmutziger Trinkgefäße auf den Tresen, kippt das Zeug in die Spüle, Wasser spritzt, er verschwindet wieder im Gewühl. Ich ramme die Gläser in den Spülboy, auf die Bürste, drehen, abspülen, nächstes Glas.
»Chiefchecker, what are you doing?«, brüllt Benny mir ins Ohr.
»Siehste doch, Gläser.«
»No, we do the Gläser. We need drinks! You have to go to Kieztanke. Wodka, Bier, Eis – everything!«
»Was alle ist, ist alle. Das war's.«
»Zehntausend.« Benny schüttelt den Kopf. »Where is this Kiezkalle?«
Warum fangen eigentlich alle beschissenen Wörter mit K an? Krieg? Krebs? Kiezkalle? Und woher ...

»Woher weißt du von Kiezkalle?«
»Alle wissen«, sagt Benny.
»Den mach ich fertig!« Säge rammt das Gemüsemesser in die Luft.
»Isser da? Wo is das Schwein?« Kerstin kneift die Augen zusammen.
Die sind verrückt geworden. Ich muss hier weg. Reiße die Kühlschränke auf. Kein Champagner, kein Champagner, nirgends Champagner, natürlich nicht. Der hat es wahrscheinlich nicht mal bis in den Verkaufsbereich geschafft. Aber da! Eine Flasche Sekt, Mumm Extra Dry, der letzte Scheiß.
Aber manchmal muss es eben Mumm sein.

Meine Hände sind ganz ruhig, zittern kein bisschen, obwohl mein Herz seit heute Morgen schneller schlägt als die Bassdrum von Egoexpress, doch ich verschütte nichts, gieße den Sekt in eine leere Champagnerflasche, und nicht ein Tropfen geht daneben. Fahre mit der Fingerkuppe über die Schreibtischplatte und massiere mir Kokskrümel ins Zahnfleisch.
Pablo kommt rein, die Türkasse unterm Arm. Er setzt sich, legt die Füße auf den Schreibtisch, verschränkt die Arme hinterm Kopf und schließt die Augen. Ich säbel mit der Schere an einem Champagnerkorken rum, damit der in die Sektflasche passt.
»Musst du nicht unten bei deinen Straßenkämpfern sein?«
»Das dauert mir alles zu lange. Tobi ruft an, wenn der Zuhälter aufkreuzt. Leo hält ihn hin, bis ich unten bin. Stress macht mich irgendwie schläfrig.«
»Nicht das Einzige, was bei dir verkehrt läuft.«
»Ich werde einfach die nächsten vierzig Jahre hier sitzen bleiben, bis der ganze Quatsch vorbei ist.«
»Welchen Quatsch meinst du?«
»Das Leben«, sagt Pablo.

»Du weißt doch gar nicht, wovon du redest. Bring dich doch einfach um.«

»Selbstmord ist öde, allein schon unter ästhetischen Gesichtspunkten. Müßiggang ist der wahre Weg. Aber das wirst du wahrscheinlich nie begreifen. Such du nur immer weiter nach dem Sinn, ich lache gern.«

»Ist klar. Dein Zynismus ist auch nichts weiter als Feigheit vor der Welt. Du hast doch nur Angst, dass deine Inszenierung auffliegt.«

»Alles ist Inszenierung«, sagt Pablo mit geschlossenen Augen.

»Und dein krampfhaftes Streben nach Authentizität und Wahrheit, was immer das sein soll, ist die lächerlichste von allen. Wo ist eigentlich Mathilda? Versteckst du dich vor ihr?«

Ich nehme den Champagner und gehe rüber zu Nina. Allerschönste Musik hier, keine Beats mehr, sondern ›La Bohème‹ von Charles Aznavour – es ist, als würde ich in warmes Wasser gleiten. Paare tanzen umschlungen, auf der rechten Box ein Strauß brennender Wunderkerzen, Funken regnen auf das DJ-Pult, dahinter stehen Nina und Mathilda wie Freundinnen und lachen, und für einen Moment spüre ich eine rasende Wut, weil sie hier einfach so auftaucht und meinen Club und meine Freunde erobert, die einzigen Dinge, die bisher nicht mit ihrer Anwesenheit versaut gewesen sind. Aber da ist dieses Ding in Ninas Kopf, es gibt nichts anderes mehr.

Das Klavier spielt schneller, die Streicher werden immer lauter, und mit dem letzten Ton dieses irren Crescendos erreiche ich das DJ-Pult und halte dämlich grinsend die Champagnerflasche hoch. Mathilda lächelt. Nina legt den Arm des zweiten Plattenspielers auf das rotierende Vinyl, zieht den Regler des Mixers rüber: Elvis. Szenenapplaus.

»Du hast es geschafft«, sagt sie.

»Selbstverständlich.«

»Geht es dir gut?«

»Mach dir keine Sorgen.«
Unterm Pult steht tatsächlich eine Astrakiste mit Wasserflaschen und Plastikbechern, die irgendeine gute Seele in Sorge um das Wohl unserer Künstler dort hingestellt hat, wahrscheinlich Sunny; möge sein Blutzuckerspiegel stabil bleiben bis ans Ende aller Tage. Ich schüttle verstohlen die Flasche, lasse den Korken los, aber die Schaumfontäne ist leider nur ein trauriges Rinnsal. Schnell eingießen und so tun, als wäre alles in Ordnung.
»Auf euch«, sagt Mathilda.
»Auf Nina«, sage ich.
»Auf die Liebe«, sagt Nina.
Wir trinken. Die Damen blicken irritiert in ihre Becher.
»Hm, lecker«, sage ich. »Ich werd heute noch zum Champagnerjunkie.«
»Na, ich weiß nicht«, sagt Mathilda. »Wir sollten auf Wodka umsteigen.«
»Mir schmeckt's prima«, sagt Nina und strahlt uns an. Sie wirkt entspannt, als wäre der Druck aus ihrem Körper entwichen, ihrem drahtigen Körper, der mir auf einmal so zerbrechlich erscheint, in dem ein Riss ist, den niemand sehen kann. Jetzt sinkt sie auf den Stuhl und zieht eine Platte aus dem Koffer, und ich muss an diesen tibetanischen Kindkaiser denken, der blass und zart auf einem viel zu großen Thron hockt, unerreichbar für alles Irdische, mit einem sanften Lächeln auf den Lippen, als wisse er von Dingen, die zu groß sind, als dass Normalsterbliche sie verstehen könnten.

Sie ist eine Heilige. Heilige haben keinen Krebs.

»Sie ist toll«, sagt Mathilda, während Nina einen neuen Song startet. »So ... Ich weiß nicht. Ich glaube, ich habe mich verliebt.«
»Alle verlieben sich in Nina.«

»Warum seid ihr denn nicht zusammen? Sie ist doch genau dein Typ.«
Ich nehme ihre Hand und führe sie auf die Tanzfläche, bis unter die Spiegelkugel. Um uns herum die Tanzenden, die kreisenden Lichtpunkte, nur wir stehen still und sehen uns an, und es ist, als würde sich der Raum um uns drehen, als seien wir die Achse, um die alles rotiert. Die Möglichkeit eines Kusses. Jetzt bewegt Mathilda ihren Kopf ruckartig im Takt der Musik. Das sieht lustig aus, ich verliebe mich zum hundertmillionsten Mal. Bewege Füße und Arme, und es fühlt sich ganz natürlich an, obwohl ich gar nicht tanzen kann. Ich kann immer nur tanzen, wenn ich so betrunken bin, dass ich meinen Körper nicht mehr spüre. Aber ich bin nicht betrunken. Ich tanze mit Mathilda unter der Spiegelkugel. Sie hält die Hände in Brusthöhe, als würde sie den Rhythmus abfedern. Der Schwung ihrer Hüften macht mich schwindelig, da ist eine Natürlichkeit in ihren Bewegungen, die alle anderen Menschen wie Holzpuppen erscheinen lässt. Plötzlich liegen unsere Handflächen aneinander. Wir lachen verlegen. Sie streicht sich die Haare aus dem Gesicht. Ich zünde mir eine Zigarette an. Jemand zerrt mich herum. Es ist Pablo.
»Komm mit! Wir haben schon wieder ein Problem.«
Sorry, Baby, die Pflicht ruft.

Pablo schiebt die Leute zur Seite, die dicht gedrängt um den Champagnerbrunnen stehen, vielleicht ist jemand in der Plörre ertrunken. Aber das Problem ist nicht der Brunnen, das Problem ist die Wand neben dem Brunnen, die Wand zum Büro. Es ist eine dieser Rigipswände, schnell gebaut und billig, und da ist jetzt in Kniehöhe ein handtuchgroßes Loch, das hat wohl jemand eingetreten, die Tapete hängt in Fetzen herunter, das Ende eines Kabels lugt heraus, dahinter ein Ausschnitt vom Büro. Aber wo ist jetzt das Problem?

»Das Kabel«, sagt Pablo. »Wissen wir, wo das herkommt? Wissen wir, ob da Saft drauf ist?«
Das ist definitiv eine Überlegung wert, keine Frage. Ganz hingerissen von seiner Sorge um die Unversehrtheit unserer Gäste, einer Regung, die ich ihm nicht zugetraut hätte, trete ich näher an die Gefahrenquelle. Bücke mich und packe das Kabelende, aber statt eines Stromschlags spüre ich nur die Kühle der Drähte in meiner Faust.
»Alles in Ordnung«, rufe ich in die Runde. »Bitte springen Sie vorerst keine weiteren Wände ein.«
Gejohle, Gelächter, Applaus.
»Ihr Spießer!«, schreit jemand. Es ist Greta. »Ist doch eh alles zu Ende!«
Hossa, Bravorufe, Hurra.
Greta rennt zur gegenüberliegenden Wand und tritt wie wild dagegen. Pablo zerrt sie weg, Greta schlägt um sich, es entsteht ein Handgemenge. Ich geh mal besser dazwischen, bevor das hier noch ausartet.
»Hey jetzt beruhigt euch mal. Du kannst hier nicht einfach alles kaputtmachen, Greta. Komm runter.«
»Fick dich! Fickt euch alle, ihr Wichser!« Sie stößt mich beiseite und rennt Richtung Tresen. Schon wieder jemand, der den Verstand verloren hat. Aber verdächtig sind ja nicht die Verrückten, sondern jene, die normal bleiben in all dem Irrsinn, den wir so Leben nennen.
»Wer sich noch einmal an unserem Club vergreift, wird sofort aus selbigem entfernt«, ruft Pablo. Er sieht mich an. Ich sehe ihn an. Wir kriegen einen Lachanfall und gehen in den Hauptraum; mal sehen, was unsere anderen Probleme so machen.

Die anderen Probleme
(in unbestimmter Reihenfolge)

1. Die Getränkefrage

Benny arbeitet wie ein Berserker. Wenn alle anderen kollabieren, kommt er erst richtig in Schwung. Der Rest der Tresenmannschaft hält sich mit Kurzen auf den Beinen. Es ist nicht mehr ganz klar, wo mehr getrunken wird, vor oder hinter der Bar. Man hat meine Anweisung ignoriert und neue Getränke besorgt. Neben der Kasse stehen Plastiktüten voller Flaschen. Drumherum lauter Scherben in Pfützen. Vermutlich hat es ein paar Pullen aus dem Regal gerummst. In der Kasse schwimmt alles. Claudi boxt Erbse vom Tresen. Der Betrieb läuft. Was geht auf der Bühne?

2. Das Unterhaltungsprogramm

Egoexpress spielen immer noch. Eigentlich sollte jetzt längst irgendwer auflegen, wir haben leider vergessen wer, aber egal, denn Jimi und Mense reißen wie wild an ihren Maschinen, es knallt und drückt und schiebt; vor der Bühne Massenpogo, Phase vier. Der Schnorrer hält Jimi eine Kamera ins Gesicht. Der schlägt sie ihm aus der Hand. Bei dir alles in Ordnung, Sunny? »Die linke Seite der PA ist ausgefallen. Irgendwas stimmt mit den Hochtönern nicht. Ich kontrolliere gleich mal die Endstufen. Macht euch keine Sorgen, Jungs. Aber was ist eigentlich mit dem Lift los? Wie sollen wir denn nachher die Instrumente runterkriegen? Unfassbar.«

3. Das Fahrstuhlproblem

Pablo hält mir sein Handy ans Ohr, weil ich nicht glauben will, dass beim Notdienst keiner rangeht. Es geht keiner ran. Keine Klopfzeichen mehr aus dem Fahrstuhlschacht. Aber jetzt lungern hier im Treppenhaus überall Gäste herum, vielleicht wirkt ihr Gelächter beruhigend auf die im Lift Gefangenen. Die Tatsache, dass die Innensenatorin im Lift feststeckt, ist ein wenig beunruhigend, aber nicht so beunruhigend wie:

4. Der Kiezkallekonflikt

Tobi schüttelt den Kopf. Leo schüttelt den Kopf. Die Herren von der Antifa lassen eine Thermoskanne kreisen, und draußen vor der Limousine hüpfen die Bodyguards der Innensenatorin von einem Bein aufs andere, atmen Wolken aus und schauen nervös auf ihre Armbanduhren. Was denn die Rockmann da oben so lange mache, will Tobi wissen. Warum der Zuhälter noch nicht da sei und was das alles zu bedeuten habe. Pablo erklärt ihm die Sache mit der feststeckenden Senatorin. Tobi kann es nicht fassen. Die Herren von der Antifa brechen in Gelächter aus. Leo geht vor die Tür. Ich schlage vor, die Positionen hier unten aufzulösen, mit hochzukommen und dort auf das Eintreffen des Zuhälters zu warten. Der Vorschlag wird abgelehnt. Ein vorbeischlendernder Gast fordert uns auf, mal einen Blick in die Toiletten zu werfen.

5. Neu: Das Klodesaster

Irgendein Trottel hat eines der Klos zu Klump getreten. Die Schüssel ist zerborsten, der Spülkasten zersplittert, der Boden steht unter Wasser, Wasser sprudelt aus der Wand, da, wo vorher mal der Spülkasten war. Pablo beschimpft unsere Gäste und die Menschheit im Allgemeinen aufs Heftigste. Wir versuchen den Wassermassen Einhalt zu gebieten, haben aber keine Ahnung, wo der Hauptschalter ist, und verlassen diesen Ort des Grauens mit nassen Hosenbeinen. An der Garderobe werden wir eines weiteren Problems ansichtig.

6. Die Garderobensituation

Bodo ist weg. Wir stehen vor der Garderobe, sehen die windschief an der Decke hängenden Stangen, die unzähligen Jacken und Taschen, die daran hängen und zu Gebirgen aufgetürmt auf dem Boden liegen, aber Bodo, den Garderobier, sehen wir nicht. Eine Dame und ein Herr schmiegen sich fröstelnd aneinander und blicken uns fragend an. Kraft meines Amtes nehme ich ihre Garderobenmarken entgegen und suche in dem Chaos hinter dem Biertisch nach den dazugehörenden Textilien. Dabei stoße ich auf einen Fuß, der aus einem der Jackenberge ragt. Ich ziehe an dem Fuß, und zum Vorschein kommt Bodo. Er springt auf, reibt sich die Augen und sagt: »Jacke. Nummer. Hier bin ich!« Da er im Vollbesitz seiner geistigen und körperlichen Kräfte zu sein scheint, händige ich ihm die Marken des erstaunten Pärchens aus, und wir gehen einigermaßen beruhigt und grundsätzlich guter Dinge weiter unseres Weges, die Treppe hinauf.

»So, Jungs, wie geht's denn jetzt weiter?«
Ich: »Was meint er?«
Pablo: »Keine Ahnung.«
Ich: »Wir machen noch ein bisschen, und dann ist Schluss.«

Pablo: »Endlich.«
»Und was ist mit diesem Kiezkalle?«
Ich: »Woher wissen *Sie* denn davon?«
»Weiß doch mittlerweile jeder hier.«
Ich: »Na herrlich. Weil mein geschniegelter Freund seine Klappe nicht halten konnte.«
Pablo: »Hättest du mich früher informiert, wäre alles ganz anders ...«
Ich: »Egal, kriegen wir hin. Der soll nur endlich mal kommen.«
»Und wer sind die beiden Herren unten vorm Haus?«
Ich: »Äh, keine Ahnung. Wir dachten, das könnten Sie uns sagen.«
»Nein, aber die sehen nach Ärger aus.«
Pablo: »Wahrscheinlich Verfassungsschutz. Die observieren unseren Türsteher Tobi. Man muss ja nur mal systemkritisch denken in diesem Land, und schon hat man die Gestapo am Hals. Ihr Deutschen steht auf so was.«
Ich: »Sagt der Exil-Chilene mit dem deutschen Pass.«
»Und der Fahrstuhl? Ist da jemand drin?«
Pablo: »Nee.«
Ich: »Ach i wo.«
Pablo: »War 'ne Leerfahrt. Glück gehabt.«
»Gut. Da wäre noch eine Sache ...«
Pablo: »Jetzt kommt's.«
Ich: »Was denn?«
Pablo: »Na, was wohl. Streng mal dein Köpfchen an.«
»Zwei Monatsmieten. November, Dezember. Wir wollten das heute ...«
Ich: »Lieber morgen.«
Pablo: »Bitte.«
Ich: »Ist echt schlecht gerade.«
»Aber die Geschäfte laufen doch bestens.«
Pablo: »Es war uns bisher jedoch leider nicht möglich, die Einnahmen zu zählen.«

Ich: »Außerdem müssen wir noch die ganzen Gagen und Gehälter zahlen.«
Pablo: »Alles ein wenig unübersichtlich im Moment.«
Ich: »Aber Sie bekommen Ihr Geld, wie immer.«
Pablo: »Auf jeden Fall.«
Ich: »Ehrensache.«
»Na gut, weil ihr's seid. Hätte nie gedacht, dass ihr das alles hinkriegt mit dem Laden. Respekt Jungs, muss ich sagen, gut gemacht.«
Pablo: »Klar, danke.«
Ich: »Auch für Ihre Hilfe. Die Kühlschränke, die Bassboxen – vielen Dank.«
»Apropos, dass ihr mir das alles heile lasst, ja? Hol ich morgen raus.«
Ich: »Kein Problem.«
»Ich sag's nur, weil die Leute da hinten den Laden zerlegen.«
Pablo: »Diese Maden! Ich werde ...«
Ich: »Wir kümmern uns.«
»Alles klar. Ach, was ich noch fragen wollte: Was habt ihr dann vor, wenn das hier alles vorbei ist?«
Ich: »Der Lackaffe zu meiner Linken geht in die Modebranche.«
Pablo: »Und der Loser zu meiner Rechten wird das sein, was er ohne mich schon immer war: ein Loser.«
Ich: »Oh Mann, bist du dumm.«
Pablo: »Ich wünschte, ich könnte deinen Grad an Verblödung ähnlich griffig umschreiben, leider fehlt es im Deutschen an passenden Vokabeln.«
»Verstehe. Ich dachte nur, vielleicht könnten wir gemeinsam einen neuen Club starten, wenn ich passende Räumlichkeiten finde. Es gibt da ...«
Pablo: »Auf keinen Fall, nie wieder!«
Ich: »Nee, echt nicht, das war's.«
»Okay, wie ihr wollt. Ich zieh dann mal weiter, viel los heute.

Zum Abschied habe ich noch drei gut gemeinte Worte für euch:
Werdet. Er. Wachsen.«
Ich: »Was meint er?«
Pablo: »Keine Ahnung.«

Erste Ermüdungserscheinungen. Die Gäste suchen sich irgendwas zum Festhalten, das Fest gleitet in die fünfte Phase, alles fühlt sich unwirklich an. Ninas Krebsbeichte fühlt sich unwirklich an. Mathildas Anwesenheit fühlt sich unwirklich an. Der Schneider, die Senatorin, der Tod von Kidd Kommander, die Euphorie in den Gesichtern der Leute und die Tatsache, dass das alles hier gleich zu Ende ist – wie ein merkwürdiges Schauspiel hinter einer Milchglasscheibe. Wir sind gar nicht wirklich da. Wir träumen im Fieber. Eine Wahnvorstellung, dass jetzt Patex das Wort Kiezkalle ins Mikro rappt. Dass Carsten hinterm halb zerstörten Schlagzeug steht, einen trockenen Beat auf die Snare hämmert und Patex in das Mikro rappt: »Kiezkalle is playing in my house, my house, my house / Kiezkalle is playing in my house / Give me tha Kiezkalle! Kiezkalle! Kiezkalle!«

Und vor der Bühne Wiederbelebung, Arme hoch, ein Auf und Ab und alle: »Kiezkalle! Kiezkalle! Kiezkalle!«

Bewusstseinsstörung.

»Schon ein bisschen schön hier, findest du nicht?« Pablo legt mir den Arm um die Schulter. Ich werde ihn vermissen. So wird es sein.

Benny zaubert eine laaange Reihe Plastikschnapsgläser auf den Tresen, lässt sie blitzschnell mit Wodka volllaufen. Dutzende Hände zerpflücken die Perlenkette, Kurze kreisen über Köpfe, prost, prost, prost – und immer schön in die Augen gucken beim Anstoßen, sonst Weltuntergang. Mir sacken die Beine weg, halte mich an Pablo fest, der ordert noch eine Runde. Überall bekannte Gesichter hier, quasi Familienfest; wusste gar nicht, dass ich eine habe.

»Guck mal, wer da ist.«

»Wo?«

»Na da, am Lift.«

Der Schneider? Ist es so weit? Aber da ist nicht der Schneider, da ist Rocky. Fetze zu ihm wie ein Kugelblitz.

»Rockmann!«

»Wrobel!«

»Du bist wieder hier!«

»Wo soll ich denn sonst hin?«

Er sieht hervorragend aus, die Körperspannung, das Feuer im Blick, alles wieder da, der ganze Typ wie ausgewechselt.

»Wie geht's dem Elvis?«

»Wem?«

»Äh, deinem Vater.«

»Du nennst ihn ›den Elvis‹?«

»Kommt er durch?«

»Ja, ja. Er schläft. AK Altona, Intensivstation. Wenn du der Ehemann der Innensenatorin bist, kriegste da gleich ein Einzelzimmer, während in der Notaufnahme die Leute verbluten. Unser Hausarzt ist bei ihm. Er meint, es sei ein medizinisches Wunder. Blutdruck, Atemfrequenz, alles top.«

»Im Ernst?«

»Papa hat schon im Krankenwagen wieder geredet. War wohl nur ein kleiner Herzanfall, wie ein Elektroschock, der das System wieder in Schwung bringt. Hat er noch nie erlebt, sagt der Hausarzt.«

»Das ist fantastisch!«
Rocky grinst. Ich kann's nicht fassen. Der Elvis lebt. Sein Sohn ist wieder da. Und gleich kommt Nina um die Ecke gehüpft und hält ihren Tumor in der Hand wie ein goldenes Ei.
»Hier gefällt's mir.« Rocky sieht sich zufrieden im Club um. Torben kommt herangerauscht. Rockys Miene verdüstert sich. Torben schnauzt:
»Alter, bist du wahnsinnig? Was sollte der Scheiß? Die denken alle, du hättest die Band aufgelöst. Das wird mich Tage kosten, das wieder hinzubiegen.«
»Entspann dich«, sagt Rocky. »Das Ding ist durch. Die Tour kannst du absagen, sag einfach, ich sei verrückt geworden, krank, oder noch besser: Burn-out-Syndrom, Blutsturz, dir fällt schon was ein. Am Montag regeln wir den Rest.«
Torben japst nach Luft. »Aber, aber ...«
»Die Einnahmen aus den Albumverkäufen sollten ausreichen, um die Rechnungen zu begleichen. Was übrig bleibt, könnt ihr behalten. Und jetzt hör auf, so blöd zu gucken. Das ist kein brennendes Waisenhaus, nur eine Rockband, die es nicht mehr gibt.«
»Mensch Rocky, jetzt schlaf doch erst mal eine Nacht durch«, versucht der Manager das Ruder rumzureißen, aber Rocky hat sich schon von ihm abgewendet. »Oskar, lass uns ins Büro gehen.«
Gehen wir also ins Büro. Kann ich mal kurz über das eben Gehörte nachdenken. Das mit der Band zum Beispiel und dem Waisenhaus. Bitte nicht noch mehr schwarze Bilder heute. Vielleicht sollte ich doch sein Manager werden. Wenn er dann weitermachen würde mit ...
Ach du Scheiße! Was ist denn hier los? Die Wand zwischen dem ehemaligen Backstage und dem Studio ist – also, da ist keine Wand mehr. Hansen, Greta, Schacke und ein Dutzend andere treten gerade die letzten Überbleibsel dessen weg, was da mal Wand war. Man kann jetzt in den schwarzen Raum sehen, es ist alles offen, als hätte jemand einen Vorhang zur Seite gezogen.

Die Leute haben offensichtlich einen Riesenspaß, Kabel baumeln von der Decke, weißer Staub legt sich auf alles, Rocky krümmt sich vor Lachen. Die zerlegen unseren Club. Gute Idee eigentlich. Was mach ich denn jetzt? Schließe die Bürotür auf. Und schließe von innen wieder ab. Was irgendwie lächerlich ist, weil hier ja jeden Moment ein Fuß durch die Wand kracht.
»Der Hausarzt hat mir ein paar Pillen gegeben«, sagt Rocky und zieht ein blauweißes Plastikröhrchen aus der Lederjacke. »Adderall, irgend so ein Amphetaminzeug aus den Staaten. Das nehmen wir jetzt und bleiben wach bis übermorgen.«
»Das mit der Band«, sage ich und würge drei Tabletten runter, »meinst du aber nicht so total brutal ernst, ne?«
»Genialer Abgang, oder? Richtig geile Ansage, findest du nicht?«
»Äh, nein, find ich nicht. Find ich blöd. Das alles aufzugeben ist, also, bescheuert. Verantwortungslos.«
Rocky lacht. »Hast du gerade Verantwortung gesagt?«
»Außerdem feige. Je größer der Leidensdruck, desto besser die Kunst. Deine Worte!«
»Das war Quatsch.« Er reicht mir eine Zigarette. »Mein protestantisches Arbeitsethos hat mir die Freiheit genommen. Und das Klischee vom leidenden Künstler ist eine Erfindung des deutschen Bürgertums. Die Spießer da draußen brauchen Affen wie mich. Wir amüsieren sie und beruhigen ihr Gewissen, weil wir die Wahrheit sagen und dabei zugrunde gehen. Das rechtfertigt letztlich nur ihren Lebensentwurf.«
»Verstehe ich nicht.«
»Es ist absurd, innerhalb der Strukturen die Strukturen zu bekämpfen.«
»Bla, bla, bla. Und nun?«
»Keine Ahnung«, sagt Rocky und schaut aus dem Fenster. »Ich will endlich wieder Musik machen können, das ist alles.«
»Ja, dann mach doch einfach weiter, Idiot!«
»Mach ich auch, aber anders. Sag mal, was sind das eigentlich

für Vögel da unten? Die Anzugtypen neben dem Audi da? Die haben mich so dämlich angeglotzt, als ich rein bin. Irgendwoher kenn ich die. Und wieso hängt die Antifa an der Kasse rum? Hast du etwa meinen Rat befolgt?«

Schweißausbruch, Panik, Schocksekunde. Das Wichtigste hab ich ihm ja noch gar nicht erzählt. Er dreht sich zu mir um, ein vergnügtes Lächeln im Gesicht, als freue er sich auf die nächste Pointe dieser Nacht. Ich versuche, die Wucht des Schlages mittels eines diplomatischen Tricks abzufedern.

»Pass auf, ich habe eine gute, eine weniger gute und eine total schlechte Neuigkeit für dich. Hast einiges verpasst, als du im Krankenhaus warst.«

»Die gute zuerst«, sagt Rocky erwartungsgemäß.

»Die Antifa ist das Empfangskomitee für Kiezkalle und seine Schläger, Tobi hat sie rangeholt, die haben wohl noch 'ne Rechnung offen. Der Arsch muss jeden Moment hier aufkreuzen.«

Rocky reibt sich die Hände. »Richtig geil! Yeah! Lass uns runtergehen.«

»Okay.«

»Und die anderen News? Mach schnell, ich will das nicht verpassen.«

»Mathilda ist da.«

»*Deine* Mathilda?«

»Yupp.«

»Das ist ja großartig! Was hängst du noch hier rum? Mach die Kleine klar.«

»Das ist keine Kleine. Die macht man nicht so einfach klar.«

»Laber nicht. Warum ist sie wohl hier?«

»Sie ist auf der Durchreise.«

»Ganz bestimmt. Wehe, du versaust das wieder. Bei Sonnenaufgang hängt das Höschen kalt am Bett. Was für eine Nacht!«

Er schnappt sich den Baseballschläger, der neben dem Aktenschrank steht, und rennt zur Tür.

»Warte mal.«
»Was denn noch?«
»Die schlechte Nachricht.«
»Ich höre.«
»Deine Mutter. Sie steckt im Aufzug fest.«
»Alles klar. Schließ das Ding auf.«
»Schon ziemlich lange. Beim Notdienst geht keiner ran. Wir kriegen sie da nicht raus. Sie war auf der Suche nach dir und dem Elvis. Ich meine, nach dir und deinem ...«
Der Baseballschläger fällt auf den Boden. Rocky starrt mich an.
»... Vater.«
»Das ist jetzt nicht dein Ernst.«
Und Nina hat einen Gehirntumor, sie wird sterben, denke ich und halte mich am Schreibtisch fest.
»Das ist meine Mutter«, schreit er. »Sie ist immer noch meine verdammte Mutter! Jeden anderen hättet ihr da längst rausgeholt!«
Ich versuche, ihn zu beruhigen, verweise auf die Häufung der Probleme und die damit einhergehenden Koordinationsschwierigkeiten, betone immer wieder, dass Pablo die ganze Zeit vergeblich versucht hat, den Notdienst zu erreichen, aber all das vermag ihn nicht zu besänftigen, im Gegenteil. Er hebt blitzschnell den Baseballschläger auf und knallt ihn mit voller Wucht gegen die Tür, Holzsplitter fliegen herum. Draußen schreien Leute. Wenn er noch mal dagegenhaut, ist die Tür weg.
»Schließ das verdammte Ding auf!«
»Jetzt beruhig dich doch mal! Was hätten wir denn tun sollen?«
Rocky schließt die Augen, atmet langsam ein und aus.
»Okay«, sagt er. »Ist okay. Alles in Ordnung. Du hast recht. Ich regle das. Ist nicht deine Schuld. Kümmer du dich um Mathilda, ich kläre meine Familienangelegenheiten.« Er reibt sich die Augen. »Im Fahrstuhl! Ist das zu glauben?«
Ich schließe die Tür auf. »Ich komme mit.«

Er packt mich an der Schulter, bohrt seinen Blick in meinen.
»Geh zu Mathilda. Mach das klar!«
Ich nicke. Er reißt sich los und stürmt mit dem Baseballschläger in der Rechten an den verwundert dreinblickenden Leuten vorbei Richtung Lift.

Sie tanzt. Sie tanzt in den Trümmern mit ge-
schlossenen Augen, umgeben von Penissen mit Typen dran, die
darauf warten, ihren Blick zu erhaschen.
Ich kann sie gut verstehen, aber hasse sie alle. Sie tanzt, als sei sie
allein hier im Raum, als wisse sie nichts von der Wirkung ihres
Körpers. Sie war schon immer schöner als alle anderen schönen Mädchen, weil sie sich ihrer Schönheit nicht bewusst ist.
Das ist ja die wahre Schönheit. Die selbstvergessene Schönheit,
die Schönheit, die sich selbst nicht sieht. Ich muss einen klaren
Kopf kriegen. Ich muss die Kleine klarmachen. Ich weiß nicht,
wie das geht. Alle Mädchen wollen dasselbe. Sie wollen einen
Eroberer, den sie erobern können. Sie wollen Aufrichtigkeit,
Witz, Blumen, Liebe und den Unzähmbaren, der ihnen zu Füßen liegt. Es ist alles ein Spiel, aber ich sehe Mathilda und vergesse die Regeln. Dabei will ich sie gar nicht. Echt nicht.
Nina steht allein hinterm DJ-Pult, beugt sich über den Plattenspieler, mir schießen Tränen in die Augen, ich wende mich ab.
Der Backstage und das ehemalige Studio sind jetzt ein großer
Raum, hätten wir auch selber drauf kommen können. Da hinten
sind Erbse und Teresa, sie küssen sich. Der Spilker, Rick und
Carsten Meyer sind in eine Diskussion vertieft, sieht dramatisch

aus, schätze mal, es geht um Musik, Kunst oder Politik. Immer geht es um Musik, Kunst oder Politik. Lass uns doch mal über andere Dinge reden, zum Beispiel über Vögel oder Fische, aber auf keinen Fall über die Liebe. Rocky hat recht. Man muss sein Leben ändern, immer wieder. Wir müssen zehn, zwanzig, dreißig Leben leben, weil wir nur eines haben. Ich könnte mit Philipp reden, der da hinten in der Ecke steht. Er ist Imker und weiß alles über Bienen und Blüten. Aber was gehen mich die Bienen an? Da ist Sebastian, der sein Kunststudium aufgegeben hat, um Erzieher zu werden. Er trägt einen schwarzen Ganzkörperanzug, auf den ein Skelett gemalt ist. Simone hat gerade ihr erstes Buch veröffentlicht, seitdem wirkt sie irgendwie apathisch. Olli, der Frisör, streicht Moni die Haare aus dem Gesicht, vielleicht trennen sie sich gerade wieder oder feiern Versöhnung. Erbse und Teresa stolpern in die einzige noch nicht zusammengebrochene Bumsbude. Der Schnorrer redet auf einen bekannten Schauspieler ein, dessen Namen ich vergessen habe; der Schauspieler blickt Hilfe suchend um sich. Clara torkelt vorbei, unsere Blicke treffen sich. Sie wendet sich demonstrativ ab, schnappt sich den Schauspieler und steckt ihm die Zunge in den Hals. Nichts zu danken. Leo! Da ist Leo. Er steht vor dem Loch an der Wand zum Büro. Ich geselle mich zu ihm, er beobachtet Hansen, der einen Hammer in der Hand hält.

»Ach, komm schon«, sagt Hansen, »nur ein ganz kleines Löchlein.«

»Nein«, sagt Leo.

»Das ist *mein* Bauwerk, Bulle.«

»Nein.«

Hansen lässt den Hammer gegen die Wand fallen. Leo geht auf ihn zu.

»Oskar«, ruft Hansen, »pfeif deinen Russen zurück!«

»Warum gehen wir nicht einfach was trinken«, schlage ich vor. Der Vorschlag wird angenommen. Wir gehen zur Bar. Noch nie

hatten wir so viele Gäste wie heute. Noch nie haben unsere Gäste derart motiviert dem Alkohol zugesprochen. Die gastronomische Versorgung müsste längst schon zum Erliegen gekommen sein, trotzdem serviert uns Kerstin drei Bier und eine halb volle Flasche Wodka, und das ist ganz allein Bennys Verdienst, dem unser erster Trinkspruch gilt. Auf den besten Sohn des afrikanischen Kontinents! Leider handelt es sich bei dem Bier um die Obdachlosennahrung ›Oettinger Urtyp‹, der Wodka ist eine Beleidigung namens ›Gorbatschow‹, aber das spielt keine Rolle. Wir trinken den Fusel aus Wassergläsern. Niemand will nach Hause gehen, jeder Zweite hier denkt, er sei auf MDMA. Die Leute tanzen zu einer wilden Polka. Rodion klammert sich am DJ-Pult fest. Jemand hat mit Lippenstift ›Kiezkalle‹ auf sein weißes Hemd geschrieben und ein Herz drum herum gemalt.
»Siehst du«, sagt Leo, »alles gut.«
Ich nicke. Hansen hämmert auf den äußeren Rand der Tresenplatte. Wir trinken auf die hochwertige Verarbeitung seiner Konstruktion.
Er schlägt mit voller Wucht, die Spanplatte splittert und bricht.
Wir trinken auf seine übermenschlichen Kräfte.
»War's schlimm an der Tür?«, frage ich Leo.
Er zuckt mit den Schultern. »Was ist mit Nina?«
»Was soll mit ihr sein?«
Ob er ahnt, was los ist? Dass sie einen Golfball im Hirn hat, der ihr in drei bis vier Monaten die Luft...
»Ihr Fuß«, sagt Leo.
»Habt ihr geredet?«
Er schüttelt den Kopf. »Redet nicht mehr mit mir.«
»Nicht so schlimm«, sage ich. »Also der Fuß jetzt.«
Nichts weiß er. Es ist zum Verrücktwerden. Ich fülle unsere Gläser auf. Hansen überprüft die Stabilität eines Barhockers.
»Du solltest zu ihr gehen«, sage ich.
Leo schweigt.

»Du solltest bei ihr sein.«
»Morgen ist ein neuer Tag«, sagt Leo.
Wir trinken auf den morgigen Tag. Hansen tritt den Hocker um.
»Wenn du es heute nicht tust, wirst du es für immer bereuen.«
Leo und das Schweigen der Taiga. Oder der kaukasischen Wälder. Wo auch immer er herkommt.
»Ich schwöre dir, du wirst es bereuen!«
»Sie hieß Tatjana«, sagt Leo.
»Tatjana?«
Hansen hämmert ein Loch in den Tresen.
»Was ist mit Tatjana?«
»Autounfall«, sagt Leo. »St. Petersburg.«
Wir trinken auf Tatjana. Leo füllt die Gläser nach. Die Flasche ist leer. Wir trinken noch mal auf Tatjana, und Hansen steht auf und schwankt davon.
»Tausendsiebenhundertneunundsechzig.«
»Was?«
»Tage ohne Tatjana.«

Ich gehe zurück in den Backstage, vermeide Blickkontakte, damit mich niemand anspricht, ich suche Mathilda, finde sie nicht. Die Tanzfläche im schwarzen Raum ist voller denn je, die Überreste der Wand sind beiseitegeschoben, die Leute tanzen bis zum Champagnerbrunnen, ich sehe Pablo, Julia, Niels, Schacke, Clara, Annie, Gereon, Tex, Anselm, Dzidek und viele andere. Ich sehe Nina zwischen den Boxen, ich sehe all die Leute, mit denen ich viel zu wenig Zeit verbracht habe, eigentlich weiß ich nichts über sie, aber wo ist Mathilda? Ich gehe zurück in den Hauptraum, und hier sind noch mehr bekannte Gesichter, all die Leute, mit denen ich heute noch kein Wort gewechselt habe, aber keine Mathilda. Sie ist nicht im ersten Separee, nicht hinterm Mischpult, da liegt die schlafende Paulina, im Fensterseparee sitzen Rockys Manager Torben, die Band, der Journalist und der Produzent Levin, aber natürlich keine Mathilda. Nein, ich weiß nicht, wo Rocky ist. Suche Mathilda. Vielleicht ist sie weg. Vielleicht ist ihr langweilig geworden, vielleicht hat sie nicht länger warten wollen, ist ans Meer gefahren, ohne Tschüss zu sagen. Simone malt Wörter auf die beschlagene Fensterscheibe: Nur wenn, was ist, sich ändern lässt, ist das, was ist, nicht alles. Aha, verstehe. Aber komisch, wie die Wörter aufleuchten. Andererseits ganz logisch, denn unten vorm Haus ist ein Lichtalarm, ein Meer an wild flackernden Rundumleuchten, die ganze Straße leuchtet wie ein Rummelplatz. Da sind Feuerwehrwagen, Polizeiautos, Krankenwagen und... Oh verdammt! Sie holen die Senatorin raus! Weg da, weg da, weg, lasst mich durch! Ich renne die Treppe runter, nehme drei Stufen auf einmal, vierter Stock, dritter Stock, zweiter –

Mathilda.

Sie kommt die Treppe herauf. Wir sehen einander an. Gehen aufeinander zu. Ganz langsam. Sie ist hier. Plötzlich küssen wir uns. Für einen unendlichen Moment. Wenn man im Atmen innehält. Küssen wir uns. Ihr Blick. Was war das? Haben wir uns gerade...? Renne weiter, runter, vier Stufen auf einmal, so schnell ich kann, mit brennenden Lippen. Knalle voll gegen einen Polizisten. Alles voller Uniformen hier.

Der Mann im roten Overall schiebt die Tür zum Fahrstuhlschacht auf. Dahinter ein Abgrund. Alles weicht zurück. Die Bullen sind hier, die Feuerwehr, die beiden Leibwächter, die Antifas, Tobi und Rocky – alle schön kompakt im Vorraum, man kommt sich näher, aber kein Gast mehr durch.

»Immer im Dritten«, murrt der Mann im Overall, auf dem ›Aufzüge Hütter‹ steht. Er hängt jetzt halb im Schacht, zerrt an einem Stahlseil, klopft auf einen Kasten, streckt seine Hand raus, bellt: »Schraubenzieher.« Niemand bewegt sich. Kopfschüttelnd steigt der Hütter aus dem Schacht, geht schnaufend in die Knie und kramt in seiner Werkzeugkiste, steckt sich einen Schraubenzieher in den Overall, richtet sich wieder auf, zieht ein Taschentuch hervor und schnäuzt sich erst mal ausführlich die Nase.

»Wissen Sie eigentlich, wer da drin ist?«, blafft einer der Bodyguards.

»Mir egal«, sagt der Hütter. »Und wenn's der Papst persönlich wär. Suchen Sie sich doch einen anderen Idioten, der mitten in der Nacht...«

»Ist ja schon gut. Jetzt holen Sie endlich das Ding runter, verdammt noch mal«, sagt ein Bulle, wahrscheinlich ihr Anführer,

vier Sterne auf der Schulterklappe, Kasernenhofton, sein Funkgerät schnarrt.
Der Hütter wendet sich brummend ab und schraubt den Kasten auf. Er drückt Knöpfe, es bollert und rattert, die Stahlseile zucken, elf Augenpaare starren gebannt ins Dunkel.
Streiche mir mit den Fingern über die Lippen. Spüre sie immer noch.
Der Fahrstuhl sinkt langsam herab. Allgemeines Erstaunen. Sie ist es wirklich! Die Innensenatorin, Hände in die Hüften gestemmt, ein Meter siebzig Macht und Ungeduld.
»Das wurde aber auch Zeit.«
Hinter ihr gähnt der Adjutant.
»Äh, guten Morgen, Frau Senatorin«, sagt der Wachtmeister. »Wir sind...«
»Ja ja, schon gut, Herr...«
»Polizeihauptmeister Prill.«
»...Prill. Ich danke allen für den nächtlichen Einsatz. Auch wenn einige von Ihnen sicher enttäuscht sind, dass mich dieses Monstrum wieder freigegeben hat.«
Die Innensenatorin zwinkert in den schwarzen Block, aber keiner lacht.
»Bitte lassen Sie mich jetzt für einen Moment allein. Ich möchte mit meinem Sohn reden.«
Polizei und Feuerwehr marschieren gehorsam Richtung Ausgang, widerwillig gefolgt von Tobi und den Antifas, und während der Hütter geräuschvoll seinen Werkzeugkoffer schließt, verdrücke ich mich nach links ins Treppenhaus und weiß nicht, wohin. Oben ist Mathilda, hier unten mein bester Freund mit seiner Mutter; ich höre sie reden, verstehe aber nur Fetzen – Vater, Krankenhaus, Schuld, was glaubst du eigentlich, wer du bist. Ich muss Nina retten, Mathilda küssen, Rocky zur Seite stehen und mich um die Party kümmern; muss verdammt noch mal voll da sein jetzt, will aber nur noch weg. Aber wohin ist weg? Und was ist dann da?

Sie gehen raus, und ich folge ihnen langsam bis vors Haus, wo Tobi mit verschränkten Armen steht und Leo die Gitter an die Wand rückt. Der Adjutant hält der Senatorin die hintere Tür der Limousine auf.

»Sie können nach Hause fahren, Herr Meiersdorf«, sagt die Rockmann und steigt ein, Rocky hinterher. Er sieht zu mir herüber, grinst schief und gibt mir mit einer Handbewegung zu verstehen, dass er mich anrufen wird. Bevor ich ihn daran erinnern kann, dass ich gar kein Telefon mehr habe, hat der Adjutant die Wagentür zugedrückt. Die Limousine braust los, der Adjutant sieht sich unsicher um und trottet Richtung Reeperbahn.

»Na, hat Mami den bösen Buben endlich nach Hause geholt«, sagt Tobi.

»Sein Vater liegt im Sterben«, sage ich, damit er die Klappe hält. Der Gehweg ist leer, die Straße ist leer, nur mein Volvo steht einsam zwischen den Säulen, auf dem Dach Dutzende Flaschen. Keine Explosionen mehr. Von der Reeperbahn schallt Gegröle herüber. Ansonsten ist es still.

»Wie spät?«

»Fast sechs«, sagt Tobi.

»Lass uns die Tür zumachen und hochgehen.«

»Ich warte auf Kiezkalle.«

»Vielleicht hat er's sich anders überlegt.«

»Nein. Er wird kommen.«

Ich gehe die Treppe hoch, und mit jeder Stufe werde ich leichter. Es ist ganz merkwürdig; vielleicht die nachlassende Erdanziehung, vielleicht der Mangel an Sauerstoff, vielleicht aber auch die Abwesenheit von negativer Energie, weil die Senatorin nicht mehr im Fahrstuhlschacht steckt. Ein Schwung Gäste kommt mir entgegen, sie fallen mehr, als dass sie gehen.
»Danke Mann, war super.«
»Wer ist das?«
»Na, einer von den beiden Typen hier.«
»Ey, ihr müsst unbedingt 'nen neuen Laden aufmachen!«
»Jetzt komm schon, lass uns gehen. Der kann doch auch nich mehr.«
»Tschüüüüüss...«
Und wie ich kann. Ich fange gerade erst an. Wenn unten die Tür zu ist und oben nur noch die zarten Harten sind, dann beginnen die zwei goldenen Stunden des Wirtes, dann lässt er sich treiben, umgeben von den Nienachhausewollern, die feiererprobt, lebensgierig und angenehm verzweifelt nichts mehr fürchten als den Schlaf und das Morgenlicht.

Oben schnurstracks hinter die Bar, Bier suchen oder irgendwas anderes, die Auswahl ist immer noch beachtlich. Benny zerrt kistenweise Flaschen aus dem Lager, Schwarzbier, bunte Liköre, schlechte Weine, Fruchtsäfte mit unaussprechlichen Namen, die gastronomischen Irrtümer unserer Anfangstage, und da der Karton mit dem illegal gebrannten Absinth aus Spanien, den uns Pablos Mutter zur Eröffnung geschenkt hat.

Aber arbeiten kann hier niemand mehr, soll auch nicht, darf nicht, das muss jetzt sofort aufhören. Ich stopfe die herumliegenden Scheine in das Trinkgeldglas und stelle die überquellende Kasse unter die Spüle. Erkläre die Bar für offen. Zur Erstürmung freigegeben. Aber sie hören mich nicht. Meine Stimme ist irgendwie hin.

»Lass mal«, sagt Kerstin, springt auf den Tresen und brüllt: »Ey, ihr Penner! Ab jetzt nur noch Freigetränke! Muss alles raus!«

Aber erstaunlich: Nicht gerade der zu erwartende Massenandrang jetzt. Da ist man sich dann doch zu fein für. Ist eben nur noch eine erlesene Schar hier im Laden, feinste Feierelite, keine blöden Schnäppchenjäger. Auf der Tanzfläche wirft Erbse seine Getränkebons in die Luft wie Konfetti. Carsten und Jimi wippen hinterm DJ-Pult, es läuft sanfter Deep House, rollend, federnd. Die Leute tanzen oder hängen in Gruppen in den Ecken rum. Love is in the air. Jetzt nur nicht zu viel trinken, das Level halten, weiter, weiter, immer weiter, never stop that feeling. Kippe einen Kurzen. Spüre, wie die Spannung von mir abfällt und der Drogencocktail heiß durch meinen Körper schwappt.

Benny hockt auf einer Bierkiste und sieht mich fassungslos an.

»Es ist vorbei, Benny.«

Er schüttelt den Kopf.

»Komm schon, wir feiern jetzt.«

Er wischt sich den Schweiß vom Gesicht und verschwindet im Lager.

»Lass ihn«, sagt Kerstin.

Sinke auf die gepolsterte Riesenbank neben der Bühne, genau zwischen Chrisso und Melody, und Rodion ist auch da, streichelt Paulinas Kopf auf seinem Schoß, Jacques reicht mir einen Joint, ich verteile die Biere. Siggi beißt eine Ecstasy in zwei Hälften, beugt sich herüber und steckt mir eine in den Mund. Melodys Arm um meinen Hals, Chrisso legt ihre Beine über meine, niemand sagt was, aber Blicke, wissende, teilende, zärtliche Blicke. Wir gucken den Partyfilm. Der Partyfilm wird jede Nacht neu gedreht, und je nach Besetzung ist er großartig, ganz okay oder erbärmlich. Heute natürlich Spitzenbesetzung, einmaliges Staraufgebot, Film also Weltklasse. Man muss jedoch in einem ganz bestimmten Zustand sein, um die Feinheiten und Zwischentöne mitzukriegen. Um zu verstehen, was hier vor sich geht, muss man vollkommen fertig sein, körperlich am Ende, aber geistig hellwach. Stichwort: Extremwahrnehmung. Hypersensibilität. Megafeinstofflichkeit. Dass gewisse Rauschmittel dabei eine nicht unwesentliche Rolle spielen, ist nicht von der Hand zu weisen. Es gibt natürlich auch Leute, die behaupten, ganz ohne Drogen in einen derartigen Bewusstseinsrausch verfallen zu können. Das sind die, die sich die ganze Nacht an einer Flasche Bionade festhalten und tanzen, als stünden sie auf einem Laufband. Sie haben die Gesichter von Marathonläufern. Ich will lieber meine angefeuchtete Fingerspitze in das Briefchen stecken, das mir Chrisso vor die Nase hält. Wir haben also doch MDMA im Haus. Ein Schluck Bier gegen den bitteren Geschmack und auf die warme Welle warten.
Chrisso: »Oh nee, wird schon hell.«
Siggi: »Das ist nur die Stadt.«
Melody: »Eine Milliarde Lichter.«
Siggi: »Kannste vom Weltraum aus sehen.«
Chrisso: »Echt krass alles.«
Rodion: »Ich nehme euch alle mit nach Hause ins Bett.«
Die Zigarette schmeckt FANTASTISCH. Die Musik ist UNGLAUB-

LICH. Wir schieben unsere Arme und Beine ineinander, jeder muss jeden berühren, wir werden zu einem Menschenknäuel, man könnte uns jetzt so aufheben und draußen irgendwo hinlegen, auf einen leeren Parkplatz, in die Ruine eines Hauses, auf das Dach eines Büroturms, und was man vom Mond aus leuchten sehen würde, wäre nicht die Stadt.

Melody küsst mich, ich küsse Chrisso, Jacques, Rodion, Siggi – alle.

Sinke zurück, langsam, Puls beruhigen, Herzschlag auf den Beat runterfahren, Wahnsinnsbeat, in Watte gewickelt. Jimi hinterm Pult wie ein Pendel, geht alles voll durch ihn durch, wunderschöner Anblick; Jimi, der sonst immer so aufgelöst ist, Nervenbündel, Dauerkrise, jetzt hier voll da, drin, dabei – schön. Plötzlich treffen sich unsere Blicke. Du auch? Jaaa! Wow. Wahnsinn, die Welle. Und schon hängt er wieder hoch konzentriert überm Mixer, als flösse die Musik aus seinen Fingern in das Pult durch die Boxen in die Menschen; vielleicht noch hundert hier, vielleicht hundertfünfzig glühende Gesichter überall. Seht ihr das auch, wie die hier – oder?! Unglaublich. Melody schwebt auf die Tanzfläche. Wenn sie sich jetzt nach vorne beugen würde, ich hinter ihr in die Knie ginge, ihren Rock hochschöbe und ihr Höschen ... Aber ganz sanft alles. Und auch nur in Gedanken, weil in echt wär das viel zu viel Action jetzt. Nee, danke, Siggi. Reicht doch, ist doch alles super so, genau so: BESTENS. Wie zum Beispiel das Mädchen da hinten den Jungen so wahnsinnig verliebt betrachtet, während der Junge völlig versunken tanzt, und die ganze Szene wiederum von den beiden da drüben am Fenster beobachtet wird, die sich jetzt ansehen und lächeln, weil sie unabhängig voneinander genau dasselbe gesehen und empfunden haben, und all das wiederum sehen wir, während uns wahrscheinlich gerade wieder andere beobachten, die genau verstehen, was hier vor sich geht, und immer so weiter. Schon irre schön jetzt alles. Aber andererseits: Vielleicht haben hier

alle so ein Ding im Kopf. Das Ding wächst und wächst und irgendwann – peng! In Wirklichkeit verstehen wir gar nichts. Da jetzt aber nicht dran denken. Die Welle reiten, locker bleiben, Wahnsinnswelle. Aber warte mal ... Ich habe diesen Film schon hundert Mal gesehen, Mathilda ist da, Nina, und ich sitze auf dieser Bank wie der letzte Idiot.
WAS MACHE ICH HIER?
»Hey wo willst'n hin?«, ruft Chrisso.
Ich fuchtle mit den Händen rum, was so viel heißen soll wie: Muss gucken, ob alles in Ordnung ist, tausend Probleme lösen, irre viel zu tun. Bedauernde Blicke von der Bassbank, aber darauf falle ich jetzt nicht rein. Erst mal zur Bar und diese beschissene MDMA-Weichheit wegspülen. Unsere klugen Gäste haben die Eroberung längst abgeschlossen und ein neues System installiert, dessen einziges Ziel die sofortige Erreichbarkeit aller verfügbaren Getränke zu sein scheint. Sämtliche Flaschen sind auf dem Tresen aufgereiht, die ausgehängten Kühlschranktüren lehnen an der Wand, man bedient sich selbst und gegenseitig, im Lager wird gevögelt, von Benny keine Spur. Glück für ihn. Muss er nicht mit ansehen, wie sich die Blonde da unsere letzten Trinkhalme in die Zöpfe flicht, Greta ein Weinglas nach dem anderen auf den Boden schmettert und Säge den Eiskübel zum Cocktailshaker umfunktioniert. Prost. Alles um mich dreht sich. In meinem Körper tobt ein Kampf. Die Drogen kämpfen gegen meinen Willen, der ihre Wirkung nicht will. Die Wärme des MDMA fließt in alle Enden, die halbe Ecstasy schlägt langsam an, irgendwo sind da noch das Kokain und die paar Züge an irgendwelchen Joints, der Alkohol holt eher runter, ist also Freund, denn ich will nicht. Ich will klare Gedanken fassen, will nüchtern sein, mit Mathilda allein sein.
»Kannste mal mitkommen?«
Malte, der Schlagzeuger, schaut mich an.
»Es geht um Rocky.«

So langsam reicht's mir mit Rocky.

Auf dem Weg zum Fensterseparee entdecke ich Mathilda, die jetzt hier im Hauptraum vor der Bühne tanzt. Blickkontakt. Hitzewelle. Sie lächelt nicht, sieht irgendwie verstört aus, schließt die Augen und tanzt weiter. Neben ihr hampelt Pablo herum, daneben Erbse, eine Hand auf Teresas Arsch, Stielaugen auf Mathildas. Das Schwein.

Im Fensterseparee bin ich richtig. Hier sind alle mindestens so verwirrt wie ich. Setze mich neben Torben, den volltätowierten Ex-Punk und neuerdings Ex-Manager. Millie kaut auf ihren Fingernägeln. Der Journalist hängt in der Ecke und schläft. Neben ihm ein Typ, den ich nicht kenne. Guter Platz, ich sehe alles. Mathilda, den Club und die Straße, über die jeden Moment der Schneider marschieren wird mit seiner Gang.

»Weißt du, ob er wiederkommt?«, fragt Torben.

Ich schnappe mir die Wasserflasche und trinke sie leer.

»Wer?«

»Ja, wer wohl, verdammte Scheiße!«, brüllt Torben.

Ich stehe auf. Bin momentan ein bisschen überempfindlich.

»Bitte bleib«, sagt der Typ, den ich nicht kenne. »Er hat's nicht so gemeint. Wir sind halt alle ein bisschen fertig gerade.«

»Er hat die Band aufgelöst«, sagt Malte.

Millie fängt an zu heulen.

»Und wer bist du?«, frage ich den Typen, den ich nicht kenne.

»Basti, der Booker«, sagt Basti, der Booker.

»Glaube nicht«, sage ich. »Die sind ins Krankenhaus gefahren.«

»Der ist zu seiner Mutter ins Auto gestiegen! Zur Innen! Sena! Torin! Und der da hat's gesehen«, ruft Torben und zeigt auf den schlafenden Journalisten.

Ich zucke mit den Schultern. Meine Zunge wiegt zehn Kilo.

»Er spricht nicht mehr mit uns. Handy ist auch aus«, sagt Malte.

Millie kriegt einen Heulkrampf. Basti tätschelt ihr den Kopf.

»Du musst mit ihm reden«, sagt Torben. »Du musst ihn zur Vernunft bringen. Spätestens morgen wissen's alle. Der kann doch nicht einfach alles kaputt machen. Wir haben Verträge, haben jahrelang gearbeitet für den ganzen Scheiß. Es geht gerade erst los, und der dämliche Wichser ...«

»Du sollst nicht so über ihn reden«, schluchzt Millie.

Ich bin zu schwach zum Aufstehen und zünde mir eine Zigarette an. Mathilda tanzt mit dem Rücken zu mir.

»Jetzt beruhigt euch doch mal«, sagt Bookerbasti. »Er hatte sicher nur einen seiner Anfälle. Der fängt sich wieder. Bis dahin streiten wir alles ab.«

»Das ganze verfickte Konzert steht doch schon längst auf Youtube«, brüllt Torben. Ich starre auf seine Halsschlagader, die sich in eine brennende Schlange verwandelt. Die Schlange kriecht in seinen Kopf. Krass.

»Oswald, du kennst ihn doch am besten«, sagt Basti. »Das hat er doch alles nicht so gemeint, oder? Die Band ist doch sein Leben.«

»Oskar«, sage ich.

»Tschuldigung.«

Ich winke ab. Die Zigarette plumpst auf den Tisch. »Der will nicht mehr. Und wenn er ... Vergesst es einfach.«

»Ich tret dem Arsch die Fresse ein!«, brüllt Torben.

Millie haut die Stirn gegen die Tischplatte, tock, tock, tock, wie ein Specht.

Ich stehe schwankend auf. Muss in Bewegung bleiben. Wo ist Mathilda? Wo sind die anderen? Warum tanzt hier niemand mehr?

Ja, weil im Nebenraum die Action ist. Ich kann kaum noch geradeaus gucken, aber so viel sehe ich: Menschen, Menschen, Menschen im Rausch der Zerstörung. Ich stolper über Trümmer durch ein riesengroßes Loch in der Wand ins Büro. Ziehe meine Reisetasche unterm Tisch hervor, würge ein bisschen, kommt

aber nichts. Stelle die Tasche in den Schrank, schließe den Schrank ab, stecke den Schlüssel ein, wanke zum Sofa – alles dreht sich. Eine heiße Welle wirbelt mich in ein noch viel heißeres Nichts. Versuche, einen Fleck an der Decke zu fixieren, der rutscht aber immer wieder weg. Meine Lider sind tausend Tonnen schwer, schiebe sie mit den Fingern gegen die Augenbrauen. Der Kiefer krampft. Herzrasen. Idiotie.
»Ach guck, da ist ja unser Ostbrot. Gammelt in der Sitzgruppe rum. Du bist ja ganz weiß!«
»Erbse! Gott sei Dank.«
»Das hör ich oft. Siehst du, mein Täubchen, so sieht das aus, wenn Minderjährige mit Drogen experimentieren. Wie alt bist du eigentlich?«
»Dreiundzwanzig«, stöhne ich.
»Du doch nicht.«
»Neunzehn«, sagt Teresa.
»Ich will dich heiraten.«
»Sagen viele, aber keinerrr macht es«, sagt Teresa und guckt weg.
»Äh, Erbse, ich brauch Hilfe. Hab zu viel ... MDMA. Und Ecstasy. Äh ...«
»Das ist doch dasselbe, Hase. Ecstasy ist MDMA in Tablettenform. So ein Pillchen kann natürlich auch aus MDEA und MDBD bestehen, aber das sind alles ringsubstituierende Amphetamine, und für die Laien, zu denen wir dich offensichtlich ...«
»Gegenmittel, bitte!«
»Na, zum Glück hat der Erbsenmann die Hausapotheke gleich neben dem Hodensack geparkt. In deinem Fall hilft Valerie Valium. Willste sachte wegdämmern, ins Koma fallen oder einfach nur runterkommen?«
»Runter. Jetzt mach schon.«
Er schiebt mir zwei Tabletten in den Mund. Ich richte mich auf, versuche zu schlucken, aber geht nicht, die Dinger stecken im Hals fest. Ich röchle ein bisschen. Erbse reicht mir eine Flasche.

Brennt wie Feuer. Spucke beinahe alles wieder aus. Auf der Flasche steht: ›Absenta‹. Der illegal gebrannte Absinth von Pablos Mutter. Na toll. Ich wollte runterkommen, jetzt bin ich auf Thujon. Van Gogh hat sich auf Absinth ein Ohr weggesäbelt. Paul Verlaine seinen Liebhaber Arthur Rimbaud angeschossen. Wird sicher noch lustig heute.

»Haste noch Koks? Darf nicht einschlafen.«

Erbse kramt ein Briefchen aus der Hosentasche, spreizt den Daumen seiner linken Hand ab und lässt das Zeug in die Mulde über dem Handgelenk rieseln. »Jetzt bist du ein richtiger Indianer.«

Und so kam es, dass Häuptling Pochende Beule, Sohn der Schoschonen, sich unter die Menschen begab am Tage des letzten Gerichts. Regungslos war sein Antlitz, stolz sein Blick, als er über Unrat und leblose Körper in das Dunkel schritt. Doch in seiner Brust herrschte Aufruhr, sein Geist war in Unruhe, denn die heilige Stätte seiner Jugend lag in Trümmern, und die Fremden wüteten wie wild gewordene Bestien zu Klängen, die seine Ohren zerfetzten. Mit brennenden Augen suchte er nach den edlen Mienen seiner geliebten Schwester Nina-Tschi-Nada und der unsagbar schönen Matha-A-Hilda, denen all sein Sehnen und Hoffen galt. Doch er sah nur die vom Feuerwasser entstellten Fratzen der Fremden, die ihm Unverständliches entgegenbrüllten, ihn mit ihren beißenden Getränken besudelten und an ihre Leiber pressten, die zuckten unter den Fieberkrämpfen des Wahnsinns. Nur mit Mühe konnte er sich auf den Beinen halten. Er, der Sohn der Berge, Flüsse und Wälder, wähnte sich in der Schreckenswelt der bösen Geister, vor denen ihn sein Vater dereinst ...

»Wir müssen das hier irgendwie unter Kontrolle bringen!«

... gewarnt hatte. ›Mein Sohn‹, hatte der Vater gesagt. ›Hüte dich vor ...‹

»Oskar, das ist nicht mehr witzig! Ich will nicht im Kittchen landen, weil hier einer deiner Drogenfreunde alles abfackelt oder von einem Starkstromkabel gegrillt wird.«

»Ich habe den Absinth deiner Mutter gefunden.«
Pablo erstarrt. »Oh Gott. Verstecken wir ihn! Das Zeug ist gefährlich. Wenn die Leute hier auch noch auf Absinth sind, dann ...«
»Zu spät.«
Pablo sackt zusammen, lehnt sich an die Wand, aber weil da keine Wand mehr ist, fällt er einfach um. Ich helfe ihm auf. Sein grüner Satinanzug ist mit Gipsstaub bedeckt. Er sieht aus wie ein verschimmeltes Reptil.
Normalerweise würde er sich jetzt von oben bis unten abklopfen, noch das kleinste Partikelchen penibelst entfernen, aber nix da. Er zerrt mich Richtung Hauptraum, umgeben von einer Staubwolke.
Hansen versucht gerade, mit einem Brecheisen die Tresenplatte vom Fundament zu lösen. Sein Kopf ist rot. Er schwitzt.
»Nicht den Tresen!«, schreit Pablo.
»Ich hab's gleich«, keucht Hansen.
Pablo schubst ihn weg. Hansen torkelt rüber zum Sofa.
»Nicht das Sofa!«
Hansen hackt Löcher in die Wand des vorderen Separees.
»Lass ihn doch«, sage ich. »Lieber er als die Abrissbirne.«
»Ich kann das nicht mit ansehen. Es zerreißt mir das Herz.«
»Welches Herz?«
»Jetzt hör doch auf«, fleht er. »Können wir nicht mal normal miteinander reden?«
Ich bin verwirrt.
Pablo streicht zärtlich über den Tresen. Chrisso, Carla und Siggi tanzen eng umschlungen auf der Bühne. Es läuft ›Family Affair‹ von Sly & The Family Stone.
»Ich will nicht, dass es vorbei ist«, sagt Pablo. »Was soll denn jetzt aus uns werden?«
»Na, ich werde Pizzabote. Falls mir der Schneider nicht vorher die Hände abhackt. Und du wirst ...«

»Geschäftsführer. Bei einem Anzugdesigner. Allein bei dem Gedanken sterbe ich vor Langeweile.«

»Luxusproblem.«

»Vielleicht sollten wir doch einen neuen Club ... hm?«

Ich kreuze die Zeigefinger. »Weiche von mir, böser Geist!«

»Wenn nur dein Zuhälterfreund endlich käme. Ich brauche Ablenkung.«

»Der kommt schon noch. Und lustig wird das nicht.«

»Trinken wir einen Schluck Absinth?«

»Aber dann muss ich zu Mathilda.«

Ich muss jetzt wirklich endlich Mathilda finden, muss sie fragen, ob wir uns vorhin wirklich geküsst haben, was sie am Meer will und was das alles zu bedeuten hat, hoffentlich ist sie noch hier. Und Nina, Nina, Nina, Nina.

Aber Pablo nimmt jetzt nicht einfach den Absinth und gießt ihn irgendwo rein, nein, er sucht die richtigen Gläser, Löffel und Zucker, das müsse man zelebrieren, sagt er, das sei schließlich kein schnöder Wodka oder so. Hansen hat die Wand des Separees zur Hälfte weggeprügelt. Auf der dahinterliegenden Sitzbank reibt sich Rasmus die Augen, pult sich Schutt aus dem Haar, wankt zur Bühne und rollt sich unter dem DJ-Pult zusammen. Direkt über ihm legt jetzt schon wieder Rodion auf, immer mehr Leute kommen aus dem ehemaligen Backstage herein, Schacke hält eine abgebrochene Dachlatte in der Hand, Greta eine Rohrzange, Dzidek reißt einen der Samtvorhänge runter und wickelt sich darin ein. Ich trommel nervös auf dem Tresen rum, während Pablo doch tatsächlich Teelöffel und einen Karton Würfelzucker zutage fördert; das ist schon erstaunlich, was es hier alles gibt. Er legt die Löffel auf Whiskygläser, legt auf jeden Löffel einen Zuckerwürfel, lässt den gallengrünen Absinth darüberlaufen und zündet den Zucker an. Der Schnorrer macht ein Foto. Jemand sagt: »Ich will auch so was.« Und Pablo sucht doch tatsächlich nach weiteren Gläsern. Plötzlich sind wir umringt von

Leuten, wie in alten Zeiten. Wir hinterm Tresen, die anderen davor, und unter normalen Umständen würde ich sagen: Schönes Bild, gutes Ende, jetzt bitte der Abspann, zumal sie fast alle da sind, die ganze Familie, wenn man so will, sogar Benny und Leo, nur Mathilda nicht und Nina nicht, und es gibt nicht genug Gläser und nicht genug Löffel, und alle hier wollen einen Absinth. Es ist ein schöner Moment, quasi großes Finale, da muss man sich nichts vormachen, schöner wird's heute nicht mehr, und ich hoffe, dass ich das in ein paar Wochen nicht wieder alles vergessen haben werde. Man fragt sich doch, wofür man lebt, wenn man immer alles vergisst. Aber die Antwort ist natürlich klar: Fürs Hier und Jetzt wird gelebt. Das Hier und Jetzt ist alles, und man muss immer voll da sein, weil gleich schon wieder alles vorbei ist.

Auf dem Weg in den schwarzen Raum muss ich plötzlich lachen. Wie das hier aussieht. Wie im Zeitraffer laufen die Bilder ab: Wie wir hier damals die Wände hochgezogen haben, die Anordnung der Möbel diskutierten, die ersten Musiker ihr Obdach fanden, wir dann später, um den schönsten Backstage der Stadt zu schaffen, den Kronleuchter montierten und die Wände mit sauteuren Samttapeten beklebten, wie Hansen und Broiler erst heute Nachmittag die Bumsbuden bauten und Pablo seinen dämlichen Champagnerbrunnen polierte ... Es ist vorbei. Es ist egal. Wir haben's versucht. Wir waren da.

Ein paar Leutchen stehen, hocken oder liegen hier noch rum, Niels knutscht mit Melody, Jimi drückt dem Meyer die Kopfhörer seines iPods an die Ohren, Anselm steht mit geschlossenen Augen auf der Tanzfläche, ich tippe ihn an, aber er regt sich nicht. Aus den Boxen das Knistern der leerlaufenden Schallplatte. Die Discokugel dreht sich noch. Überall Trümmer.

Auf dem Bürostuhl hinter dem DJ-Pult liegt Nina, sie schläft. Sie hat die Knie an die Brust gezogen, liegt da wie ein Kätzchen. Ich

streichle ihr über den Kopf, wage aber nicht, sie zu wecken. Zünde mir eine Zigarette an, hocke mich neben sie an die unversehrte Wand und rauche. Unter dem Stuhl steht die Champagnerflasche, daneben liegt eine zerknüllte Tablettenschachtel. Zum ersten Mal an diesem Tag fühle ich so was wie Ruhe, mein Herz rast nicht mehr, ich denke an gar nichts, sitze hier, rauche und lege meine Hand auf Ninas kaputten Fuß.
Ich drücke die Zigarette aus und stehe auf. Für einen Moment ist mir schwindelig, aber dann geht's wieder, und ich frage mich, wo Mathilda ist. Ich gehe durch das Loch in der Wand ins Büro. Und da ist sie. Sie sitzt auf dem Sofa und starrt an die Decke.

WAS DANN NOCH GESCHAH

Gegen fünf Uhr morgens fiel der volltrunkene Karl Schneider aka Kiezkalle am Tresen des ›Rotlicht‹ in einen tiefen Schlaf. Am nächsten Tag war er verschwunden, niemand hat ihn jemals wieder gesehen.
Zwei Monate später starb Nina in Leos Armen an den Folgen eines Gehirntumors. Leo arbeitet immer noch als Türsteher in Hamburg. In seiner Freizeit schnitzt er Holzfiguren und fährt mit Tobi in die Provinz, um Nazis zu jagen.
Rocky legte eine musikalische Schaffenspause ein, zog zurück in die elterliche Villa und kümmerte sich um seinen Vater, der bald wieder vollständig genesen war. Im Jahr darauf veröffentlichte Rocky ein Soloalbum, konnte jedoch nie wieder an seine früheren Erfolge anknüpfen. Sibylle Rockmann wurde mit großer Mehrheit zur Bürgermeisterin gewählt und regiert die Stadt mittlerweile in ihrer zweiten Amtsperiode.
Pablo wurde Geschäftsführer und Teilhaber des besagten Anzugdesigners. Drei Jahre später verkaufte er die Firma für einen zweistelligen Millionenbetrag. Er musste nie wieder arbeiten.
Und Oskar und Mathilda? Noch bevor die letzten Gäste gegan-

gen waren, setzten sie sich in Mathildas Auto und fuhren ziellos durch die Stadt. Der neue Tag war längst schon angebrochen, und die Möwen kreischten über den Häusern, als wäre nichts gewesen. Oskar warf sein Schlüsselbund aus dem Fenster und erinnerte sich plötzlich an die zehntausend Euro, die immer noch in der Innentasche seines Jacketts steckten. Er bat Mathilda, ihn zum Flughafen zu fahren. Auf dem Weg dorthin lief im Radio, Mathilda hatte den Oldiesender eingestellt, ein Lied der Gruppe Truck Stop: ›Arizona, Arizona – alles klar! / Alle wollen in den Westen, war'n im Traum schon immer da.‹ Der nächste Flug nach Arizona ging nach Tucson. Oskar kaufte ein Ticket. Sie küssten sich und schworen einander, sich so schnell wie möglich wiederzusehen. Oskar nahm seine Reisetasche und ging. Mathilda winkte und weinte ein bisschen. Heißa, das Leben kann beginnen.

Ende